W0184336

HERMANN BAUER

Melange mit Buch

BEI WIDMUNG MORD Der aus Deutschland zurückgekehrte Reinhard Sageder stößt in der neu eingerichteten Leseecke des Café Heller auf ein Buch, das er einst seiner Flamme Regina gewidmet und geschenkt hat. Ein zweites Buch mit der Widmung eines Mannes namens Robert an dieselbe Regina wird dem Kaffeehaus am nächsten Tag gespendet. Doch ehe Oberkellner Leopold weitere Nachforschungen anstellen kann, liegt Sageder tot neben einem Steg am Grund der Alten Donau – Mord, und nicht Selbstmord, wie zuerst angenommen. In der Leseecke interessiert sich plötzlich eine junge Frau namens Cornelia auffällig für das Buch mit Roberts Widmung. Rasch treten immer mehr Details zu zerrütteten Familienverhältnissen und zerbrochenen Freundschaften zutage, in die auch der Pathologe Konrad Otto verwickelt ist. Leopold muss sein ganzes Geschick aufwenden, um hinter das Motiv für das Verbrechen zu kommen und diesen kniffligen Fall zu lösen.

© privat

Hermann Bauer wurde 1954 in Wien geboren. Dreißig wichtige Jahre seines Lebens verbrachte er im Bezirk Floridsdorf. Bereits während seiner Schulzeit begann er, sich für Billard, Tarock und das nahe gelegene Kaffeehaus, das Café Fichtl, zu interessieren, dessen Stammgast Bauer lange blieb. Von 1983 bis Anfang 2019 unterrichtete er Deutsch und Englisch an der BHAK Wien 10. Er wirkte in 13 Aufführungen der Theatergruppe seiner Schule mit. Im Jahr 2008 erschien sein erster Kriminalroman »Fernwehträume«, dem 17 weitere Krimis um das fiktive Floridsdorfer Café Heller und seinen Oberkellner Leopold folgten. »Melange mit Buch« ist der 18. Kaffeehauskrimi des Autors. Er lebt mit seiner Frau Andrea in Wien und Eisenstadt.

HERMANN BAUER

Melange mit Buch

KAFFEEHAUSKRIMI

Die automatisierte Analyse des Werkes, um daraus Informationen insbesondere über Muster, Trends und Korrelationen gemäß § 44b UrhG (»Text und Data Mining«) zu gewinnen, ist untersagt.

Bei Fragen zur Produktsicherheit gemäß der Verordnung über die allgemeine Produktsicherheit (GPSR) wenden Sie sich bitte an den Verlag.

Immer informiert

Spannung pur – mit unserem Newsletter informieren wir Sie regelmäßig über Wissenswertes aus unserer Bücherwelt.

Gefällt mir!

Facebook: @Gmeiner.Verlag
Instagram: @gmeinerverlag

MIX
Papier | Fördert gute Waldnutzung
FSC® C083411

Besuchen Sie uns im Internet:
www.gmeiner-verlag.de

© 2025 – Gmeiner-Verlag GmbH
Im Ehnried 5, 88605 Meßkirch
Telefon 07575/2095-0
info@gmeiner-verlag.de
Alle Rechte vorbehalten
1. Auflage 2025

Lektorat: Claudia Senghaas, Kirchardt
Satz: Mirjam Hecht
Umschlaggestaltung: U.O.R.G. Lutz Eberle, Stuttgart
unter Verwendung der Fotos von: © A.B. / iStock.com
und Debby Hudson / unsplash
Druck: CPI books GmbH, Leck
Printed in Germany
ISBN 978-3-8392-0889-2

Personen und Handlung sind frei erfunden.
Ähnlichkeiten mit lebenden oder toten Personen
sind rein zufällig und nicht beabsichtigt.

KAPITEL 1

Dienstag, 15. Oktober, nachmittags und abends

Leopold W. Hofer, der Oberkellner des Floridsdorfer *Café Heller*, warf von der Theke aus einen Blick in die Runde. Alle Gäste schienen für den Augenblick zur Genüge mit Speis und Trank versorgt zu sein. Sie plauderten angeregt miteinander, blätterten in einer Tageszeitung oder spielten eine Partie *Karambol.* Also hatte er kurz Zeit, um eine SMS an seine Lebensgefährtin Erika Haller, welche die nahe dem Kaffeehaus gelegene *Buchhandlung Lederer* betrieb, zu verfassen.

»Ui jegerl! Schon wieder! So ein Blödsinn«, brummte er dabei verärgert in sich hinein.

Frau Heller, die ihm gegenüber hinter der Theke stand und ebenfalls gerade mit ihrem Mobiltelefon beschäftigt war, blickte auf. »Was haben Sie denn?«, fragte sie.

»Sie müssen schon verzeihen, Frau Sidonie«, schilderte Leopold seine Lage. »Aber meine groben Finger und die filigrane Tastatur auf dem kleinen Handybildschirm können sich einfach nicht miteinander anfreunden. Dauernd vertippe ich mich! Wenn das so weitergeht, brauche ich mit meiner Nachricht an Erika bis zur Sperrstunde!«

»Und unsere Gäste verhungern und verdursten in der Zwischenzeit. Schlagen Sie sich das aus dem Kopf«, wies ihn Frau Heller zurecht. »Warum mühen Sie sich überhaupt so ab, wenn Sie mit der neuen Technik ohnehin nicht zurechtkommen? Rufen Sie Erika doch einfach an! Das können Sie wenigstens.«

»Das darf ich eben nicht mehr«, klagte Leopold. »Erika fühlt sich dadurch seit Neuestem in ihrer Arbeit gestört. Sie hält mir vor, dass ich ihre Kundengespräche in der Buchhandlung unterbreche und sie sich selbst dann, wenn sie ihr Gerät zwischenzeitlich ausgeschaltet hat, verpflichtet fühlt, mich später zurückzurufen. Jetzt verkehren wir eben bis zum Abend nur mehr schriftlich miteinander. Dass wir uns dann noch sehen, ist aufgrund meiner Tätigkeit hier auch nicht immer garantiert. Also bleibt es ungewiss, wann wir uns vor dem Sonntag wieder etwas sagen können. Ist das nicht pervers?« Er schüttelte den Kopf. »Der nächste Fehler! Und in der Zeile oben habe ich mich auch geirrt. Ich geb's bald auf!«

Er erwartete nun ein paar belehrende Worte von seiner Chefin, doch zu seiner Überraschung nickte sie nur und sagte: »Ich verstehe zwar Erikas Anliegen, während der Arbeit nicht gestört zu werden, aber auch mir fällt schon seit einiger Zeit auf, dass die Leute nur mehr stumm über ihr Handy kommunizieren, statt miteinander zu reden. Leider betrifft mich das mittlerweile ebenfalls persönlich.« Sie hielt ihm ihr Mobiltelefon unter die Nase. »Da, lesen Sie«, forderte sie ihn auf.

»Ich kann das auf dem kleinen Bildschirm kaum entziffern«, wandte Leopold ein. »Das ist das Nächste, was mir neben dem Getapse mit den Fingern Probleme macht.«

Frau Heller vergrößerte den Text seufzend mit ihren Fingern und wiederholte: »Lesen Sie!«

Nun konnte Leopold die Nachricht entschlüsseln. Sie lautete: *Erbitte demnächst Melange mit zwei Zucker. LG H.*

»Was soll das bedeuten?«, erkundigte er sich ratlos.

»Das ist von meinem Heinrich«, raunte Frau Heller ihm zu. »Er will seinen Kaffee!«

Leopold verstand noch immer nicht. »Aber der Chef sitzt doch am Haustisch«, wunderte er sich. »Warum sagt er es Ihnen nicht einfach?«

Frau Heller bedeutete ihm, leise zu sein. »Er braucht uns nicht zu hören«, flüsterte sie. »Obwohl er wahrscheinlich ohnehin so vertieft in sein Handy ist, dass er nichts mitkriegt. Ist Ihnen nicht aufgefallen, dass mein Mann und ich in letzter Zeit hier im Lokal kaum mehr miteinander reden? Und zwar deshalb, weil er nur noch über dieses Kastl Mitteilungen macht oder entgegennimmt. Das sei viel bequemer, meint er. Man müsse sich nicht so anstrengen. Zum Reden sei in der Wohnung auch noch Zeit. Und wissen Sie, was er dort sagt? ›Gute Nacht‹, und wenn ich Glück habe, am nächsten Tag ›Guten Morgen‹. Sonst nichts.«

»Das ist wirklich seltsam«, musste Leopold zugeben. Er schaute kurz in Richtung Haustisch und Herr Heller. Der war so sehr mit seinem Mobiltelefon beschäftigt, dass er kaum registrierte, was um ihn herum vorging.

»Es betrifft ja nicht nur mich«, beschwerte sich Frau Heller weiter. »Ist Ihnen noch nicht aufgefallen, dass er mit beinahe niemandem im Kaffeehaus mehr redet? Dafür ist er in einer *WhatsApp*-Gruppe.«

Leopold horchte auf. »*WhatsApp*? Was ist das?«

»Das ist ein Zusatzdienst am Handy, mit dem man innerhalb einer Gruppe, die man gemeinsam festlegt,

Nachrichten versenden kann. Die Botschaften gehen an alle gleichzeitig, darin besteht der Vorteil«, erklärte Frau Heller. »Auf diese Weise tut sich mein Heinrich mit einigen seiner Freunde zusammen. Sie tauschen den ganzen Tag Informationen untereinander aus. Der Böhm Xandl ist dabei, der Schulz Fredi ...«

»Einen Moment, Frau Sidonie«, unterbrach Leopold. »Der Xandl und der Fredi sind beide im Lokal. Nur sitzt der eine da, der andere dort, und der Chef sitzt hier.«

»Eben! Das sage ich ja«, versuchte Frau Heller, ihm ihr Problem verständlich zu machen. »Wenn Sie genau hinschauen, werden Sie bemerken, dass jeder von ihnen sein Smartphone vor sich auf dem Tisch liegen hat. Das bedeutet, dass sie gerade in intensiven Kontakt miteinander getreten sind. Es ist nicht mehr auszuhalten!«

»Sie könnten sich doch genauso gut zusammensetzen und normal unterhalten«, wandte Leopold ein.

»*WhatsApp* ist leider das neue Normal! Zumindest für meinen Heinrich«, äußerte Frau Heller bekümmert. »Er hält es, wie gesagt, für ökonomischer, als miteinander zu sprechen. Das Wichtigste könne so in aller Kürze mitgeteilt werden. Sämtliche unnötigen und zeitaufwendigen Einschübe würden wegfallen. Außerdem gebe es nur wenig Spielraum für Diskussionen. Und mein Heinrich hasst Diskussionen.«

Leopold begann, die gesamte Tragweite dieser Entwicklung zu verstehen. »Das sind ja schöne Aussichten«, entfuhr es ihm.

»Und zwar deswegen, weil diese Unsitte wie eine Seuche um sich greift«, belehrte ihn Frau Heller. »Wie das Beispiel meines Gatten und seiner Freunde zeigt, huldigt längst nicht mehr nur die Jugend dieser unseligen

Mode. Wissen Sie, was das bedeutet? Wenn es so weitergeht, wird in einer Kirche bald mehr geredet werden als bei uns im Kaffeehaus!«

Man hörte nun ein kurzes, aber bestimmtes Räuspern vom Haustisch. Herr Heller wollte offenbar sichergehen, dass seine Frau seine Botschaft erhalten hatte und er die Melange bekam. Die machte allerdings keinerlei Anstalten, sich an die Kaffeemaschine zu begeben. »Dem muss Einhalt geboten werden«, wandte sie sich stattdessen weiter an Leopold. »Darum bin ich froh, dass wir Erikas Vorschlag für eine Bücherecke umgesetzt haben. Ein Teil unserer Gäste nutzt diese Möglichkeit bereits, um ein wenig mit der Seele zu baumeln, aber auch, um über den Umweg der Bücher miteinander ins Gespräch zu kommen.«

Tatsächlich konnte man seit einiger Zeit im hinteren Teil des *Café Heller*, ein wenig abgesetzt von den Tischen, an denen Schach oder Karten gespielt wurde, einen Bereich ausmachen, der allein dem Lesen und der literarischen Plauderei gewidmet sein sollte. An der Wand befand sich ein Bücherregal, das bereits zu einem ansehnlichen Teil gefüllt war. Davor standen zwei Couchtische und um sie herum bequeme Loungesessel zum Abhängen. Die gemütliche Ecke war so geschickt und ökonomisch eingerichtet, dass sie ausreichend Platz bot, ohne zu viel Raum zu beanspruchen.

Erika Haller war die Idee dazu durch einige ihrer Kunden gekommen, die nachgefragt hatten, wo sie ihre alten, gebrauchten Bücher denn hintragen konnten, damit sie noch Verwendung fanden. Frau Heller und sie kamen daraufhin rasch überein, dass es ein interessanter Versuch wäre, eine Bücherecke im *Café Heller* einzurichten. Die kleinen baulichen Veränderungen waren schnell erledigt, auf einem Plakat wurde um Buchspenden gebeten, und schon bald wurden die ersten Bände in die Regale eingeräumt. Erika schaute selbst immer wieder auf einen Sprung vorbei, um die Spreu vom Weizen zu trennen – absolut untaugliche Bücher auszusortieren – und dem übrigen, aufgrund der Spendierfreude der Floridsdorfer rasch anwachsenden Bestand eine übersichtliche Ordnung zu verleihen.

»Ich stelle mit Freude fest, dass sich unsere Bücherecke wachsender Beliebtheit erfreut«, registrierte Frau Heller. »Der Herr mit der Brille und die kurzhaarige brünette Frau, die übrigens ausgezeichnet zu ihm passen würde, waren gestern auch schon da. Ich habe so ein Gefühl, dass das unsere ersten Bücherstammkunden werden.«

»Bloß reden sie nichts miteinander«, stellte Leopold mitleidlos fest.

»Das kommt schon noch«, zeigte sich Frau Heller überzeugt. »Bald werden sie das Bedürfnis verspüren, ihr Schweigen zu brechen, und wenn auch nur einer den anderen schüchtern fragt, was er gerade liest.«

»Wozu sollten sie? Das sieht man doch auf einen Blick, wenn man genau hinschaut«, vermerkte Leopold kopfschüttelnd.

»Diese Aussage beweist nur wieder einmal, wie unromantisch Sie sind«, machte ihn Frau Heller aufmerksam. »Ich wette jedenfalls, dass sich zwischen den beiden eher ein Gespräch anbahnt als in der *WhatsApp*-Gruppe von meinem Heinrich. Achten Sie übrigens darauf, dass in der Bücherecke niemand sein Mobiltelefon verwendet. Dort ist selbstverständlich handyfreie Zone!«

Leopold kam nicht dazu, einen weiteren Kommentar abzugeben, denn vom Haustisch dröhnte ein lautes und ungeduldiges »Meine Melange!« herüber.

»Mein Heinrich redet wieder mit mir. Wie schön«, konstatierte Frau Heller sarkastisch und begab sich eilends hinter die Kaffeemaschine.

*

Am Abend waren der Mann mit der Brille und die kurzhaarige brünette Frau längst gegangen, ohne ein Wort miteinander gewechselt zu haben. Die Bücherecke lag einsam und verlassen da. »Das wird sich bald ändern«, versicherte Frau Heller, deren Gedanken ständig um diese neue Einrichtung ihres Kaffeehauses kreisten, ihrem Oberkellner. »Mit der geeigneten Werbung und den richtigen Ideen füllen wir unseren neuen Wohlfühlbereich auch zu später Stunde.«

»Ich weiß schon, was Sie meinen«, sinnierte Leopold. »Vorhin beim Abräumen habe ich etwa den Roman *Josefine Mutzenbacher oder Die Geschichte einer Wienerischen Dirne* bemerkt. Wenn wir nun groß plakatieren, dass man solche Meisterwerke der erotischen Literatur bei uns gratis spätabends lesen kann …«

»Sie machen sich schon wieder über alles lustig«, schnitt ihm Frau Heller das Wort ab. »Natürlich müssen wir achtgeben, dass unsere Schüler aus dem Gymnasium nebenan eine derartige Lektüre nach Unterrichtsschluss nicht in die Finger kriegen. Wir müssen überhaupt aufpassen, dass kein Missbrauch mit den Büchern geschieht und sich die Leute nichts heimlich mitnehmen. Aber zuallererst gilt es zu schauen, dass unser Angebot auch angenommen wird. Mir schwebt da etwa als erste Maßnahme ein spezieller Bücherwein vor, den man abends als Lesebegleitung ausschenkt.«

Sie war ganz auf ihre literarischen Herausforderungen der Zukunft fokussiert, sodass sie erschreckt auffuhr, als plötzlich das zerfurchte und mitgenommene Gesicht eines Mannes vor ihr an der Theke auftauchte. Sein gewelltes, grau meliertes Haar mochte irgendwann einmal an diesem Tag ordentlich nach hinten gekämmt gewesen sein. Jetzt bahnte es sich seinen Weg nach allen Richtungen. Seine vom Lehnen und Stehen an unzähligen Tresen und Bars gekrümmte Gestalt schwankte unter der sichtlichen Einwirkung des Alkohols. Frau Heller zog sich dezent zum Haustisch zurück und überließ Leopold diesen Neuankömmling.

»Was wünschen der Herr?«, fragte der vorsichtig, während er den Gast einer eingehenden Musterung unterzog. Alkoholisierte Personen, die man kannte, wusste man zumeist richtig einzuschätzen und zu behandeln. Man konnte mit ziemlicher Sicherheit voraussehen, ob sie sich friedlich verhalten oder einen Wirbel veranstalten würden. Bei Fremden fehlten diese Erfahrungswerte. Also hieß es vorsichtig sein.

»Einen kleinen Obstler und ein Seidel Bier«, antwortete der ramponierte Mann mit zugekniffenen Augen.

Leopold überlegte kurz, ob er ihm ein derart hochprozentiges Getränk einschenken sollte. Seine Chefin war ihm dabei keine große Hilfe. Sie hatte soeben mit ihrer neuen Lieblingsbeschäftigung, dem Lösen eines *Sudoku*-Rätsels, begonnen. Also servierte er dem Unbekannten seinen Schnaps und sein Bier, um Zeit zu gewinnen und zunächst einmal jegliche Diskussion zu vermeiden.

Der Mann stürzte den Obstler in einem Zug hinunter. Dann nahm er sein volles Bierglas und wankte damit an den Billardtischen vorbei in den hinteren Teil des *Café Heller*. Leopold schwante Übles. Der Unbekannte steuerte genau auf die Bücherecke zu. Offenbar hatten es ihm die bequemen Sitzgelegenheiten angetan. Wenn er nun dort sein Bier verschüttete, war die Katastrophe fertig. Frau Heller hatte nicht bedacht, dass dieser gemütliche Bereich auch auf Menschen ohne literarische Ambitionen Anziehungskraft ausüben könnte.

»Einen Augenblick«, versuchte Leopold deshalb, den Gast aufzuhalten. »Da können Sie nicht hin!«

Der Mann schien unbeeindruckt. »Und warum nicht?«, fragte er.

»Das ist eine Bücherecke«, machte Leopold ihn aufmerksam. »Die ist nur für Leute gedacht, die eines der Bücher aus den Regalen lesen möchten.«

Der Gast verzog seinen Mund zu einem schwachen Grinsen. »Aber genau das will ich ja«, gab er zurück.

Leopold blieb skeptisch. Andererseits ging es darum, den Mann nicht unnötig zu provozieren. Also entschied er sich für einen Kompromiss. »Schauen Sie einmal, ob Sie etwas finden, das Sie interessiert«, schlug er vor. »Das Bier lassen Sie inzwischen auf der Theke stehen, das stört Sie nur dabei. Wenn Sie etwas für sich entdeckt und eine stabile Position eingenommen haben, bringe ich es zu Ihnen.«

Der Mann überlegte. »Na schön«, fügte er sich dann. »Schaue ich eben, was ihr so habt. Ich sehe sowieso gleich, ob eure kleine Sammlung was taugt oder nicht. Ich merke das an einem einzigen Buch! Wenn es fehlt, habt ihr nur zweitklassigen Ramsch anzubieten.«

Leopold verwünschte den Augenblick, als der Unbekannte das *Café Heller* betreten hatte. Jetzt musste er sich nicht nur um seine anderen Gäste kümmern, sondern vor allem beständig ein Auge auf ihn haben. Immerhin wirkte der Mann so, als interessiere er sich tatsächlich für den angebotenen Bestand an Literatur. Er ging die Buchrücken einzeln durch, zog hin und wieder einen Band heraus und schob ihn dann wieder zurück. Es sah so aus, als suche er nach etwas Bestimmtem. Schließlich schien er gefunden zu haben, was sein Herz begehrte. Ungläubig und überrascht hielt er den Roman *Salz auf unserer Haut* von Benoîte Groult in Händen. »Sie haben es tatsächlich. Es ist sogar dieselbe Ausgabe«, redete er erstaunt zu sich selbst, setzte sich in einen der Loungesessel und begann, darin zu blättern.

Dabei ging auf einmal ein jäher Ruck durch seinen Körper. Er griff sich aufs Herz und stieß einen unterdrückten Schrei aus. Er atmete schwer. Leopold eilte sofort zu ihm, um nach dem Rechten zu sehen. »Fehlt Ihnen etwas?«, erkundigte er sich besorgt.

Der Mann winkte ab. »Es geht schon«, versicherte er. »Sie brauchen mich nicht zu bedauern. Bringen Sie mir lieber mein Bier. Oder nein, ich komme gleich wieder zu Ihnen nach vorn.«

Schwerfällig erhob er sich nach kurzer Zeit, machte dabei jedoch keine Anstalten, das Buch zurück auf seinen Platz zu stellen. Leopold seufzte. »Bitte geben Sie das Buch wieder dorthin, wo Sie es hergenommen haben«, forderte er den Mann auf.

Der reagierte nicht, klemmte es unter seinen Arm und bewegte sich auf unsicheren Beinen in Richtung Theke. »Haben Sie nicht gehört?«, rief Leopold ihm nach.

Warum nur mussten es einem manche Leute so schwer machen?

»Doch! Aber ich würde es gern mitnehmen«, entgegnete der Mann.

»Das geht nicht«, bemerkte Leopold unwirsch. »Es gehört ja nicht Ihnen!«

»In gewissem Sinne schon«, rechtfertigte sich sein Gegenüber.

Jetzt wurde es Frau Heller zu bunt. Sie eilte vom Haustisch auf den Gast zu und stellte ihn zur Rede. »Wir sind ein Kulturcafé und kein Basar, mein Herr«, ließ sie ihn wissen. »Wenn Sie sich gratis Lektüre für zu Hause beschaffen wollen, müssen Sie schauen, ob Sie etwas Passendes in einem der öffentlichen Bücherschränke im Bezirk finden. Ansonsten können Sie unsere Angebote gern in der gemütlichen Atmosphäre unseres Kaffeehauses lesen. Wir würden dieses Buch sogar für Sie reservieren, bis Sie damit fertig sind.«

Der Mann schüttelte entschieden den Kopf. »Das macht für mich keinen Sinn«, behauptete er. »Aber es bleibt sicher hier? Es kommt nicht weg?«

»Da schauen wir drauf, wie Sie eben selbst gemerkt haben«, versicherte Frau Heller ungeduldig.

»Gut«, zeigte sich der Mann zufrieden. Es entstand eine kurze Pause. »Woher bekommen Sie die Bücher eigentlich?«, wollte er dann wissen.

»Die meisten werden uns dankenswerterweise von unseren Gästen zur Verfügung gestellt«, informierte ihn Frau Heller. »Sie können gern auch welche vorbeibringen.«

Der Mann hatte immer mehr Mühe, zusammenhängend zu kommunizieren, was er meinte. »Das möchte ich nicht«, äußerte er träge. »Ich möchte wissen, von wem Sie dieses Buch bekommen haben.«

»Das sind vertrauliche Auskünfte, die wir Ihnen leider nicht geben können«, antwortete Frau Heller knapp, erklärte das mühselige Frage- und Antwortspiel für sich damit als beendet und zog sich wieder an den Haustisch zurück.

»Können Sie mir vielleicht helfen?«, wandte sich der Mann daraufhin an Leopold.

»Es wäre von Vorteil, wenn Sie mir mitteilen könnten, warum Sie diese Information wünschen«, versuchte dieser, dem zugeknöpften Gast etwas zu entlocken.

Aber der verfiel in eine immer größere Lethargie. »Dann eben nicht«, resignierte er. »Ich finde das auch allein heraus.«

So schnell wollte Leopold die Sache nun auch wieder nicht auf sich beruhen lassen. Sein sechster Sinn sagte ihm, dass da unter Umständen mehr dahintersteckte als ein Betrunkener, der auf ein in die Jahre gekommenes Buch fixiert war. »Wie kann ich Sie denn erreichen, sollte ich etwas in Erfahrung bringen?«, fragte er deshalb.

»Ich komme einfach in den nächsten Tagen wieder vorbei«, versicherte der Mann.

Leopold überreichte ihm seine Visitenkarte. »Da sind meine Kontaktdaten«, erwähnte er. »Sie können sich jederzeit bei mir melden, Herr …«

»Reinhard, wie Sie bald selbst herausfinden werden«, ließ ihn der Mann ohne große Begeisterung wissen und steckte die Karte in die rechte Tasche seines abgetragenen Mantels. Dann trank er sein Bier aus, zahlte und ging seiner Wege.

Leopold betrachtete das Buch. Er konnte sich vage daran erinnern, den Roman *Salz auf unserer Haut* vor mehr als 30 Jahren, als er in den Bestsellerlisten ganz oben zu finden gewesen war, sogar gelesen zu haben, und zwar vor allem aufgrund seines romantisch-erotischen Inhalts. Es ging darin um die sexuelle Beziehung, die eine intellektuelle Frau und ein bretonischer Fischer über Jahrzehnte abseits ihres alltäglichen Lebens führten, bis der Mann schließlich starb. Gehobene Durchschnittsware, kein Sammlerstück. Bei Leopold hatte das Buch keinen nachhaltigen Eindruck hinterlassen. Es musste für Reinhard eine persönliche Bedeutung haben.

Als Leopold es öffnete, war das Rätsel sogleich gelöst. Auf der allerersten noch unbedruckten Seite fand er die folgende Widmung: *Von Reinhard an meine geliebte Regina als Zeichen für unsere wunderschöne gemeinsame Zeit. R* ❤

»Jetzt ist alles klar«, bemerkte Leopold in Richtung seiner Chefin. »Offenbar war dieses Buch ein Geschenk von unserem Reinhard an eine Frau, die er sehr mochte, und jetzt ist es ihm zufällig wieder in die Hände gefallen. Aus seiner Reaktion schließe ich, dass die Verbindung zwischen den beiden abgerissen ist. Sein spontaner Wunsch ist nun, diese Frau wiederzusehen. Und trotz seiner Alkoholisierung schließt er messerscharf, dass die beste Möglichkeit, seine Angebetete zu finden, darin besteht, zu eruieren, wer das Buch bei uns abgegeben hat.«

»Und Sie meinen, wir sollten der ungepflegten Erscheinung dabei helfen?«, zweifelte Frau Heller.

»Nun ja, seine Entdeckung scheint ihn ziemlich mitgenommen zu haben«, gab Leopold zu bedenken. »Die alten Gefühle sind wohl wieder zurückgekommen.«

»Tun Sie nicht so, als ob Sie Mitleid mit ihm hätten oder plötzlich der Romantiker in Ihnen erwacht wäre«, beanstandete Frau Heller. »In Wirklichkeit sehnt sich doch nur Ihre detektivische Ader nach Betätigung, da im Augenblick weit und breit kein Mord in Sicht ist.«

»Wer weiß, welches Schicksal die beiden heimgesucht hat«, versuchte Leopold, sie zu überzeugen. »Wenn Sie also etwas über den Überbringer oder die Überbringerin des Buches wissen, sollten Sie damit nicht hinterm Berg halten. Dann können wir einmal vorsichtig und diskret Nachforschungen in dieser Richtung anstellen und dem armen Kerl vielleicht helfen.«

»Na schön, irgendwann locken Sie mir es ja doch heraus«, gab Frau Heller nach. »Ich habe das betreffende Buch zusammen mit Erika in unser Regal eingeordnet, kurz nachdem ich es bekommen habe, deshalb erinnere ich mich daran. Es befand sich in einem auffälligen roten Plastiksackerl. Darum habe ich mir gemerkt, von wem es gekommen ist.«

»Vielleicht von einer Dame mit Namen Regina?«, forschte Leopold.

»Das wäre wohl zu einfach«, konstatierte Frau Heller. »Die edle Spenderin war vor einigen Tagen gemeinsam mit meiner Freundin Martina Windisch bei uns. ›Schau, was wir da für deine Bücherecke haben‹, hat Martina gesagt. ›Genug Lesestoff für den ganzen langen Winter.‹ Daraufhin hat mir ihre Begleiterin zwei rote Plastiksackerln überreicht, die bis oben voll mit Büchern waren.«

»Sie wissen aber nicht, wie diese Begleiterin geheißen hat.«

»Woher sollte ich? Martina hat sie mir nicht vorgestellt«, rechtfertigte sich Frau Heller. »Die beiden sind auch nur auf einen kleinen Mokka geblieben, den sie im Stehen an der Theke getrunken haben. Kaum hatte ich die Bücher, waren sie schon wieder weg.«

»Dann müssen Sie umgehend mit Ihrer Freundin reden, um mehr herauszubekommen«, forderte Leopold.

»Müssen tu ich gar nichts«, erklärte Frau Heller. »Aber wenn Sie mir versprechen, dass Sie schön brav sind, wie es sich gehört, und sich nicht in unser Gespräch einmischen, werde ich Martina morgen hierher zum Mittagessen einladen. Da kommt sie sicher, wie ich sie kenne, weil sie alleinstehend und zu faul zum Kochen ist. Dann können wir gemütlich über die ganze Sache plaudern.«

Leopold zeigte sich zufrieden. »Jawohl, so machen wir's«, stimmte er zu.

*

Im *Café Heller* ging es auf die mitternächtliche Sperrstunde zu. Draußen hatte ein ungemütlicher kalter Wind zu blasen begonnen. Frau Heller schaute in immer kürzeren Abständen auf ihre Uhr. Die meisten Gäste waren bereits hinaus in die unfreundliche Nacht verschwunden, und sie hoffte, dass sie ein wenig früher Schluss machen konnte, um mit ihrem Ehemann wenigstens vor dem Schlafengehen noch ein paar Worte ganz ohne Mobiltelefon zu wechseln. Aber wie so oft, wenn sich nur noch ein paar Leute im Lokal befanden, machten diese keine Anstalten zu gehen. Die unwirtliche Witterung verstärkte nur noch ihren Hang zum Sitzenbleiben.

Da öffnete sich, halb von menschlicher Hand, halb von einer Sturmbö aufgestoßen, noch einmal die Kaffeehaustür. Eine von oben bis unten in Schwarz gekleidete ältere Frau, deren graues Haar links und rechts in dichten Strähnen herabfiel, betrat das *Heller*. Obwohl sie hier nur ein seltener Gast war, erkannte sie jeder sofort. Man kannte von ihr nur den Vornamen und nannte sie allgemein »Johanna die Wahnsinnige«.

Woher diese Bezeichnung und der Vergleich mit der ehemaligen Königin von Kastilien kam, war ungewiss. Historische Hintergründe spielten hier wohl kaum eine Rolle. Manche führten es auf ihr exzentrisches Verhalten in ihrer Jugendzeit zurück, als sie sich sowohl Männern als auch Frauen leidenschaftlich und wild an den Hals geworfen hatte. Gleichzeitig hatte sie die Eifersucht gewalttätig gegen Vertreter beiderlei Geschlechts werden lassen. Einer Frau hatte sie, wann man den Gerüchten glaubte, einmal beinahe die Augen ausgekratzt. Man munkelte auch etliche unheimliche Dinge über sie. Je älter sie wurde, desto mehr war sie als Unglücksbotin verschrien, und die Leute wichen ihr angsterfüllt aus, wenn sie ihr auf der Straße begegneten. Aufgrund ihrer schwarzen Kleidung, die sie stets trug, bedeutete es im Volksmund wie bei einer schwarzen Katze Pech, wenn sie einem über den Weg lief.

Johanna lebte zurückgezogen irgendwo am Bruckhaufen. Von Zeit zu Zeit machte es ihr aber Spaß, ihrem Ruf gerecht zu werden und die Menschen zu erschrecken. Dann spazierte sie durch den Bezirk, delektierte sich daran, dass sich einige bekreuzigten, wenn sie ihrer ansichtig wurden, und hatte für diejenigen, die es genau wissen wollten, stets ein Bündel düsterer Prophezeiungen auf Lager. Auch jetzt schien sie sich auf einem solchen Rundgang zu befinden.

»Wir schließen gleich, Gnädigste«, beeilte sich Leopold, ihr zuzurufen, als er sah, dass sie vorhatte, ihre Zelte an der Theke aufzuschlagen.

»Es ist wegen der Hexe, nicht wahr? Der Hexe, die es wagt, zu nächtlicher Stunde ein beschauliches Lokal in Angst und Schrecken zu versetzen«, versetzte Johanna lispelnd in schnippischem Ton.

»Es ist wegen der Uhr«, korrigierte Leopold sie. »Die Zeiger stehen bereits auf fünf Minuten vor dreiviertel zwölf.«

»Genug Zeit für einen Drink«, konterte Johanna. »Ein Achtel Rot geht sich auf alle Fälle noch aus.«

»Ein schnelles Achtel«, machte Leopold sie aufmerksam und schenkte ihr widerwillig ein Glas ein. Diese Frau war auch ihm nicht geheuer.

»Ich habe euch sogar etwas mitgebracht«, verkündete Johanna stolz. Nun erst sah Leopold eine schwarze Tasche, die sich in dem matten Kaffeehauslicht kaum von ihrer Kleidung abhob und voll mit Büchern war.

Er wollte Johanna schon erklären, dass für den Augenblick genug Lesestoff zur Verfügung stehe, da bekam Frau Heller noch einmal einen Energieschub. »Wie schön, dass auch Sie an uns gedacht haben«, rief sie und eilte herbei. »Und so viel ist es auch noch! Wie haben Sie denn von unserer Bitte um Spenden erfahren?«

»So etwas spricht sich herum«, antwortete Johanna knapp.

»Unsere Expertin von der *Buchhandlung Lederer* wird das Material genau prüfen und dann in unser Bücherregal einordnen«, versicherte Frau Heller.

Johanna verzog ihren Mund zu einem sarkastischen Lächeln. »Was heißt das?«, mokierte sie sich. »Ist hier etwa die Rede von Zensur? Das würde meinen Prinzipien gewaltig widersprechen. Entweder meine Bücher finden alle einen Platz bei Ihnen, oder ich nehme sie gleich wieder mit.«

Frau Heller hatte nicht mit einer derart resoluten Reaktion gerechnet. »Aber, aber, seien Sie doch nicht gleich so eingeschnappt«, versuchte sie, beruhigend auf Johanna einzuwirken. »Wir schauen doch nur nach, ob wir etwas bereits in unserem Sortiment haben, oder – das ist bis jetzt allerdings noch nicht vorgekommen – ob es vom Inhalt her zu speziell für unsere Gäste ist. Ich gebe Ihnen ein Beispiel: Ein Buch über die Geschichte einer kaum bekannten Chorvereinigung würde wohl bei aller Toleranz durchfallen.«

»Wenn ich etwas zur Verfügung stelle, bin ich es nicht gewohnt, dass es extra bewertet wird«, gab Johanna verärgert zurück. »Sollten Sie meine Gabe annehmen, erwarte ich, dass ich jedes – ich wiederhole, *jedes* – dieser Bücher in Ihrer Leseecke wiederfinde. Es befinden sich wahre Schätze darunter. Also entweder oder!«

Frau Heller überlegte. Sie konnte es sich jetzt, wo die Bücherecke im Aufbau begriffen war und ihren Weg in die Herzen möglichst vieler Menschen finden sollte, nicht leisten, Johanna abzuweisen. Eine Ablehnung ihres Angebotes würde sich schnell herumsprechen und für negative Reklame sorgen. Die wenigen verbliebenen Gäste spitzten bereits ihre Ohren und schrieben jedes Wort, das sie hörten, im Geist genau mit. Außerdem wusste man nicht, wie viele negative Kräfte diese angebliche Unheilsverkünderin tatsächlich aktivieren konnte.

»Selbstverständlich nehmen wir alle Ihre Bücher dankend in unseren Bestand auf«, sicherte ihr Frau Heller deshalb mit verkrampftem Lächeln zu. »Haben Sie etwa vor zu kontrollieren, ob ich mich an mein Versprechen halte?«

»Mag sein«, ließ sich Johanna nicht in die Karten blicken. »Dieser Rotwein ist ein edler Tropfen, dessentwegen es sich lohnt, immer wieder einmal vorbeizuschauen. Behandeln Sie meine Geschenke also gut. Sie haben alle ihre Bedeutung für mich. Hinter jedem Buch steckt eine eigene Geschichte. Eines davon hat einmal sogar einen Mord verursacht!«

Leopold, der gerade damit beschäftigt war, die Billardtische mit einem kleinen Handsauger zu reinigen, schaltete diesen sofort ab. Er hatte die letzten Worte nur undeutlich verstanden, aber das genügte. »Einen Mord?«, vergewisserte er sich.

»Jawohl, Mord«, bestätigte Johanna amüsiert. »Da werden müde Oberkellnergeister wieder munter, was?«

»Bei einer derart großspurigen Behauptung allerdings«, äußerte Leopold. »Können Sie das auch beweisen? Um welchen Mord soll es sich denn handeln?«

Johanna nahm genüsslich einen letzten Schluck aus ihrem Weinglas. »Es ist gleich Mitternacht«, erinnerte sie ihn. »Zeit zu gehen, wie Sie mir selbst bei meinem Eintreten deutlich signalisiert haben. Es zieht mich wieder hinaus in die kühle Nacht. Wer weiß, was sie heute noch alles für mich bereithält.«

»Wollen Sie vielleicht noch ein schnelles Fluchtachterl zum Drüberstreuen?«, fragte Leopold. »Dann könnten Sie mir ja einen kleinen Hinweis …«

»Nichts da, jetzt ist Schluss«, unterbrach ihn Frau Heller. »Haben Sie überhaupt schon bei allen abkassiert? Wenn nicht, dann tun Sie Ihre Pflicht!«

Schweren Herzens musste Leopold sich fügen. Johanna nahm einstweilen die Bücher aus ihrer schwarzen Tasche und legte sie auf die Theke. »Es gibt eine ganze Menge von Gründen, weshalb ein Buch die Schuld an einem Mord tragen kann«, palaverte sie dabei. »Es kann Anleitungen dazu enthalten, wie sie zum Beispiel in Kriminalromanen zu finden sind. Es kann jemandem weggenommen worden sein, der es sehr liebte. Es kann die Ursache für eine heftige Auseinandersetzung zwischen zwei Menschen gewesen sein und vieles mehr. Oft geschehen unvermutete Dinge mit zum Teil verheerenden Auswirkungen.«

»Und Sie kennen den Mörder und die ganze Geschichte? Und haben das Buch von ihm oder dem Opfer in Ihren Besitz genommen?«, versuchte der wieder an die Theke zurückgekehrte Leopold, Johanna noch irgendetwas zu entlocken. Aber es war vergeblich.

»Finden Sie es einfach heraus«, war ihre einzige Reaktion. »Mir ist zu Ohren gekommen, dass Sie sich für kriminalistische Rätsel interessieren. Also bitte! Dann ist das ein perfektes Training für Sie!«

»Sie wollen mir nicht einmal den geringsten Hinweis geben?«, flehte Leopold.

»Der Täter oder die Täterin ist nie gefasst worden«, erwähnte Johanna kryptisch, zahlte und war auch schon zur Tür draußen.

»Sperrstunde«, rief Frau Heller noch einmal durchs Lokal. »Lassen Sie die Bücher jetzt Bücher sein, Leopold, und gehen Sie zu Ihrer Erika nach Hause. Morgen ist auch noch ein Tag.«

KAPITEL 2

Mittwoch, 16. Oktober, vormittags und mittags

Leopold musste seine ganze Überredungskunst einsetzen, um Erika dazu zu bewegen, am nächsten Morgen mit ihm gemeinsam zu seinem Dienstbeginn ins *Café Heller* zu gehen. »Weißt du, was das heißt? Du fängst um 7 Uhr an, ich normalerweise erst um 9 Uhr. Ich opfere dir also zwei Stunden meiner freien Zeit«, machte sie ihm klar.

»Ich will doch nur, dass du dir die paar Bücher ansiehst, die am Abend noch hereingekommen sind«, erklärte er ihr. »Du kennst dich da viel besser aus als ich. Es könnte wichtig sein. Vielleicht war eines davon wirklich in einen Mord verwickelt.«

»Vielleicht hat sich diese seltsame Dame auch alles nur ausgedacht«, wandte Erika ein. »Und selbst wenn es stimmt: Dann ist dieser Mord unter Umständen schon einige Zeit her. Reicht es nicht, wenn du deine detektivischen Aktivitäten auf aktuelle Verbrechen beschränkst? Das ist anstrengend genug!«

»Man weiß nie, wie die Dinge zusammenhängen. Ist es nicht außerdem beunruhigend, wenn ein Mörder frei herumläuft?«, gab ihr Leopold zu bedenken.

»Es ist vor allem beunruhigend, wie du dich durch jeden noch so kleinen Köder zu einer Verbrecherjagd verleiten lässt, Schnucki. Kaum hörst du was von einem

Mord, lässt du alles andere liegen und stehen. Das ist bei dir schon wie eine Sucht«, konstatierte Erika wenig begeistert.

»Erstens hat dich Frau Heller ohnehin gebeten, alle neu eingelangten Bücher sachkundig zu prüfen. Zweitens könntest du im Kaffeehaus gleich ein bekömmliches Frühstück einnehmen.«

»Und drittens?«, lauerte Erika.

»Drittens? Nun ja! Wir könnten wieder einmal essen gehen … oder ins Kino …«, bot ihr Leopold, der außer seiner Arbeit und der kriminalistischen Aufklärung am liebsten seine Ruhe hatte, schweren Herzens an.

Davon ließ sich Erika überzeugen. Und so warfen sie, noch ehe das *Heller* seine Pforten öffnete, gemeinsam einen Blick auf Johannas Bücherspende. Leopold hoffte, dass sie dabei auf etwas Auffälliges stoßen würden, das ihn auf eine weiterführende Spur brachte.

Sie nahmen sich ein Buch nach dem anderen vor. Ganz oben auf dem Stoß lagen zwei Krimis von Agatha Christie, *Alibi* und *Das fehlende Glied in der Kette*. »Das schaut schon einmal sehr gut aus«, überlegte Leopold. »Aber ist es nicht zu offensichtlich?«

»Meines Wissens geht es in beiden Romanen um Giftmorde, bei denen der Täter versucht, sie jemand anderem unterzuschieben«, führte Erika aus. »Gift ist ein zentrales Thema bei Agatha Christie. Sie hatte in ihrer Jugend freiwillig Dienst in einem Krankenhaus verrichtet und deshalb fundierte Kenntnisse in dieser Richtung. Und raffinierte Alibis hat sie sich, wie du weißt, serienweise ausgedacht. Theoretisch kann das für jemanden eine Anregung gewesen sein, sich weiter damit zu befassen und so ein quasi perfektes Verbrechen zu begehen. Ob das in der Praxis tatsächlich vorkommt, kann ich nicht beurteilen.«

»Gift hinterlässt keine Fingerabdrücke und keine DNA«, sinnierte Leopold. »Ich werde mich am Nachmittag gemütlich hierhersetzen und in beide Krimis hineinlesen, das kann nicht schaden. Was haben wir noch? *Das andere Geschlecht* von Simone de Beauvoir.«

»Das Standardwerk über das Geschlecht der Frau und ihre dadurch bedingte Rolle in der Gesellschaft«, bemerkte Erika stolz. »Ein sozialgeschichtlich-philosophischer Überblick, veröffentlicht knapp nach dem Zweiten Weltkrieg, Klassiker der feministischen Literatur. Pflichtlektüre! Das brauchst du nicht hier zu lesen, das haben wir bei uns zu Hause stehen, Schnucki!«

»Ich muss auf jeden Fall hineinschauen, damit ich weiß, was du so alles liest, wenn ich nicht daheim bin«, kündigte Leopold an. »Doch hilft es uns weiter? Ermordet man jemanden wegen so etwas? Wenn das Opfer eine Frau ist, war unter Umständen ein Mann wütend auf sie, weil sie sich ihm gegenüber nach der Lektüre des Werkes zu viel herausgenommen hat. Aber sonst? Mal sehen!«

Die nächsten beiden Bücher, die Leopold in Händen hielt und Erika zeigte, gehörten offensichtlich zusammen. »*Biss zum Morgengrauen* und *Biss zur Mittagsstunde* sind zwei moderne, nicht mehr ganz aktuelle Vampirromane von Stephenie Meyer«, klärte sie ihn auf. »Einfach geschrieben, stereotype Charaktere, voraussehbare Handlung, aber wegen der Thematik vor allem unter jungen Lesern nach wie vor beliebt. Die vollständige Serie umfasst vier Bände. Erzählt wird die Liebesgeschichte zwischen einer normalsterblichen 17-Jährigen und einem Vampir, der schon über 100 ist, aber noch immer cool und wie ein Teenager aussieht.«

Leopold blätterte hastig und unaufmerksam in den beiden Büchern. »Wird man zu einer morbiden Grufti-Tat animiert, wenn man das liest?«, fragte er sich. »Ist es ein Hinweis, dass zwei Bände fehlen? Ich weiß es nicht.« Er nahm sich das nächste Buch vor, welches zwei Titel trug: *Message in a Bottle* und *Weit wie das Meer* von Nicholas Sparks.

»Von diesem Roman sind die einen ganz begeistert, die anderen halten ihn für eine lebensfremde Schnulze«, begann Erika sofort zu dozieren. »Der Inhalt: Journalistin findet Liebesbrief als Flaschenpost und veröffentlicht ihn, Leser schicken weitere Flaschenpostbriefe ein. Sie sucht den Verfasser und findet einen Bootsbauer, der die Briefe an seine verstorbene junge Frau zur Bewältigung ihres Todes adressiert hat. Romantische Liebesbeziehung entsteht. Kleiner Durchhänger entsteht, als er erfährt, dass sie diese persönlichen Briefe in einer Zeitung abgedruckt hat. Als sich die Wogen wieder glätten und alles paletti erscheint, verunglückt er mit seinem Boot tödlich.«

Leopold stutzte. »Das klingt so ähnlich wie die Handlung eines anderen Buches, das ich gestern in Händen gehabt habe, und das einen späten Gast einigermaßen aus der Fassung gebracht hat: *Salz auf unserer Haut*. Da geht es doch auch um ein außergewöhnliches Liebesverhältnis. Ich habe es sogar einmal vor Jahren gelesen.«

Erika lächelte. Immer wieder kam es vor, dass ungeübte Leser wie ihr Schnucki glaubten, zwischen zwei Büchern Parallelen zu erkennen, die im Grunde an den Haaren herbeigezogen waren. »Das ist aber auch schon die einzige Gemeinsamkeit zwischen den beiden Romanen«, eröffnete sie ihm. »Bei der *Message* stehen wirkliche Gefühle, Liebe, Trauer und Sehnsucht im Vordergrund. *Salz auf unserer Haut* schildert eine rein sexuelle On-Off-Beziehung zwischen einer Frau aus bürgerlichen Kreisen und einem Fischer, die sich von Kind auf durch ihre Ferienaufenthalte in seinem Dorf kennen.«

»Aber es sterben doch auch beide Männer am Schluss«, wandte Leopold ein.

»Das ist halt so, Schnucki«, bemerkte Erika achselzuckend. »Ein tragisches Ende zählt offenbar zum Erfolgsgeheimnis solch zart-bitterer Romanzen. Die Leser, vor allem aber die Leserinnen, vergießen gern noch ein paar Tränen, ehe sie das Buch beiseitelegen.«

»Eine Journalistin und ein Bootsbauer, eine Frau aus gutem Haus und ein Fischer. Stadtfrau mit Grips trifft auf einfachen Naturburschen. Das ist eine weitere auffällige Ähnlichkeit«, zog Leopold immer eifriger seine Vergleiche.

»Warum ist das auf einmal so wichtig?«, wollte Erika wissen. »Wenn ich dich richtig verstanden habe, suchen wir doch in erster Linie ein Buch, das einen Mord verursacht haben könnte.«

»Das schon«, bekannte Leopold. »Aber zunächst einmal liefert jedes amouröse Verhältnis, ob in der Fiktion oder in der Realität, dafür enormen Sprengstoff. Zusätzlich beschäftigt mich die Wirkung, die *Salz auf unserer Haut* gestern auf einen unserer Gäste gehabt hat. Vielleicht besteht hier ein Zusammenhang.« Er schilderte Erika daraufhin in kurzen Worten die Umstände seiner Begegnung mit dem sonderbaren Mann namens Reinhard.

»Du hörst wieder einmal überall das Gras wachsen, Schnucki«, blieb Erika skeptisch. »Der Mann hat durch

Zufall ein Buch wiederentdeckt, das er vermutlich einmal einer Frau geschenkt hat, und interessiert sich jetzt dafür, was aus der Adressatin geworden ist. Was hat das mit *Message in a Bottle* zu tun?«

»Das werde ich auf jeden Fall genau prüfen«, nahm sich Leopold vor. Er schlug dabei Nicholas Sparks' Roman auf, um darin zu blättern. Plötzlich hielt er inne.

»Was ist?«, fragte Erika.

Leopold pfiff durch seine Zähne. »Ich glaub's ja nicht«, rief er aus. »Da steht eine Widmung, wie in dem anderen Buch: *Liebe Regina! Vergiss nicht, dass ich dich stets in meinem Herzen trage. Dein dich liebender Robert.*«

»Und was bedeutet das deiner Meinung nach?« Nun wurde auch Erika neugierig.

»Zwei Widmungen, zweimal an eine Regina. Ist das nicht seltsam? Ich wette, es handelt sich um ein und dieselbe Frau«, kam Leopold in Fahrt. »Allerdings hat sich hier nicht Reinhard, sondern ein gewisser Robert verewigt.«

»Und wenn es sich um eine andere Regina handelt?«, gab Erika zu bedenken.

»Das wäre ein eigenartiger Zufall«, tat Leopold ihren Einwand sofort ab. »Bei zwei Romanen ähnlichen Inhalts erscheint es wahrscheinlicher, dass es ein und dieselbe Frau ist, und zwar eine, die einen Hang zu melancholischen Liebesgeschichten hat. Wirklich interessant, dass sie die Bücher und Widmungen von zwei verschiedenen Männern erhalten hat. Leider wissen wir nicht, wann und in welchem zeitlichen Abstand. Dazu gibt es keine Angaben.«

»*Message in a Bottle* ist zu Ende des vorigen Jahrhunderts und einige Jahre nach *Salz auf unserer Haut* erschienen«, erinnerte Erika sich.

»Gut! Dann nehmen wir an, dass Reinhard zuerst dran war, und zwar vor circa 30 Jahren«, versuchte Leopold, die Dinge zu ordnen. »Vor etwa 25 Jahren kam dann Robert. Aber natürlich können die Widmungen auch näher beisammen liegen.«

»Gehe ich recht in der Annahme, dass du hier die Wurzeln der von Johanna erwähnten Mordgeschichte vermutest?«, erkundigte sich Erika.

»Vollkommen recht«, bestätigte Leopold. »Parallel zu den Liebesdramen in den Büchern könnte eine ganz reale Liebestragödie entstanden sein. Aber wer hat wen auf dem Gewissen? Und kam ungestraft davon?«

»Mich würde eher interessieren, warum eine Frau Bücher mit derart persönlichen an sie gerichteten Widmungen überhaupt hergibt. So etwas behält man doch«, wunderte sich Erika.

»Da gibt es einen einleuchtenden Grund, nämlich dass sie nicht mehr am Leben ist«, äußerte Leopold kryptisch.

*

Zum Dank für ihre Hilfe bekam Erika von Leopold ein ausgiebiges Frühstück serviert, das alle Stückerln spielte. Als Reaktion darauf erhielt er eine SMS von Herrn Heller, der es sich in der Zwischenzeit am Haustisch bequem gemacht hatte: *Dieses Frühstück steht nicht auf unserer Karte. Ich verrechne Ihnen dafür 15 Euro. Gruß H.H.*

Leopold nahm es gelassen hin und verabschiedete Erika mit einem Kuss. Das *Café Heller* füllte sich rasch, und bald hatte er alle Hände voll zu tun. Bei seiner Arbeit gingen ihm alle möglichen Gedanken durch den Kopf.

Er wollte sich sein weiteres Vorgehen in der mysteriösen Causa genau überlegen.

Streng genommen war nichts passiert, das sein Eingreifen erforderlich machte. Ein Mann, von dem er gerade einmal den Vornamen wusste, war begierig zu erfahren, wie ein Buch mit seiner Widmung in die Leseecke des Kaffeehauses geraten war. Und eine als wahnsinnig verschriene Johanna hatte das Gerücht in die Welt gesetzt, dass eines von ihren gespendeten Büchern die Schuld an einem Mord trug. Das war alles. Er hatte nicht einmal die Kontaktdaten dieser beiden Personen, geschweige denn ein Indiz dafür, dass ihre Behauptungen stimmten.

Dennoch fand er für sich mindestens zwei Gründe, warum er der Sache nachgehen sollte.

Zuerst einmal hatte Leopold dem Mann namens Reinhard seine Hilfe dabei angeboten herauszufinden, wer das Buch *Salz auf unserer Haut* gespendet hatte. Dieses Versprechen war er gewillt einzuhalten. Er ging davon aus, dass es Reinhard um die in der Widmung erwähnte Regina ging und er sich wieder bei ihm melden würde. Dann, so hoffte Leopold, würde er auch mehr über dessen Beziehung zu dieser Frau erfahren.

Zum Zweiten: Sollte sich herausstellen, dass eines der Bücher tatsächlich in einen ungeklärten Mord verwickelt war, lief der Täter immer noch frei herum und musste schnellstens gefunden werden. Die Polizei hatte den Fall wahrscheinlich längst zu den Akten gelegt. Aber von Johanna erhoffte er, weitere Hinweise zu erhalten, die ihn auf die richtige Spur brachten.

Im Idealfall hingen diese beiden Fälle zusammen. Doch selbst wenn sich alles als eine Verkettung mehrerer Zufälle oder als ein großer Bluff erwies, entstand für ihn daraus kein Schaden. Dann hatte er wenigstens sein detektivisches Hirn nicht ganz verrosten lassen und ein paar anregende Augenblicke im Zusammenhang mit den beiden Widmungen erlebt. Also wartete er einmal gespannt darauf, was bei dem Gespräch zwischen seiner Chefin und ihrer Freundin Martina Windisch herauskam.

Frau Heller betrat nun das Lokal. Kaum hatte sie ihren Platz hinter der Theke eingenommen, entspann sich eine heftige SMS-Debatte mit ihrem Mann. Wortlos kommunizierten die beiden ein paar Minuten miteinander, ohne sich auch nur einen einzigen Blick zuzuwerfen. Schließlich brummte Herr Heller lauter als sonst, stand missmutig auf und verschwand in der kleinen Küche des Kaffeehauses.

»Ich habe den ersten elektronischen Sieg über meinen Gatten errungen«, verkündete Frau Heller stolz.

»Ist er deswegen beleidigt?«, erkundigte Leopold sich.

»Aber nein«, dementierte Frau Heller. »Ich habe ihn nur dazu eingeteilt, den heutigen Mittagsteller vorzubereiten, damit Martina und ich genügend Zeit haben, uns zu unterhalten. Daran sind Sie doch nach wie vor interessiert, oder? Und mein Heinrich kann ruhig auch wieder einmal etwas tun. Heute gibt es Rindsgulasch als Tagesteller. Das habe ich bereits gestern gekocht, und seine einzige Arbeit besteht darin, es in einem großen Topf aufzuwärmen. Das wird er wohl noch zuwege bringen.«

»Ich hoffe nur, wenn Sie mir diese Bemerkung gestatten, dass er und Sie bald wieder Umgang in der üblichen Art miteinander pflegen«, gestand Leopold.

»Zuerst wird er einsehen müssen, dass ich ihm auch digital überlegen bin«, entgegnete Frau Heller kampfeslustig und ging anschließend vor das *Café Heller*, um eine Zigarette zu rauchen.

Leopold ließ daraufhin seinen Blick wieder durchs Kaffeehaus schweifen. Bei der Leseecke erspähte er eine neu hereingekommene junge Frau, die sich sofort fieberhaft an den Büchern zu schaffen machte. Sie wirkte auf ihn mit ihrer pinkfarbenen Umhängetasche, dem überdimensionierten Strickpulli, der Brille mit den großen Gläsern, den Jeans und den Sneakers wie eine Studentin, die gerade von der Uni kam.

Ihr resolutes Betragen passte ihm gar nicht. »Suchen Sie etwas Bestimmtes?«, unterbrach er ihre Wühlaktion deshalb energisch.

Sie blickte zu ihm auf. »Nein, eigentlich nicht«, antwortete sie und rückte ihre Brille zurecht. »Ich hätte nur gerne was zum Schmökern, mit dem ich es mir hier in der nächsten Zeit gemütlich machen kann. Ich bin gerade dabei, mich ein wenig zurechtzufinden. Oh, und bringen Sie mir bitte einen Früchtetee.«

»Stellen Sie bitte alles wieder auf seinen vorgesehenen Platz«, mahnte Leopold sie bei seinem Abgang mit erhobenem Zeigefinger. Die Frau kramte weiter ungeniert herum. Schließlich nahm sie jenen Stoß wahr, den Leopold und Erika in der Früh durchgeackert hatten, und der im Augenblick immer noch verführerisch auf einem der beiden Couchtische lag. Es dauerte nicht lange, bis sie darin ausgerechnet *Message in a Bottle* entdeckte.

Als Leopold mit dem Tee kam, hatte sie bereits darin zu lesen begonnen. Sein Vorhaben, sich nach Dienstschluss mit dem Inhalt des Buches ein wenig vertraut zu machen, war nun gefährdet. Vielleicht hatte sie vor, länger zu bleiben. Und Frauen, die wie Studentinnen aussahen und Früchtetee tranken, konnten seiner Meinung nach in dieser Richtung ganz schön hartnäckig sein, besonders wenn sie, so wie die Dame jetzt, auch noch entspannt die Beine ausstreckten.

Sein erster Gedanke war, ihr die Lektüre unter dem Vorwand zu untersagen, dass dieser Bücherstoß noch nicht in den Bestand aufgenommen worden war. Doch Leopold verwarf dieses Vorhaben rasch. Es würde höchstens eine Beschwerde der Leserin bei Frau Heller nach sich ziehen, auf deren Unterstützung er bei der Suche nach der Herkunft von *Salz auf unserer Haut* angewiesen war. Das konnte er sich nicht leisten.

Außerdem kam ihm eine andere Idee. Was, wenn die Frau mit dem Strickpulli das Buch von Nicholas Sparks gar nicht zufällig ausgewählt, sondern von Anfang an danach gesucht hatte? War sie etwa deshalb so ungestüm über das Bücherregal hergefallen? Weil sie nicht gleich das gefunden hatte, hinter dem sie von Anfang an her gewesen war? Gab es eine Verbindung zwischen ihr und den merkwürdigen Vorfällen des gestrigen Abends? Das konnte durchaus der Fall sein.

Statt eines Verbots entschied sich Leopold deshalb für diskrete Beobachtung. Das einzige Problem dabei: Er konnte nicht überall zur selben Zeit sein. Die Mittagszeit stand bevor, in der sich das *Café Heller* mit einem Haufen hungriger Gäste füllen würde, denen er den preisgünstigen und bekömmlichen Tagesteller servieren musste. Anschließend galt es, möglichst viel von dem Gespräch zwischen seiner Chefin und ihrer Freundin Martina aufzuschnappen und dabei trotz seines Versprechens, sich nicht einzumischen, vielleicht doch die eine oder andere

Frage zu stellen. Wie sollte er da auch noch eine Leserin im Auge behalten?

Wie als Antwort auf diese Frage spazierte sein Freund, der Lehrer Thomas Korber vom Floridsdorfer Gymnasium, um die Ecke, zur Tür herein. Korber hatte eine Reihe schlechter Eigenschaften. Er trank gern einen über den Durst und ließ sich dann nur allzu oft auf ein Pantscherl ein. Leopold musste das missfallen, da Korber, wenn auch auf sehr lockere Art und Weise, mit seiner unehelichen Tochter Sabine liiert war. Aber er besaß einen Charakterzug, der in dieser Situation Gold wert war: Er schlug Leopold ganz selten, nämlich nur wenn er ausnehmend schlechter Laune war, eine Bitte ab. Im Augenblick standen die Chancen gut. Er wirkte ausgeglichen und heiter.

»Hallo Thomas«, begrüßte er ihn. »Was machst du denn heute schon hier?«

»Jede Woche stellst du dieselbe Frage«, erwiderte Korber kopfschüttelnd. »Heute ist mein kurzer Tag mit drei Unterrichtsstunden von 8 bis 11 Uhr, das solltest du langsam wissen. Danach ist Schluss, finito. Bis auf ein paar unbedeutende Vorbereitungsstunden zu Hause, für die ich jetzt als Stärkung ein kühles blondes Bier zu mir nehme.«

»Früchtetee wäre besser«, machte Leopold ihn aufmerksam. »In der Bücherecke wird nämlich dringend deine Hilfe benötigt.«

»Wird Erika diese zusätzliche Arbeit also doch zu viel?«, erkundigte sich Korber gut gelaunt. »Ich habe immer gesagt, dass ihr Schwerpunkt natürlich in der Buchhandlung liegt. Auch wenn sie die Idee zu der Leseecke hatte, kann sie dort nicht unbegrenzt ihre Energie hineinstecken. Nun, wenn ihr mich braucht, stelle ich mich euch als fachkundiger Germanist gern für die Betreuung zur Verfügung.«

»Darum geht es nicht! Erika schafft das mit links«, setzte Leopold ihm auseinander und zog ihn vertraulich zu sich heran. »Ich möchte nur, dass du dich ein wenig nach hinten zu der Dame setzt, dir dabei ein x-beliebiges Buch zum Lesen nimmst und schaust, ob dir irgendetwas Verdächtiges an ihr auffällt.«

»Was sollte mir da auffallen?«, fragte Korber belustigt. »Diese junge Frau wirkt doch völlig normal. Sag, bist du etwa schon wieder auf Mörderjagd?«

»So in etwa!« Leopold gab ihm ein kurzes Briefing über die Ereignisse, welche zu seinem Anliegen geführt hatten. »Verstehst du jetzt? Es ist doch komisch, dass sie zur Tür hereinkommt und sich ausgerechnet dieses Buch zum Lesen aussucht«, gab er ihm abschließend zu bedenken.

»Wenn es ganz oben auf einem Stoß vor ihrer Nase gelegen ist und ihr dieses romantische Thema liegt, hat sie letztendlich danach gegriffen«, teilte Korber seinen Argwohn nicht.

»Ich behaupte, dass sie von Anfang an das ganze Regal danach umgedreht hat«, blieb Leopold bei seinem Verdacht. »Bitte tu mir also den Gefallen!«

»Mit Bier ja, mit Früchtetee nein«, stellte Korber klar.

»Na schön«, gab Leopold nach. »Solange du dich zu keinem auffälligen Verhalten hinreißen lässt, das sie aus dem Lokal vertreibt. Du kannst natürlich ein paar Worte mit ihr wechseln, um dadurch im Sinn der guten Sache etwas über sie zu erfahren, aber keine billige Anmache, verstehst du?«

»Ich glaube, sie ist ohnehin nicht mein Typ«, urteilte Korber mit geschultem Blick aus der Ferne.

»Dann wirst du dich hoffentlich manierlich betragen«, schärfte Leopold ihm ein. »Geh schon einmal hin! Ich bringe dir gleich dein Bier, ohne das es offenbar nicht geht.«

»Und wie lange soll das dauern? Ich habe nicht den ganzen Tag Zeit!«

»Höchstens eine Stunde! Dann ist der mittägliche Run vorüber, und ich kann mich wieder selbst darum kümmern«, versicherte Leopold.

Während sich Korber mit einer gewissen Neugier zur Leseecke und der Frau mit dem Strickpullover begab, füllte sich das *Café Heller* rasch mit hungrigen Gästen. Jetzt musste alles wie am Schnürchen laufen, damit jeder von ihnen zu seiner Zufriedenheit verköstigt wurde. Leopold balancierte die Tabletts mit Speis und Trank souverän an den Tischen und Sesseln vorbei an ihren Bestimmungsort.

Mitten in diesem Arbeitsprozess vernahm er Frau Hellers freudigen Ausruf: »Da bist du ja, Martina!«

*

Martina Windisch tupfte sich mit ihrer Serviette die Lippen ab, auf denen sich eben noch kleine Rückstände vom Rindsgulasch befunden hatten. Dann warf sie das Stück Papier neben das Besteck in ihren leeren Teller. Den Saft hatte sie mit zwei Semmeln restlos aufgetunkt. Sie bemühte sich, kontrolliert zu atmen, um ein peinliches Bäuerchen nach dieser köstlichen Mahlzeit zu vermeiden. Wieder einmal hatte es ihr gut geschmeckt, eigentlich zu gut, wie sie sich eingestehen musste.

Aber das Essen zählte zu den wenigen Vergnügen, die sie sich noch leistete. Körperliche Ertüchtigung stand bei ihr nicht im Vordergrund. Wozu auch, wenn man nicht verhindern konnte, dass man älter wurde und sein Ablaufdatum unaufhaltsam näher rückte? Wozu abnehmen, wenn man noch in jeden genormten Sessel passte? Wozu anstrengen, wenn der Sinn eines wohlverdienten Ruhestandes die Ruhe war?

Das Einzige, was sich Martina außer leiblichen Genüssen noch gestattete, war die Lektüre eines unterhaltsamen Buches. Die Zeit verrann dabei automatisch, es wurde einem nicht langweilig, und es war vor allem nicht wichtig, sich sämtliche Einzelheiten zu merken. So wie das Gegessene verdaut und ausgeschieden wurde, fiel das Gelesene schnell der Vergessenheit anheim. Das war eben der Lauf der Welt.

Von außen sah man Martina ihre Gleichgültigkeit nicht an, im Gegenteil: Sie besaß immer noch ein beneidenswert hübsches Gesicht, und wenn sie die Energie für ein lebhaftes Gespräch aufbrachte, blitzten ihre Äuglein, dass es eine Freude war. »Ich sehe, es hat dir geschmeckt«, zwinkerte Frau Heller ihrer Freundin zu und nahm neben ihr Platz.

Martina atmete schwer. »Es war wieder einmal deliziös«, äußerte sie anerkennend. »Aber sag, was kann ich für dich tun? Mir schießt gerade das ganze Blut in den Magen. Da brauche ich mein Mittagsschlaferl.«

»Dann kommen wir gleich zum Thema«, kürzte Frau Heller das Prozedere ab. »Du warst vor einigen Tagen mit einer Freundin da, die Bücher für unsere Leseecke mitgebracht hat. Wer war denn das?«

»Das war Klara! Habe ich das nicht erwähnt?«, kam es erstaunt von Martina.

Es war die befürchtete enttäuschende Antwort. Es wäre wohl zu schön gewesen, wenn sich herausgestellt hätte, dass Martinas Freundin Regina hieß.

»Klara«, wiederholte Frau Heller den Namen und überlegte dabei ihre nächste Frage. »Weißt du vielleicht, woher sie die Bücher hatte?«

»Woher schon? Von ihr zu Hause natürlich«, gab Martina, die sich nicht vorstellen konnte, worauf Frau Heller hinauswollte, mürrisch Auskunft.

»Hat sie dir vielleicht gesagt, weshalb sie sie hergebracht hat?«

»Klara ist eine begeisterte Leserin, musst du wissen«, schilderte Martina. »Und im Gegensatz zu mir hortet sie Bücher geradezu. Dadurch hat sie eben von Zeit zu Zeit Platzprobleme. Normalerweise bricht ihr bei jedem Buch, das sie weggibt, das Herz. Aber ab und zu bleibt ihr nichts anderes übrig, als auszumisten. Als es nun wieder einmal so weit war, habe ich ihr von eurer Bücherecke erzählt. ›Da kannst du nachher immer noch einen Blick in jeden einzelnen Band werfen, den du ablieferst. Es ist keine wirkliche Trennung‹, habe ich ihr vorgeschwärmt und dabei natürlich auch an den Erfolg deines Projektes gedacht. Aber warum ist das wichtig für dich? Ist an den Büchern etwas auszusetzen?«

»Nein, in dieser Hinsicht ist alles in Ordnung«, beteuerte Frau Heller. »Die Sache ist ein wenig komplizierter. Kennst du eine gewisse Regina? Könnte sie eine von Klaras Freundinnen sein?«

»Was soll das nun wieder? Bitte klär mich auf«, forderte Martina.

»Na schön! In einem der Bücher ist eine Widmung an eine Regina zu finden«, setzte ihr Frau Heller daraufhin auseinander. »Also an eine andere Frau als diejenige, die sie uns gebracht hat. Das ist doch merkwürdig, oder?«

Jetzt war jener Punkt erreicht, an dem es zu kompliziert für Martina zu werden drohte. Es war anstrengend nachzudenken, während einem das Blut der Verdauung wegen aus dem Hirn entwich. »Ja, aber was geht das denn uns an?«, schnaufte sie.

Leopold, der sich den beiden beim Servieren ständig angenähert und dadurch die wichtigsten Gesprächsfetzen aufgeschnappt hatte, konnte sich nicht länger zurückhalten. »Diese Regina ist unter Umständen in eine dubiose Sache verwickelt«, schaltete er sich in die Unterhaltung ein. »Dadurch ist eine gewisse Dringlichkeit vonnöten, sie zu finden. Hat Klara sie Ihnen gegenüber einmal erwähnt? Wie heißt Ihre Freundin übrigens mit Nachnamen?«

»Schiefer! Klara Schiefer«, kam es irritiert aus Martinas Mund. »Sie hat natürlich oft Namen genannt, wenn sie mir etwas erzählt hat. Da wird eine Regina wohl auch dabei gewesen sein. Aber wenn Sie jetzt erwarten, dass ich zu jeder dieser Personen ein Bild im Kopf habe oder weiß, welche Verbindung sie zu Klara hat, muss ich Sie enttäuschen!«

»Sagt Ihnen der Name Reinhard etwas?«, bohrte Leopold weiter.

»Nein, natürlich nicht!«

Leopold sah ein, dass er sich im Augenblick von Martina Windisch nicht mehr erwarten durfte. »Schreiben Sie mir bitte Klara Schiefers Kontaktdaten plus Adresse auf«, ersuchte er sie deshalb. »Danach sollten wir sie zusammen anrufen. Vielleicht haben wir Glück, und sie kann uns weiterhelfen.«

»Wozu denn? Ich weiß nicht, ob es Klara recht ist,

wenn ich ihre persönlichen Daten an fremde Leute weitergebe«, wehrte Martina sich mit einem schwachen Lächeln.

»Ich bringe dir einmal als Nachtisch ein Stück von unserem köstlichen Heidelbeerkuchen«, beruhigte Frau Heller sie. »Dann geht alles viel leichter. Unser Oberkellner ist zeitweise sehr direkt, aber er meint es nicht so, nicht wahr, Leopold? Gehen Sie wieder an Ihre Arbeit, husch, husch!« Sie bedeutete ihm mit einem unmissverständlichen Handzeichen, dass er sich zu entfernen habe.

Widerwillig musste er zur Kenntnis nehmen, dass sich seine Anwesenheit negativ auf Martinas Bereitschaft zur Kooperation auswirkte und er für die nächsten Minuten einen großen Bogen um ihren Tisch machen musste, um die Situation zu retten. Er begab sich daraufhin zur Bücherecke. Dort ging auch nicht viel weiter. Thomas Korber und die Dame im Strickpulli saßen einander schräg gegenüber. Beide waren vertieft in ihre Bücher, ohne ein Wort miteinander zu wechseln. Zu seiner endgültigen Verwirrung bestellte Korber nun auch noch einen Früchtetee.

Wieder im vorderen Teil des *Café Heller* angekommen, sah er, wie Martina Windisch ihren Heidelbeerkuchen mit einer kleinen Gabel zerteilte und lustvoll Stück für Stück in ihrem Mund verschwinden ließ. Sie wirkte schon wieder viel entspannter, und ihre Äuglein blitzten. Was noch wichtiger war: Sie hielt ein Mobiltelefon in der Hand und redete angeregt hinein. Während des Gesprächs winkte sie Leopold zu sich. »Kommen Sie und hören Sie selbst, was Klara Ihnen zu sagen hat«, forderte sie ihn auf. »Ich kann Ihnen nur eines versichern: Sie sind auf dem Holzweg!«

Mit dem Gefühl des Triumphes überreichte ihm Martina ihr Handy. »Hallo?«, meldete er sich.

»Sind Sie der Mann, der andere Leute über meine Buchspende ausfratschelt?«, hörte er eine unfreundliche Stimme am anderen Ende der Leitung.

»Es gibt eine Anfrage zu einem bestimmten Buch daraus, *Salz auf unserer Haut*. Deshalb wüsste ich gern, wie dieses Buch in Ihren Besitz gelangt ist«, kam Leopold gleich zur Sache.

»Ich erwerbe alle meine Bücher käuflich, also wird es auch mit diesem so gewesen sein«, äußerte Klara Schiefer lakonisch.

»In dem Buch befindet sich eine Widmung, die allerdings nicht an Sie gerichtet ist, sondern an eine gewisse Regina«, gab ihr Leopold zu verstehen. »Sie stammt von einem Mann mit Vornamen Reinhard.«

»Das mag schon sein«, relativierte Klara. »Ich beziehe einen Teil meiner Bücher von Flohmärkten oder Antiquariaten. Da war dieses eben dabei.«

»Warum haben Sie es damals gekauft?«

»Wegen des interessanten Themas: die ungezügelte Leidenschaft, die zwei Menschen aus unterschiedlichen gesellschaftlichen Schichten gefangen nimmt. Ich kann Ihnen die Lektüre des Romans nur ans Herz legen!«

»Sie kennen also weder Regina noch Reinhard und wissen auch nicht, wer mit diesen Namen gemeint sein könnte«, hakte Leopold nochmals nach.

»Das ist vollkommen richtig«, bestätigte Klara.

»Reinhard heißt der Mann, der das Buch bei uns entdeckt und sich nach dem Überbringer erkundigt hat«, informierte Leopold sie.

Erstmals entstand in dem Gespräch eine kleine Pause,

so als ob Klara kurz nach Luft schnappen würde. »Ach so? Das ist aber Ihr Problem, falls Sie vorhaben, es zu einem solchen zu machen«, entgegnete sie dann. »Ich habe damit nichts zu tun! Belästigen Sie mich also nicht weiter!«

Sie legte auf. Martina Windisch war immer noch mit dem letzten Rest ihres Heidelbeerkuchens beschäftigt, deshalb konnte Leopold Klaras Nummer von ihrem Handy notieren, ohne dass sie es bemerkte. Als er es ihr zurückgab, fragte sie ihn in stiller Zufriedenheit: »Na, hat Klara Ihnen ordentlich die Leviten gelesen?«

»In gewisser Hinsicht ja«, musste Leopold zugeben.

»Sie ist halt ziemlich direkt«, tröstete Martina ihn. Auf einmal legte sich ihre Stirn in Falten. Das war nicht den Anstrengungen des Essens geschuldet, sondern zeigte an, dass etwas wie aus weiter Ferne den Weg zurück in ihr Gedächtnis gefunden hatte. »Sie haben vorhin noch einmal den Namen Reinhard genannt«, bemerkte sie nachdenklich. »Klara hat ihn tatsächlich einmal erwähnt, und zwar vor längerer Zeit. Ich meine mich zu erinnern, dass sie damals nicht gut drauf war und auf meine diesbezüglichen Fragen andeutete, dass Reinhard gestorben sei. Als sie merkte, dass mir der Name nicht geläufig war, äußerte sie nur, dass es nicht so wichtig sei und ich alles schnell wieder vergessen solle.«

KAPITEL 3

Mittwoch, 16. Oktober, nachmittags und abends

Die Frau mit dem Strickpulli blickte kurz erstaunt über den Rand ihrer großen Brille, als sie sah, dass sich Thomas Korber, nachdem er ein Bier getrunken hatte, nun einen Früchtetee aus einem kleinen Kännchen in seine Tasse goss. »Ich hatte vorhin nur Durst«, führte er als Entschuldigung an. »Großen Durst nach der Arbeit! Sie dauerte heute zwar nicht lang, aber ich musste die ganze Zeit reden. Ich bin Lehrer hier am Gymnasium, müssen Sie wissen.«

»Wenn Ihre Stimme so erschöpft ist, wird es Ihnen ja nichts ausmachen, jetzt wieder still zu sein«, konstatierte die Frau und vertiefte sich erneut in ihre Lektüre.

»Ich bitte vielmals um Entschuldigung«, versetzte Korber artig. Sein einsilbiges Gegenüber schien ihm ein stichhaltiger Beweis dafür zu sein, dass eine zwanglose Verbindung von Lesen und Unterhaltung nicht mehr als ein frommer Wunsch Frau Hellers war. Man beschäftigte sich entweder miteinander oder mit Büchern. Da eine Gesprächsanbahnung mit seiner Lesegenossin also immer unwahrscheinlicher wurde, fragte er sich, was er hier eigentlich sollte. Er hatte andere Pläne, als ihr beim Lesen zuzusehen und dabei auch noch Früchtetee zu trinken, was die Kommunikation nicht in Schwung brachte, sondern nur seine Laune verschlechterte. Und wobei sollte er sie überhaupt beobachten? Wie sie die Seiten umblätterte?

Halt, das war das Stichwort! Seiten umblättern! In seinem Missmut hätte er beinahe übersehen, dass die Frau schon gute zehn Minuten, seit er sich mit dem Früchtetee herumquälte, eben das nicht mehr getan hatte. Sie starrte auf das Blatt vor ihr und schien in Gedanken ganz woanders zu sein.

Als sie merkte, dass Korbers Blick wieder in ihre Richtung wanderte, wurde sie nervös. Sie räusperte sich, blätterte nach vor und wieder zurück, schaute auf und nieder und legte das Buch schließlich mit einem Seufzer auf dem Couchtisch ab. »Ich kann nicht lesen, wenn man mich ständig dabei beobachtet«, rügte sie ihn.

»Wenn ich Sie von Zeit zu Zeit anschaue, geschieht das zufällig und keineswegs mit Absicht«, verteidigte sich Korber.

»Sie mögen recht haben oder auch nicht«, räumte die Frau ein. »Ich bin heute ein wenig durch den Wind. Es ist ein seltsames Gefühl, dieses Buch wieder zu lesen.«

»Sie haben es schon einmal gelesen?«, reagierte Korber überrascht.

»Das war jetzt keine gescheite Frage, oder?«, gab die Frau gereizt zurück. »Natürlich habe ich es gelesen, sonst wäre mein voriger Satz ja sinnlos gewesen. Als Lehrer müsste Ihnen so etwas auffallen!«

»Stimmt! Mein Fehler«, probierte es Korber mit einem Lächeln. »Das ist umso peinlicher, als ich Deutschlehrer bin.«

Die Frau packte ihre Sachen zusammen und schien weiterhin nicht sonderlich an einem Gespräch mit ihm interessiert. »Wo soll ich das Buch jetzt hingeben? Einfach auf den Stoß, von dem ich es genommen habe?«, fragte sie ihn dann doch.

»Ich denke, das ist am besten. Es muss erst noch seinen Platz im Regal finden«, gab Korber Auskunft.

»Und wie finde *ich* es dann wieder?«

Korber antwortete nicht gleich. Das nahm sie ihm offenbar übel. »Hören Sie zu, Sie neugieriger Mensch«, schnauzte sie ihn an. »Ich tue das nicht zum Spaß! Ich tue es auch nicht, weil es ein so tolles Buch ist. Den Inhalt kenne ich beinahe auswendig! Es geht dabei um sehr viel Persönliches. Darum muss es diese Ausgabe sein und keine andere. Sie war auf einmal nicht mehr dort, wo sie sich üblicherweise befunden hat. Also bin ich ihr hierher gefolgt. Es wäre gar nicht schön, wenn sie bis zum nächsten Mal verschwunden wäre!«

»Ich werde darauf achten, dass das nicht passiert und Sie das Buch gleich wiederentdecken«, versprach Korber. »Üblicherweise werden die Bände nach dem Familiennamen des Autors alphabetisch gereiht, also *Sparks* unter *S*. Da der Bestand derzeit überschaubar ist, sollte es keine Probleme geben, wenn Sie wiederkommen, um weiter darin zu schmökern. Es besteht allerdings auch die Möglichkeit, das Buch bei unserem Oberkellner für sich reservieren zu lassen, Frau …?«

»Cornelia Hafner«, gab sie sich plötzlich zu erkennen, als ob es die selbstverständlichste Sache der Welt wäre.

»Ich heiße Thomas Korber«, stellte nun auch er sich vor.

»Ich weiß«, behauptete Cornelia. »Dann trage ich das Buch wohl sinnvollerweise gleich zu ihm nach vorne.« Sie bewegte sich in Richtung Theke, zahlte und teilte Leopold ihren Reservierungswunsch mit.

»Kommen S' halt immer wieder einmal vorbei«, ersuchte er sie, während er einen Zettel mit ihrem Namen ins Buch legte. »Denn wenn Sie es längere Zeit nicht benützen, wanderte das Buch zurück ins Regal. Das macht aber im Grunde nichts. Es ist eh immer da. Ich freue mich jedenfalls, Sie in nächster Zeit öfter hier zu begrüßen.« Er schaute ihr beim Verlassen des Lokals missmutig hinterher, da sie ihm kein Trinkgeld gegeben hatte.

Korber informierte ihn kurz über die paar unzusammenhängenden Brocken, die sie ihm gegenüber von sich gegeben hatte. »Die ist nichts für mich«, vertraute er ihm schließlich an. »Solltest du sie weiter im Auge behalten wollen, musst du dich schon selbst drum kümmern.«

»Ganz im Gegenteil«, widersprach Leopold. »Eure respektvolle Distanz zueinander ist doch die ideale Voraussetzung dafür, dass du an ihr dranbleibst. Du kannst dich ganz auf deine Aufgabe konzentrieren, ohne dass du gleich wieder in die Versuchung gerätst, ein erotisches Abenteuer zu suchen.«

»Und wenn ich dir sage, dass ich null Bock darauf habe?«

»Dann sage ich dir, dass sich hier etwas Gewaltiges zusammenbraut«, ließ sich Leopold nicht beirren. »Zwei schwärmerische Widmungen von zwei verschiedenen Männern an dieselbe Frau in zwei verschiedenen Büchern, von denen eines möglicherweise einen Mord verursacht hat. Hinter dem einen Buch ist ein gewisser Reinhard her, hinter dem anderen eine Frau namens Cornelia Hafner. Da steckt was dahinter! Meine berühmte Nase hat mich noch selten getäuscht. Wir stehen am Beginn einer dramatischen Entwicklung und müssen herausfinden, worum es geht. Da darfst du mich nicht im Stich lassen!«

»Ich habe das Gefühl, dass du dir alles nur einbildest«, blieb Korber skeptisch.

»Darauf solltest du nicht wetten«, riet Leopold ihm. »Bald weiß ich mehr! Freund Reinhard wird sich nämlich in absehbarer Zeit bei mir melden, das ist so sicher wie das Amen in der Kirche.«

*

Sobald sein Dienst im *Café Heller* zu Ende war, setzte sich Leopold selbst in die Leseecke, um sich einen Überblick über das Buch *Message in a Bottle* zu verschaffen, ehe er es als Reservierung für Cornelia Hafner zur Seite legte. Er versuchte nun, sich auf diese Aufgabe zu konzentrieren. Leicht fiel es ihm allerdings nicht. Einerseits mochte er derartige romantische Schmöker nicht, und andererseits musste er zu seinem Leidwesen feststellen, dass er das Lesen nicht mehr gewohnt war. In jungen Jahren hatte er die klassischen Krimis mit den Ermittlern Sherlock Holmes, Hercule Poirot oder Jules Maigret geradezu verschlungen und sich so seine ersten kriminalistischen Basiskenntnisse erworben. Mit zunehmendem Alter geschah das immer seltener. Er ließ sich nun lieber von einschlägigen Filmen und Serien im Fernsehen berieseln. Da konnte er nach einem anstrengenden Arbeitstag ausspannen und musste sich nicht mehr so viel merken. Er war eben träge geworden.

Für sein momentanes Vorhaben fehlten ihm somit Routine und Ausdauer. Seine Begeisterung für den Inhalt des vor ihm liegenden Schmökers hielt sich überdies in Grenzen. Vielleicht würde es beim zweiten Buch, *Salz auf unserer Haut*, das er ja im Wesentlichen schon kannte, besser werden. Im Augenblick schaute Leopold jedenfalls immer öfter auf seine Uhr, während er die Seiten überflog. Die Zeit wollte und wollte nicht vergehen. Doch wenn er jetzt aufgab, musste er vielleicht beim nächsten Mal wieder Cornelia Hafner den Vortritt lassen. Also versuchte er durchzuhalten, obwohl er stellenweise in Gedanken ganz woanders war.

Der resolute Klang sich rasch nähernder Schritte weckte ihn aus seinem energielosen Dämmerzustand. Der Besuch galt zweifelsohne ihm. Kein Mensch, der den Rückzugsbereich einer Bücherecke suchte, tat dies auf eine so energische Art und Weise. »Waren Sie das heute Vormittag am Telefon?«, hörte er auch schon die atemlose zu den Schritten gehörende Frauenstimme.

Vor ihm stand Klara Schiefer. Sie sah ungefähr so aus, wie er sie sich während seines Gesprächs mit ihr vorgestellt hatte: schmale aufeinandergepresste Lippen, zusammengekniffene Augen, den Oberkörper kämpferisch nach vorn gebeugt, zur Schlacht bereit.

»Vermutlich ja, vorausgesetzt, Sie sind Frau Schiefer«, antwortete Leopold und klappte sein Buch zu.

»Ich habe es mir überlegt«, schnappte Klara aufgeregt nach Luft. »Ich will meine Bücher wiederhaben!«

»Das geht nicht«, machte Leopold sie aufmerksam.

»Und warum nicht?«, pfauchte Klara.

»Weil sie jetzt unserem Kaffeehaus gehören«, informierte Leopold sie achselzuckend. »Das ist eben so bei einer Spende.«

»Dann wenigstens ein Buch«, forderte Klara vehement.

Leopold wurde hellhörig. »Welches hätten Sie sich vorgestellt?«, fragte er. »Etwa *Salz auf unserer Haut*?«

»Genau! Das Buch, dessentwegen Sie mich ausfratscheln wollten!«

»Ob ein, zwei oder 100 Bücher ist in diesem Fall egal. Was Sie in unsere Hände übergeben haben, bleibt bei uns«, ließ Leopold sich nicht erweichen. »Sie können aber jeden einzelnen Band gern bei uns lesen. Nur müssen Sie ihn dann wieder zurück ins Regal stellen. Wieso liegt Ihnen eigentlich plötzlich so viel an etwas, das Sie vor ein paar Tagen ausgemustert haben?«

»Ich habe es mir eben überlegt«, antwortete Klara ausweichend. »Ich vertraue Ihnen nicht! Ich glaube nicht, dass meine Bücher gut bei Ihnen aufgehoben sind.«

»Das kann Ihnen jetzt, nachdem Sie sie weggegeben haben, doch egal sein«, befand Leopold.

»Sie fragen bei den Leuten nach Dingen herum, die in den Büchern stehen. Dann erzählen Sie ihnen vermutlich noch, dass sie von mir stammen«, zeterte Klara. »Ich möchte durch Ihre unseriöse Art nicht weiter in Schwierigkeiten kommen. Es reicht mir schon, dass mich meine Freundin Martina seit heute Mittag unaufhörlich dazu ins Gebet nimmt.«

»Ich denke, es ist etwas anderes, das Ihnen Sorgen bereitet«, sprach Leopold sie nun direkt an. »Es geht darum, dass sich ein gewisser Reinhard bei uns nach dem Buch erkundigt hat. Seit Sie das wissen, läuten bei Ihnen die Alarmglocken. Und warum? Weil dieser Reinhard nach Ihrem Dafürhalten eigentlich tot sein müsste.«

Klaras Atem ging schwer. »Wieso vermuten Sie das?«, wollte sie wissen.

»Ich vermute das, weil Ihre Freundin Martina glaubt, es von Ihnen gehört zu haben«, gab Leopold Auskunft.

»Sie müssen nicht alles für bare Münze nehmen, was sie Ihnen erzählt«, wehrte Klara nervös ab. »Martina bringt vieles durcheinander. Sie verwechselt gern Namen und Ereignisse. Sie haben sie mit Ihrer Fragerei verwirrt, das ist alles.«

»Und doch sind Sie hier, weil offenbar etwas nicht stimmt«, mutmaßte Leopold. »Der Name Regina sagt Ihnen wirklich nichts?«, fragte er und zeigte Klara dabei das Buch von Nicholas Sparks. »Auch nicht, wenn ich Ihnen diesen Roman zeige? Er enthält eine weitere Widmung an sie, diesmal von einem Verehrer namens Robert. Tauchen da keine Erinnerungen auf? Ist dieses Buch nicht auch einmal durch Ihre Hände gegangen?«

»Bitte hören Sie sofort mit dieser impertinenten Ausquetscherei auf«, forderte Klara nun vehement. »Lassen Sie mich lieber einmal kurz in *Salz auf unserer Haut* blättern. Keine Angst, ich nehme es Ihnen schon nicht weg!«

»Wie gnädige Frau wünschen!« Leopold holte das Buch aus dem Regal und drückte es Klara in die Hand.

»Und jetzt entfernen Sie sich! Ich möchte ungestört hineinschauen können«, ordnete sie an.

»Also etwas Intimes«, bemerkte Leopold schmunzelnd und begab sich nach vorn zur Theke. Freilich tat er von dort aus sein Bestes, um Klara Schiefer im Auge zu behalten. Er sah, dass sie mehr blätterte als las, so als ob sie etwas suchte. Die Seiten bewegten sich vor und zurück. Zuerst schien sie bei der Widmung gelandet zu sein, dann befasste sie sich ohne erkennbares System mit den anderen Teilen des Buches.

Leopold kam das komisch vor. Wenn Klara diese Ausgabe des Romans tatsächlich besessen hatte, sollte man annehmen, dass sie darüber Bescheid wusste. Es sah aber teilweise so aus, als hätte sie das Buch zum ersten Mal in der Hand. Schließlich hielt sie kurz inne, legte es auf den Couchtisch und kam nach vorn. Dabei wirkte sie hochgradig nervös und verunsichert. Der kämpferische Ausdruck war aus ihrem Gesicht gewichen. Sie ging schnurstracks zur Tür hinaus, ohne Leopold dabei auch nur eines Blickes zu würdigen.

Sie musste auf etwas gestoßen sein, das ihr zu schaffen machte. Kaum war sie draußen, eilte Leopold deshalb in die Leseecke und warf einen neugierigen Blick in das Buch. Den Inhalt kannte er bereits, und er glaubte nicht, dass er schuld an Klaras Reaktion war. Also schaute er, ob sich darin sonst noch etwas Interessantes finden würde. Aber was? Eine Notiz zwischen den Zeilen? Die hätte sie wohl nicht so schnell entdeckt. Etwas zwischen den Seiten, etwa ein Blatt Papier? Das hätte auch ihm auffallen müssen, als er den Band zum ersten Mal in der Hand gehabt hatte.

Was gab es sonst noch? Auf die Schnelle fand Leopold nichts. Da fiel ihm ein Ort ein, der für die meisten Leser eines Buches unbekannte Zone bleibt: das letzte Blatt nach dem Text und sämtlichen anderen Einschaltungen, wo nichts mehr geschrieben steht, und auf das kein Mensch mehr achtet. Man klappt den Deckel zu, aus, fertig. Auch er hatte sich bei seiner ersten Durchsicht nicht dort aufgehalten. Jetzt jedoch schlug Leopold das Buch dort auf.

Tatsächlich stand da links oben etwas geschrieben, nicht viel und nicht groß, mit unsicherer Hand, aber immerhin etwas: *R zurück 15.10*, daneben ganz klein ein paar Ziffern, die wie eine Telefonnummer aussahen. Es handelte sich um das Datum des gestrigen Tages, jenes Tages, an dem Reinhard der Unbekannte hereingeschneit war und seine eigene Widmung in dem Buch entdeckt hatte. Er hatte sich also nochmals mit einer Kontaktmöglichkeit darin verewigt.

*

Ein Mann setzt, vom Alkohol beeinträchtigt, seine Initiale, ein Tagesdatum und eine Zahl, die nach einer Telefonnummer ausschaut, auf die letzte Seite eines Buches, das er vermutlich einer Frau namens Regina geschenkt hat. Damit beunruhigt er jene Frau, die dieses Buch als Letzte in ihrem Besitz gehabt hat. Was sollte Leopold davon halten? Die Angelegenheit wurde zusehends mysteriöser.

Erika hatte ihn, nachdem er sie in ihrer Buchhandlung abgeholt hatte, bei der Heimfahrt einmal mehr auf den Boden der Realität zurückgeholt, ihm vorgeworfen, dass er nun schon in jedem Buchstaben das Indiz für ein Verbrechen vermute, und ihn an sein Versprechen erinnert, mit ihr demnächst, also in den nächsten Tagen, am Abend etwas Schönes zu unternehmen. Im Grunde hatte sie recht. Es gab bis jetzt keine Leiche und kein Gewaltverbrechen, nichts, was einer Aufklärung bedurfte, nur die Bitte eines Betrunkenen, die Herkunft eines Buches zu eruieren – und Leopolds Vorahnung. Die hatte ihn freilich kaum jemals getäuscht.

Er wollte es sich gerade in Erwartung eines köstlichen Abendessens gemütlich machen und die Angelegenheit für die nächste Zeit vergessen, als sein Handy läutete. »Hallo, Herr Oberkellner«, meldete sich eine nicht mehr ganz nüchterne Stimme. »Kennen Sie mich noch?«

»Herr Reinhard?«, vergewisserte sich Leopold. »Zumindest klingen Sie wie gestern Abend.«

»Klar bin ich es«, kam die Bestätigung. »Gut, dass Sie sich an mich erinnern! Haben Sie schon etwas darüber herausgefunden, wie das Buch in Ihrem Kaffeehaus gelandet ist?«

»Mehr oder minder ja«, antwortete Leopold vorsichtig.

»Sehr gut! Dann schießen Sie los«, ermunterte Reinhard ihn.

»So einfach ist das nicht«, gab Leopold zu bedenken. »Ich habe zwar eine Quelle, doch da gibt es keinen nachweisbaren Bezug zu der Regina, um die es Ihnen offensichtlich geht.«

»Dann nennen Sie mir doch den Namen dieser Quelle«, ersuchte Reinhard.

»Da habe ich ein Problem«, gestand Leopold. »Ich weiß nicht genau, wie Sie heißen, ich kenne den Zweck Ihrer Erkundigungen nicht, aber ich soll Ihnen so mir nichts, dir nichts am Telefon persönliche Daten von jemandem mitteilen, dem das unter Umständen gar nicht passt.«

»So pingelig hätte ich Sie nicht eingeschätzt«, palaverte Reinhard immer undeutlicher einher. »Jetzt geben Sie sich einmal einen Ruck, Herr … äh … Hofer. Mein voller Name lautet Reinhard Sageder, wenn Sie das unbedingt wissen müssen. Nun aber los!«

»Sachte, sachte! Da möchte ich schon noch ein bisschen mehr wissen!«

»Sie machen mir Spaß! Zuerst bieten Sie mir Ihre Hilfe an, und wenn's drauf ankommt, machen Sie einen Rückzieher«, beklagte Sageder sich.

»Weil Sie mich über Ihre Absichten und Gründe im Dunkeln lassen! Das habe ich Ihnen übrigens schon einmal gesagt«, erinnerte Leopold ihn. »Außerdem haben Sie gestern noch etwas in das Buch gekritzelt. Das wirft auch kein gutes Licht auf Sie.«

»Sie verstehen nicht, dass jemand, der ein einstmals geliebtes Buch überraschend wiederentdeckt, das Bedürfnis hat, sich noch einmal darin zu verewigen? Mit einer klitzekleinen Notiz, die niemanden stören sollte? Ich wiederhole: pingelig, äußerst pingelig«, vermerkte Sageder mit hörbarem Zungenschlag.

»Vielleicht wollten Sie damit jemandem Angst und Schrecken einjagen«, zweifelte Leopold. »Denn eigentlich sind Sie ja bereits tot, oder?«

Nach einer kurzen Pause, während der er ein Bäuerchen machte, fragte Sageder: »Wer hat Ihnen denn das erzählt?«

»Das unterliegt derzeit noch alles dem Datenschutz«, tat Leopold geheimnisvoll. »Ich sehe schon, unsere Unterhaltung am Telefon verläuft nicht sehr produktiv. Besuchen Sie mich doch einfach morgen am Nachmittag oder Abend noch einmal im *Café Heller*. Da redet es sich besser!«

»Kommt nicht infrage«, zeigte sich Sageder mit dem Vorschlag nicht einverstanden. »Sie werden mir heute noch mitteilen, was Sie in Erfahrung gebracht haben. Ich erzähle Ihnen dafür auch etwas, das Sie sehr interessieren wird. Am Telefon ist es zu unpersönlich, da haben Sie recht. Aber im Kaffeehaus kriegen alle lange Ohren und hören mit. Dazu ist die Geschichte zu heikel. Kommen Sie einfach hierher!«

Leopold, der wenig Lust hatte, die eigenen vier Wände bei den nicht gerade einladenden Temperaturen draußen noch einmal zu verlassen, erkundigte sich: »Und wo wäre das, bitte schön?«

»Ich hatte schon immer einen Hang zum Wasser«, schilderte Sageder. »Die glatte Oberfläche eines Sees beruhigt mich ungemein, bei Tag und bei Nacht. Deshalb befinde ich mich bei der Alten Donau. Derzeit trinke ich noch mein Bier bei dem Imbiss bei der *Rossschwemme*, aber die sperren gerade zu. Also werde ich mich auf eine der Bänke am Gehweg gegenüber setzen und auf Sie warten.«

»Ist Ihnen das nicht zu kalt?«

»Vielleicht gehe ich auch ein wenig auf und ab«, brabbelte Sageder. »Sie werden hoffentlich ein Einsehen haben und bald da sein.«

»So rasch es geht«, brummte Leopold. »Passen Sie auf sich auf! Ich möchte nicht schuld sein, wenn Sie sich verkühlen!«

»Wer war das?«, fragte Erika, nachdem er das Gespräch beendet hatte. »Es hat mit den Büchern zu tun, stimmt's? Und du wirst jetzt gleich aufstehen und sagen, dass du noch einmal wegmusst. Obwohl ich mich eigentlich auf einen gemütlichen Abend mit dir gefreut habe!«

»Es könnte zu einer raschen Klärung der ganzen Angelegenheit beitragen«, druckste Leopold herum. »Du könntest ja in der Zwischenzeit darüber nachdenken, was wir gemeinsam unternehmen …«

»Schon gut«, ließ ihn Erika, der man die Enttäuschung anmerkte, nicht ausreden. »Du gibst ohnedies keine Ruhe, ehe du deinen Willen hast. Iss wenigstens noch etwas, bevor du gehst.«

Leopold sah zwei mit Marmelade gefüllte und mit Staubzucker bestreute Palatschinken vor sich auf dem Teller liegen. Da konnte er nicht widerstehen. Die musste er noch genüsslich vertilgen, auch wenn sich Reinhard Sageder in der Zwischenzeit eine Erkältung holte.

KAPITEL 4

Mittwoch, 16. Oktober, spätabends

Als Leopold sein Auto kurz nach 21 Uhr in der Nähe der *Rossschwemme* parkte, war die Umgebung menschenleer. Der wohl einzige Anziehungspunkt um diese Zeit bei der Kälte, der Imbissstand, hatte bereits geschlossen. Die Herumtreiber hatten sich wohl eine andere Lokalität gesucht, und die Spaziergänger waren alle bereits zu Hause. Eigentlich einfach, dachte Leopold. Irgendwo in der Nähe würde Reinhard Sageder auf einem Bankerl seine Bierflasche umarmen und auf die Oberfläche der Alten Donau starren.

So einfach war es allerdings nicht. Von Sageder war weit und breit nichts zu sehen. Zumindest auf der kleinen Promenade am oberen Ende der leicht zum Wasser abfallenden Böschung konnte Leopold ihn nirgendwo ausmachen. Vielleicht hätte er wirklich früher kommen sollen. Aber Sageder hatte so geklungen, als ob ihm ein paar Minuten auf oder ab nichts ausmachen würden. War es ihm vielleicht doch zu kühl geworden, und er hatte sich ins nächste Wirtshaus verzogen? Leopold würde nichts anderes übrigbleiben, als ihn anzurufen und zu hoffen, dass sich die Sache nicht noch weiter hinzog.

Da tippte ihm jemand auf die Schulter. Instinktiv zuckte er zusammen. »Hallo, Herr Leopold! Welch Überraschung! Suchen Sie hier etwa eine Leiche?«, vernahm er eine ihm bekannte Stimme.

Er drehte sich um. Das krause Haar, die runde Nickelbrille, die zerknitterte, in einen Mantel gehüllte Gestalt ließen keinen Zweifel, dass der Pathologe Konrad Otto, dem er mit etlichen Gratisdrinks schon so manche zweckdienliche Information herausgelockt hatte, vor ihm stand.

»Nein, ich vertrete mir nur ein wenig die Beine«, lächelte Leopold ihn verkrampft an. Otto kam ihm ungelegen. Er sollte nichts von seiner nächtlichen Verabredung mitbekommen.

»Das tun nicht mehr viele um diese Zeit«, entgegnete Otto mit leichtem Zweifel in der Stimme. »Nun, ich habe mich soeben im *Gasthaus Birner* gestärkt und wollte, bevor ich den Heimweg antrete, noch von hier oben einen Blick aufs Wasser werfen.«

»Die glatte Oberfläche beruhigt einen ungemein, nicht wahr?«, wiederholte Leopold, dem nichts Besseres einfiel, als was er vorhin von Sageder gehört hatte.

»Finden Sie? Also, von mir kann ich das nicht behaupten. Im Gegenteil, ihr Anblick wühlt mich auf«, widersprach Otto. »Jedes Mal, wenn ich da bin, stelle ich mir die Frage, wie viele Selbstmörder hier schon den Tod gefunden haben. Diese Art, aus dem Leben zu scheiden, ist zwar schon etwas aus der Mode gekommen, aber sie fasziniert mich immer noch. Diejenigen, die sich ertränken, sind die Ruhigen und Stillen, die Poeten unter den Selbstmördern. Es handelt sich um Träumer, die langsam, mit den letzten Luftbläschen gewissermaßen, ins Jenseits hinübergleiten.«

»Werfen sich die nicht eher in die Donau, den großen Strom?«, äußerte Leopold skeptisch. »Da gibt's eine Strömung, da geht es schnell, da hat man's bald überstanden.«

»An sich ja«, musste Otto zugeben. »Fließendes gefährliches Wasser ist natürlich ideal für Schwimmer, die in einem ruhigen Badesee unterfordert sind. Aber die Kurve der Nichtschwimmer zeigt in den letzten Jahren steil nach oben. Dadurch gibt es wieder mehr Kandidaten für stille Gewässer. Entscheidend ist meiner Ansicht nach, wie einfach es nach dem Entschluss zum Suizid ist, diesen auch umzusetzen. Wer irgendwo hoch oben steht, braucht sich nur einen Ruck zu geben, und schon macht er den tödlichen Sprung nach unten. Dem reißenden Strom kann man sich ebenfalls schnell übergeben, und er erledigt die Arbeit dann von allein. Wer hier im kalten Wasser steht, muss allerdings erst einmal bis zu dem Punkt kommen, wo's für ihn interessant wird, also wo es beginnt, tief zu werden. Da erweisen sich der steinige Boden in Ufernähe und die unfreundliche Wassertemperatur gewissermaßen als Selbstmörderbremse. Doch es gibt eine neue Hoffnung! Schauen Sie ein wenig nach vorne links, was sehen Sie?«

»Einige Badestege«, antwortete Leopold.

»Genau! Nämlich drei an der Zahl! Sie sind vor noch gar nicht so langer Zeit errichtet worden. Durch sie sind wieder alle Bedingungen für den entscheidenden Ruck des Selbstmörders erfüllt: Ein Sprung ins kalte Nass, und die Sache ist aufgrund des eisigen Wassers so gut wie erledigt. Nun warte ich nur mehr darauf, dass jemand dieser Versuchung nicht widerstehen kann – vielleicht um diese Uhrzeit, vielleicht ein wenig später, unter Umständen enthemmt durch den Alkohol oder die Drogen, die er vorher eingenommen hat. Und Sie tun das Gleiche, und ich habe Sie dabei erwischt, stimmt's? Bloß warten Sie auf keinen Suizid, sondern auf einen handfesten Mord!«

Wenn Leopold das Treffen, dessentwegen er hier war, weiter vor Otto verheimlichen wollte, musste er auf dessen Anspielungen eingehen und gleichzeitig trachten, den Pathologen schnell wieder loszuwerden. Sonst bestand wenig Hoffnung, dass er Sageder noch hier irgendwo finden würde. Aber das war keine leichte Sache. Otto wirkte, als habe er vor, sich mit ihm ausführlich über Selbstmörder und Leichenfunde im Wasser zu unterhalten. »Ich gehe wirklich nur spazieren«, erklärte er abwartend. »Natürlich denkt man dabei im Hinterkopf immer an die Möglichkeit, jäh mit einem Verbrechen konfrontiert zu werden, wenn einem das, wie mir, schon öfters passiert ist.«

»Sehen Sie?«, nickte Otto zustimmend. »Die Toten lassen uns eben nicht los! Sie beherrschen unser Tun und Handeln, ob wir nun wollen oder nicht.« Er knöpfte seinen Mantel auf und zog aus dessen Innentasche einen Flachmann hervor. »Solche Spaziergänge können gefährlich werden! Wir müssen uns stärken! Kommen Sie«, forderte er Leopold auf, öffnete den Verschluss und überreichte ihm das Behältnis.

Der versuchte abzuwehren. »Ich bin mit dem Auto da«, kam sein schwacher Protest.

»Ich auch«, ließ Otto das nicht gelten. »Nun machen Sie doch einen Schluck! Wenn Sie anschließend Skrupel haben zu fahren, bringe ich Sie eben nach Hause.«

Alles, nur das nicht, dachte Leopold und lehnte dankend ab. Ums Trinken kam er allerdings nicht herum. »Sie haben mich schon so oft bewirtet, da muss ich mich einmal revanchieren«, drängte Otto. So nippte er eben an dem hochprozentigen Gesöff und sah gleichzeitig jegliche Hoffnung schwinden, noch mit Sageder zusammenzutreffen.

»Jetzt schauen wir uns einmal zusammen einen der Stege an und prüfen ihn auf seine Selbstmordqualitäten«, schlug Otto vor, nachdem er sich ausgiebig an seinem Schnaps gelabt hatte. »Zu zweit macht das einfach mehr Spaß!«

Leopold blieb nichts anderes übrig, als Otto zu folgen, wenn er keinen Verdacht bei ihm erregen wollte. Gemeinsam gingen sie zum Wasser hinunter. Otto stolperte dabei beinahe über eine offenbar am Uferrand vergessene Flasche. »Die Leute lassen einfach alles liegen oder werfen es weg«, ärgerte er sich. »Dann wundern sie sich, dass sie oder ihre Kinder sich verletzen, wenn das Zeug zerbrochen ist!«

Er machte aber keinerlei Anstalten, die Flasche aufzuheben, sondern betrat stattdessen den Steg, der am weitesten in die Alte Donau hineinreichte. Er schaute um sich, aufs Wasser und hinüber zum anderen Ufer. »Nicht viel zu sehen«, lautete sein einsilbiger Kommentar.

»Vielleicht liegt das daran, dass es finster ist«, gab Leopold spöttisch zurück. Er wartete nur auf eine günstige Gelegenheit, sich zu entfernen.

»Dann schalten wir eben das Licht ein«, ließ sich Otto nicht beirren. Er zückte nun eine große Taschenlampe und begann, das Wasser damit systematisch abzuleuchten. »Kommen Sie endlich«, feuerte er Leopold dabei an. »Ich möchte wissen, welches Gefühl Sie auf dem Steg haben, während ich die Wassertiefe ergründe. Ist er Ihrer Meinung nach breit oder eng? Wackelig oder stabil? Deprimierend oder befreiend? Wenn Sie die Absicht hätten, sich umzubringen, und stünden hier oben, würden Sie springen?«

»Ich würde da vor allem nicht hinaufsteigen«, erklärte Leopold missmutig.

»Sie sollen sich doch nur in jemanden hineinversetzen, der vorhat, sich das Leben zu nehmen. Ist das so schwer zu verstehen?«, war Otto nun in seinem Element. »Wir prüfen, ob der Steg dann zusätzliche Anreize für einen Selbstmordkandidaten liefert. Zuerst tun wir das im nüchternen Zustand, dann probieren wir es unter dem Einfluss von Drogen – wobei unsere Droge der Schnaps ist. Kapiert?« Er machte einen weiteren kräftigen Schluck aus seinem Flachmann.

Leopold merkte jetzt, dass Otto schon vor ihrer Begegnung etwas getankt haben musste. Er bewegte sich äußerst unsicher auf den Planken. Dabei leuchtete er hin und wieder auf die Wasseroberfläche. Leopold schwankte, ob er in sicherem Abstand zu ihm bleiben oder sich doch für alle Fälle zu ihm gesellen sollte, um zu verhindern, dass er ins Wasser fiel. Ein unkontrollierter Sturz des Nachts, noch dazu bei diesen Wassertemperaturen, konnte fatale Folgen haben.

»Ha!«, rief Otto plötzlich. Leopold zuckte zusammen. Er dachte schon, das befürchtete Unglück wäre passiert. Doch Otto wurde jetzt wieder lebendiger. »Schauen Sie nach, ob irgendwo am Ufer ein Ast oder Stock von einer gewissen Größe herumliegt«, ordnete er an. »Schnell!«

»Wozu das?«, fragte Leopold irritiert.

»Ich denke, ich habe etwas entdeckt, bin mir aber nicht sicher«, verkündete Otto euphorisch. »Etwas, das durchaus ein menschlicher Körper sein könnte, scheint unten am Grund zu liegen. Allerdings handelt es sich eher um eine begründete Vermutung, für mehr fehlt der sichtbare Beweis. Mein Auge nimmt nur schemenhaft etwas wahr. Mal denke ich, ich erkenne etwas, dann wieder nicht. Mit einem Stock ließe sich ein Fühltest machen.«

»Sie meinen also, Sie gehen ein bisschen auf dem Steg auf und ab, machen hin und wieder ein Schlückchen, fuchteln dabei mit einer Taschenlampe herum und entdecken so innerhalb kürzester Zeit Ihren heiß ersehnten Selbstmörder?«, zweifelte Leopold.

»Überzeugen Sie sich doch selbst«, ermunterte Otto ihn.

Nun wurde die Sache für Leopold wieder interessanter. Auf eine Leiche zu stoßen, wollte er sich nun doch nicht entgehen lassen. Wenn Otto sich aufgrund seiner fortgeschrittenen Illuminierung getäuscht hatte, war das sogar ein hinreichender Grund, ihn mit seinen Imaginationen allein zu lassen, kurz herauszufinden, ob er noch mit Sageder rechnen konnte, und wenn nicht, schleunigst wieder nach Hause zu seiner Erika zu fahren.

Er begann also zu suchen. In der Badesaison lagen hier etliche Stöcke herum, welche die Herrln und Frauerln ihren Hunden zum Apportieren zuwarfen. Aber abgesehen davon, dass die wohl allesamt zu kurz sein würden, sah es in der kalten Jahreszeit mit derlei Behelfen eher trostlos aus. Ganz schön finster war es auch noch. Es dauerte nicht lange, da stolperte auch Leopold über die Flasche. Er fluchte leise, hob sie aber im Gegensatz zu Otto auf, um sie am Rückweg in einem der Mülleimer am oberen Gehweg zu entsorgen. Als er die Flasche nun in der Hand hielt, kam es ihm so vor, als sei sie nicht gänzlich leer. Bei genauerem Hinsehen entdeckte er ein beschriebenes Stück Papier, das sich darin befand.

»Haben Sie schon was gefunden?«, rief Otto zwischendurch zu ihm hinüber.

Leopolds Gehirn arbeitete indessen fieberhaft. Konnte

es sein, dass diese Flasche eine Botschaft enthielt? Dass sie, ähnlich einer Flaschenpost, absichtlich hier am Strand platziert worden war? Oder spielte ihm seine Fantasie aufgrund der letzten Ereignisse einen Streich? »Nicht das, wonach Sie suchen«, antwortete er in Gedanken versunken.

»Dann bemühen Sie sich! Es geht um meinen ersten selbst entdeckten Selbstmörder«, wurde Otto ungeduldig. »Wenn nichts Geeignetes am Boden liegt, schneiden Sie eben einen Ast von einem der Weidensträucher ab!«

Inzwischen lichteten sich die Nebel in Leopolds Hirn. Er suchte Reinhard Sageder, sah ihn aber nirgendwo im Umkreis. Dabei hatte der sich während seines Telefonates mit ihm bei einem Imbissstand ganz in der Nähe aufgehalten. Er hätte sich von dort nur ein paar Schritte über die Straße zu einer der zahlreichen Bänke auf der kleinen Promenade bewegen müssen. Am Telefon hatte er so wissbegierig und zugleich mitteilungsbedürftig geklungen, dass sich Leopold nicht vorstellen konnte, dass er sich einfach so davongemacht hatte, ohne ihn zu verständigen. Es sei denn …

Es sei denn, er war es, der da unten im Wasser lag. Diese Möglichkeit erschien Leopold immer wahrscheinlicher. Und die Flasche, die er immer noch in der Hand hielt? Der Zettel darin war dann auch mit im Spiel. Er nahm sein Taschenmesser heraus und ging daran, sich damit vom Weidenstrauch ober ihm einen Ast zu organisieren, allerdings keinen großen, um damit das Wasser nach einer Leiche abzutasten, sondern einen kleinen, möglichst dünnen, um damit den Zettel aus der unverschlossenen Flasche herauszukitzeln. Mit etwas Glück und Geschicklichkeit konnte es klappen.

Er ignorierte Ottos nervtötende Hilferufe, schnitt einen ihm geeignet erscheinenden Ast ab und spitzte ihn ein wenig zu. Dann nahm er ein Paar Einweghandschuhe aus seiner Jackentasche und versuchte, sich das Papierstück mit dem Ast und einer Pinzette aus dem kleinen Kulturbeutel, den er bei seinen Unternehmungen stets bei sich trug, zu angeln. Er schüttelte die Flasche, dann arbeitete er wieder mit dem Ast und bewegte es so langsam in Richtung Flaschenhals. Dort stellte das widerspenstige Ding Leopold noch einmal auf eine Geduldsprobe, aber gerade als Otto verzweifelt rief: »Wann kommen Sie endlich mit einem Stock, verdammt noch mal?«, hielt er den Zettel triumphierend in der Hand. Er leuchtete ihn mit seiner Taschenlampe, die er wie das Messer bei seinen Erkundungen immer bei sich trug, an und las: *Ohne dich kann ich nicht leben. R.*

Die Nachricht war in schlampig hingekritzelter Druck-, nicht in Schreibschrift verfasst. Das *R* als Signatur war jedoch verräterisch. Alles sprach dafür, dass Sageder der Verfasser war. Aber warum hätte er diese Botschaft einfach so in einer Flasche am Ufer hinterlegen sollen? Warum diese Ankündigung, die einen Selbstmord andeutete?

Leopold fand in seinem Allzeit-bereit-Kulturbeutel eine kleine Plastikhülle, in der er den Zettel mit der Pinzette verstaute. Dann griff er kurz entschlossen zum Telefon und wählte Sageders Nummer. Aber er hörte nur den automatischen Anrufbeantworter. Es wurde immer wahrscheinlicher, dass der Mann, der ihn vorhin noch angerufen hatte, nicht mehr lebte. Und damit logischerweise beim Badesteg im Wasser lag.

Leopold richtete seinen Blick wieder hinüber zu Konrad Otto, dessen waghalsige Anstrengungen, die Leiche am Grund der Alten Donau genauer auszumachen, bereits zu gefährlichen Verrenkungen führten. Er taumelte am Rand des Steges auf und ab, den Kegel seiner Taschenlampe unentwegt auf die Wasseroberfläche gerichtet. Leopold eilte zu ihm.

»Bitte keine weiteren Aktionen«, flehte er ihn an. »Sonst landen Sie tatsächlich noch im eisigen Nass!«

»Ich habe gerade überlegt, ob ich versuchen soll, bei den Booten auf dem Anlegeplatz weiter vorn ein Ruder zu finden, um damit nach unten zu tasten«, entgegnete Otto voller Tatendrang.

»Nichts da«, erwiderte Leopold energisch. »Ich habe mittlerweile auch den schweren Verdacht, dass da unten ein Toter liegt. Aber es gibt eine effektivere Methode der Überprüfung.« Er entnahm seinem Beutel nun einen Zollstock, klappte ihn auseinander und tauchte ihn ins Wasser. Dabei stieß er wie erwartet auf etwas Unförmiges, Weiches, das sich wie ein menschlicher Körper anfühlte.

»Jetzt können wir ruhigen Gewissens den Oberinspektor anrufen«, eröffnete er Konrad Otto.

Otto machte einen weiteren Schluck aus seinem Flachmann und bemerkte dann: »Der wird sich aber wundern, wenn er uns beide zusammen hier sieht.«

Leopold konnte sich ein verschmitztes Lächeln nicht verkneifen. »Das dürfen Sie annehmen«, gab er dem Pathologen recht.

*

»Wir sind schon unterwegs«, teilte Oberinspektor Juricek seinem Freund und ehemaligen Schulkollegen Leopold am Telefon knapp mit. Doch diesmal handelte es sich um keine Floskel, die bloß andeuten sollte, dass er alles verstanden habe und sich sofort auf den Weg mache. Fünf Minuten nach Leopolds Anruf standen er und sein Begleiter, Inspektor Norbert Bollek, samt den Leuten von der Spurensicherung bereits vor ihm.

»Servus Leopold«, begrüßte Juricek seinen Spezi, mit dem er schon so manchen Strauß ausgefochten hatte, weil der sich immer wieder in die polizeilichen Ermittlungen einmischte. Er tippte dabei nach alter Gewohnheit mit dem Zeigefinger der rechten Hand an die breite Krempe seines Sombreros. »Du wirst dich vielleicht fragen, warum wir schon da sind«, merkte er an. »Ich hingegen frage mich, weshalb du wieder einmal vor der Polizei an einem Ort bist, wo eine Leiche herumliegt.«

»Der reine Zufall, ich schwöre es«, verteidigte Leopold sich. »Ich gehe da so des Abends vor mich hin, um ein wenig am Wasser entlang zu spazieren und einen anstrengenden Arbeitstag zu vergessen, da treffe ich zufällig euren Pathologen, Herrn Otto. Wir kommen ins Plaudern, und er schildert mir, dass er hier des Öfteren nach Selbstmördern Ausschau hält. Es ist eine Gewohnheit von ihm. Na, und kaum will er mir beweisen, wie geeignet für Suizide die neuen Badestege sind, entdeckt er auch schon eine Leiche.«

»Eine Gewohnheit? Soso«, grummelte Juricek. Er rieb sich die Hände. Es wurde kühler. »Und wo ist Otto jetzt?«

»Er holt vorn im Gasthaus einen Kaffee«, gab Leopold bereitwillig Auskunft. »Ich denke, du kriegst auch einen.«

»Und du hast wirklich nichts im Schilde geführt?«, fragte Juricek misstrauisch. »Es gibt keine Vorgeschichte, von der ich wissen sollte?«

»Das kann ich noch nicht sagen«, bedauerte Leopold. »Dazu muss der Tote erst an Land gebracht und identifiziert werden. Es könnte sich um einen Kaffeehausgast handeln. Aber warum wart ihr schon auf dem Weg hierher, als ich dich angerufen habe?«

»Weil wir telefonisch verständigt wurden, dass ein Mann vom Steg ins Wasser gesprungen und dann untergegangen ist«, setzte Juricek ihn in Kenntnis.

»Aha! Und wer war der Anrufer?«, erkundigte Leopold sich neugierig.

»Das unterliegt selbstverständlich der Geheimhaltung«, erinnerte Juricek ihn. »Ich werde doch einer Privatperson wie dir nicht mir nichts, dir nichts Einzelheiten zu einem Informanten der Polizei geben, noch dazu, wo du behauptest, gar nicht in die Sache involviert zu sein.«

»Ich habe gesagt, es kommt darauf an, wer der Tote ist«, präzisierte Leopold. »Er könnte gestern im *Heller* gewesen sein und sich mit einer Bitte an mich gewendet haben.«

»Und mit welcher?«

»Erst den Namen des Anrufers«, forderte Leopold.

Beim Steg wurde es langsam lebendig. Es kam die Bestätigung, dass dort eine männliche Leiche im Wasser lag, und man ging nun daran, den Toten zu bergen. »Warten wir noch ein bisschen, bis etwas mehr Klarheit herrscht«, schlug Juricek deshalb vor. »Reden wir in der Zwischenzeit von etwas anderem, nämlich von der Flasche mit dem Zettel, von der du mir am Telefon erzählt hast. Wo hast du sie?«

Leopold holte die Plastikhülle mit dem Zettel hervor und übergab sie an Juricek. Er deutete ferner auf die Bierflasche, die er inzwischen sorgsam unter den Ästen des

Weidenstrauches abgelegt hatte. Juricek studierte die Zeilen auf dem Papier.

»Sieht auf den ersten Blick ganz nach Selbstmord aus«, befand er. »Die Nachricht lässt allerdings einige Fragen offen. Wen meint der Verfasser mit *Ohne dich*? Und warum gibt er den Zettel in eine Flasche und legt sie ans Ufer? Hat er etwa damit gerechnet, dass sie dort gefunden wird?« Er wandte sich wieder an Leopold: »Du meinst also, diesen *R* unter Umständen zu kennen?«

»Es ist alles sehr ungewiss«, versicherte Leopold. »Wir haben nämlich seit Neuestem eine Leseecke im Kaffeehaus. Die Schrift könnte dieselbe wie bei einer Widmung in einem der Bücher sein, die wir dafür aus Spenden erhalten haben.«

»Du hast so getan, als hättest du die betreffende Person im Kaffeehaus gesehen«, hakte Juricek nach.

»Na ja, gestern war eben ein Mann namens Reinhard da, der die Widmung wiederzuerkennen glaubte. Demnach würde sie von ihm stammen«, ließ sich Leopold ein wenig in die Karten blicken, fügte aber gleich hinzu: »Das ist aber eine sehr undurchsichtige Geschichte, die gar nicht mit der Leiche im Wasser zusammenhängen muss.«

Nun kam Konrad Otto die Böschung hinuntergeeilt, in jeder Hand einen mit Kaffee gefüllten Pappbecher. Er sah wieder frischer aus. Wahrscheinlich hatte er sich in der Zwischenzeit schon mindestens einen Mokka genehmigt. Juricek machte einen Schluck und verzog dabei das Gesicht.

»Was ist?«, fragte Otto.

»Stark ist er ja«, urteilte Juricek. »Aber über den Geschmack lässt sich streiten.«

»Das Gasthaus hat mir vor der Nase zugesperrt«, entschuldigte Otto sich. »Ich musste den Kaffee von einer Tankstelle organisieren.«

»Schon gut«, brummte Juricek und goss die heiße Brühe in großen Schlucken hinunter, um sie möglichst schnell unten zu haben. »Der Tote wird gerade aus dem Wasser gefischt. Schauen Sie ihn sich an, sobald er heraußen ist. Ich möchte möglichst rasch Ihren ersten Eindruck. Alles Weitere morgen!«

»Ich denke, wir können von Selbstmord ausgehen, Chef«, befand Otto.

»Ich will wissen, was Sache ist, und keine Spekulationen«, belehrte Juricek ihn. »Und das nächste Mal einen besseren Kaffee! Sie hatten doch schon mal eine Tankstelle, wo er ganz erträglich schmeckt.«

Otto antwortete nicht, sondern verschwand in Richtung Steg. Juricek fragte Leopold indessen: »Sag, frequentiert eine Frau Pollak euer Kaffeehaus? Oder war sie in letzter Zeit einmal da?«

Leopold fiel zunächst keine ihm bekannte Person ein, die so hieß. »Mag sein«, antwortete er. »Wir kennen nicht alle unsere Gäste beim Namen.«

»Pollak«, wiederholte Juricek monoton. »Johanna Pollak. Sie sagt dir also nichts?«

Leopold ging ein Licht auf. Das Katz-und-Maus-Spiel zwischen ihm und Juricek hatte begonnen. Der Oberinspektor hatte ihm wie zufällig einen Namen hingeworfen, um zu sehen, wie er darauf reagierte. Es konnte sich bei der betreffenden Person nur um Johanna die Wahnsinnige handeln. Und es gab nur einen Grund, warum Juricek sie ihm im Zusammenhang mit dem Toten so schnell nennen konnte. Sie musste die ominöse Anruferin bei der

Polizei sein. Juricek hatte ihm also ihre Identität durch die Blume verraten, um den weiteren Austausch von Informationen zu vereinfachen.

»Johanna ... Johanna ...« Leopold tat so, als würde er angestrengt nachdenken. »Da war unlängst eine Johanna, die auch Bücher gespendet hat, glaube ich. Aber ob die Pollak heißt, ist mir leider nicht bekannt.«

»Eine auffällige Frau«, konkretisierte Juricek. »Sie beschäftigt uns immer wieder mit Unglücksmeldungen. Wir haben schon einiges von ihr erfahren. Meist behauptet sie, man habe ihr die Dinge zugetragen: unbekannte Anrufer, mysteriöse Botschaften und so weiter. Manchmal ist es von Bedeutung, manchmal weniger, aber auf jeden Fall müssen wir den Dingen nachgehen.«

»Könnte es sein, dass sie im Volksmund ›die Wahnsinnige‹ genannt wird?«, fragte Leopold zögernd.

»Genau so ist es«, bestätigte Juricek. »Du hast dich also gestern mit ihr unterhalten? Möglicherweise über diesen Herrn Reinhard?«

»Du bringst alles durcheinander, Richard«, korrigierte Leopold ihn. »Wir haben nur kurz über die Bücher gesprochen, die sie uns dankenswerterweise zur Verfügung gestellt hat.«

»Und mit diesem Reinhard hast du auch nur über Bücher gesprochen?«

»Selbstverständlich! Im *Café Heller* wird in letzter Zeit nur mehr über Bücher geredet«, beteuerte Leopold. »Unsere Leseecke findet großen Anklang. Wir setzen damit einen entscheidenden kulturellen Schritt gegen die fortschreitende Digitalisierung. Übrigens betreut Erika das Projekt. Komm es dir doch einmal anschauen!«

»Das werde ich, und zwar schon morgen«, versprach

Juricek ihm. »Höchstwahrscheinlich gibt es einiges an diesen Büchern, das mich interessieren sollte. Und wenn es bis dahin auch nur eine kleine Unklarheit darüber gibt, wie der Mann zu Tode gekommen ist, bist du mir zu einer vollständigen Auskunft über sämtliche Umstände, die dich hierhergeführt haben, verpflichtet! Du gingst so des Abends vor dich hin! Das ist ja lächerlich!«

Leopold wollte etwas zu seiner Entschuldigung sagen, doch Juricek bedeutete ihm zu schweigen. Seine Aufmerksamkeit galt nun dem Leichnam, der mittlerweile ans Ufer befördert worden war. Er bat Leopold, einen Blick in sein Gesicht zu werfen. Der Mann sah trotz der kurzen Zeit, die er im Wasser verbracht hatte, schon nicht mehr ganz so aus wie zu Lebzeiten. Dennoch erkannte Leopold ihn sofort wieder.

»Das ist er«, teilte er Juricek mit. »Er heißt Reinhard, vermutlich Reinhard Sageder.«

*

Leopold machte sich nachdenklich auf den Weg zurück zu seinem Auto. Reinhard Sageders überraschender Tod beschäftigte ihn. Sämtliche Fakten sprachen dafür, dass er sich selbst umgebracht hatte, indem er von einem Steg ins kalte Wasser der Alten Donau gesprungen war. Kurz davor hatte er Leopold noch angerufen, um sich mit ihm ebendort wegen eines Informationsaustausches zu treffen. Irgendwie passte das nicht zusammen. Wieso sollte ihn jemand kontaktieren wollen, der vorhatte, sich das Leben zu nehmen?

Natürlich konnte es auch ein Unfall gewesen sein. Durch übertriebenen Alkoholkonsum war Sageder in seinen Bewegungen und seiner Orientierung möglicherweise bereits so stark beeinträchtigt gewesen, dass er einfach vom Steg gefallen war. Danach hatte er das Bewusstsein verloren, sei es aufgrund der niedrigen Wassertemperatur, sei es aufgrund einer Verletzung, die er sich bei dem Sturz zugezogen hatte, und war ertrunken. Dagegen sprach allerdings die von Leopold entdeckte Bierflasche mit dem ominösen Satz, der wie ein Abschiedsbrief klang.

Also doch Selbstmord? Wozu aber dann diese Flaschenpost? Wer hätte sie finden sollen? So, wie die Flasche am Uferrand herumgelegen war, hätte es jetzt im Oktober, wo es die wenigen Spaziergänger kaum vom Gehweg hinunter zum Wasser zog, womöglich Tage oder sogar Wochen gedauert, bis sie jemand gefunden hätte. Und dann hätte man erst einmal die richtigen Schlüsse aus den paar Worten ziehen müssen.

Also Mord? Das war für Leopold die vorläufig wahrscheinlichste Lösung des Rätsels. Jemand hatte Sageders Telefonat mit ihm belauscht und Angst bekommen, er könne etwas ihm Unangenehmes ausplaudern. Was das war, dahinter musste Leopold allerdings erst kommen. Die medizinische Untersuchung des Leichnams konnte mitunter erste Aufschlüsse darüber liefern, wie der Mörder vorgegangen war.

Doch halt! Hatte nicht ein Anrufer oder eine Anruferin, dem Anschein nach Johanna die Wahnsinnige, behauptet, Sageder sei von sich aus gesprungen? Und war ein Suizid damit nicht doch am wahrscheinlichsten? Da musste man vorsichtig sein! So eine Aussage konnte stimmen oder auch nicht. Stimmte sie nicht, stellte sich die interessante Frage, weshalb da jemand gelogen hatte. Wie man es auch drehte und wendete, es gab so viele Unklarheiten, dass Leopold der Schädel brummte. Zudem wurde es rasch kühler, und ihn begann zu frösteln.

Gott sei Dank war er nur mehr wenige Meter von seinem Auto entfernt. Als er in seiner Hosentasche nach dem Autoschlüssel kramte, nahm er im fahlen Licht der Straßenlaternen etwas Dunkles, Schwarzes wahr, das sich ihm in den Weg stellte. Der Körper war in dicke Gewänder gehüllt, über den Kopf eine Kapuze gezogen, das Gesicht mit einem Schal vermummt. Leopold hielt inne. Die Situation konnte bedrohlich werden, aber es war für ihn zu spät, auf die andere Straßenseite zu wechseln, um einer Konfrontation aus dem Weg zu gehen.

»Bleiben Sie stehen«, zischte es ihm entgegen.

»Ich möchte zu meinem Wagen«, versuchte Leopold, sich nicht beirren zu lassen.

»Dann gestatten Sie, dass ich mich darinnen ein wenig mit Ihnen aufwärme.« Die Gestalt streifte die Kapuze nach hinten und zog den Schal vom Gesicht. Ihr graues Haar fiel wild herab. Jetzt erkannte Leopold sie sofort. Es war Johanna Pollak, genannt »die Wahnsinnige«.

Leopold erschauderte, und das nicht nur wegen der Kälte. Johanna war aufgetaucht wie aus einer anderen Welt, plötzlich, unbemerkt und überraschend. »Warum sollte ich das zulassen?«, wollte er wissen.

»Weil ich mit Ihnen reden möchte, und Sie sicher auch mit mir«, erklärte Johanna. »Heraußen ist es kalt und wird rasch kälter. Das *Gasthaus Birner* hat bereits geschlossen. Also ist das Auto der einzig sinnvolle Platz für ein Gespräch.«

Diese Frau war Leopold nicht geheuer. Aber was blieb ihm anderes übrig, als ihr Zutritt zu seinem Wagen zu gewähren? Sie hatte der Polizei gegenüber behauptet, Sageder sei in selbstmörderischer Absicht vom Steg gesprungen, und Leopold war nur zu begierig darauf, von ihr mehr darüber zu erfahren.

»Was machen Sie überhaupt hier?«, fragte er sie. Eine Geruchsmischung aus Wein und Knoblauch strömte ihm entgegen, als sie neben ihm Platz nahm und die Autotür schloss.

»Die vielen Polizeiautos mit ihren Blaulichtern haben mich neugierig gemacht«, gab sie an.

»Ach so? Sie mussten doch wissen, worum es geht«, nahm ihr Leopold das nicht ab. »Sie selbst waren durch Ihren Anruf doch der Grund für diesen Einsatz.«

»Einerseits stimmt das«, musste Johanna zugeben. »Aber andererseits konnte ich nicht wissen, ob sich alles wirklich so verhalten hat. Ich habe den Sprung des Mannes nicht selbst gesehen.«

»Nicht?«, wunderte Leopold sich. »Das müssen Sie näher ausführen!«

»Ich weiß nicht, ob Sie es nachvollziehen können«, begann Johanna. »Aber an Abenden wie heute bin ich hochsensibilisiert. Ich spüre, wenn etwas in der Luft liegt. Und ich spüre auch, wenn sich mir jemand mitteilen will. Ich stand also am Fenster und schaute hinaus in Erwartung der Dinge, die da kommen sollten. Da läutete auch schon das Telefon. Die Stimme war weiblich und gut zu verstehen. Sie wiederholte mehrere Male, dass ein Mann vom Steg bei der Fultonstraße in die Alte Donau gesprungen sei. ›Jetzt ist er sicher tot‹, seufzte sie abschließend und beendete damit das Gespräch.«

»Warum hat die Frau nicht gleich bei der Polizei angerufen?«, erkundigte sich Leopold.

»Sie wissen doch, wie das weibliche Geschlecht tickt, Herr Oberkellner«, belehrte Johanna ihn. »Oft haben wir nicht den Mut, gleich die Behörde einzuschalten. Wir wenden uns dann an eine vertraute Seele, bei der wir meinen, dass das, was wir nicht für uns behalten dürfen, gut aufgehoben ist. Damit erleichtern wir unser Gewissen und vermeiden doch, in die Sache hineingezogen zu werden.«

»Wer war die Dame?«, wurde Leopold nun direkt.

»Das weiß ich doch nicht!« Johanna wirkte direkt beleidigt.

»Woher hatte sie dann Ihre Nummer?«

Johanna konnte über so viel Unverständnis nur lächeln. »Sie ist vielen Menschen bekannt. Jeder, der möchte, kann mich anrufen«, setzte sie Leopold ins Bild. »Ich verfasse regelmäßig Blog-Artikel im Internet zum Thema *Unheimliche Geschehnisse im Alltag.* Die Leser sind eingeladen zu reagieren, deshalb stelle ich dort auch meine Kontaktdaten zur Verfügung. Offensichtlich hatte eine mir unbekannte Frau den Drang, mich über den gruseligen Vorfall unten am Wasser zu informieren. Und ich sah es nachher als meine Pflicht an, die Polizei zu verständigen.«

»Und die Nummer der Anruferin …?«Leopold kam nicht dazu, den Satz zu vollenden. »War unterdrückt«, schnitt ihm Johanna das Wort ab. »Geben Sie sich keine Mühe, Herr Oberkellner. Ich weiß nicht mehr als Sie, vielleicht sogar ein bisschen weniger.«

»Wann wurden Sie kontaktiert?«

»So genau habe ich nicht auf die Uhrzeit geachtet«, musste Johanna ihn enttäuschen. »Ich habe mein Handy jetzt auch nicht mit, um nachzuschauen. Zeit ist für mich etwas Relatives, so wie viele andere irdische Dinge auch. Es war schon eine Weile dunkel, mehr kann ich nicht dazu sagen.«

Diese Beliebigkeit gefiel Leopold gar nicht, denn eines der ersten Dinge, die er sich zu erledigen vorgenommen hatte, war, ein möglichst genaues Zeitdiagramm zu erstellen. Wie sich trotz der vagen Angaben herauskristallisierte, musste Sageder ziemlich bald, nachdem er sich bei ihm gemeldet hatte, vom Steg gesprungen sein. Hatte er den Entschluss zum Selbstmord wirklich so schnell gefasst? Noch rasch eine Botschaft in die leere Bierflasche gesteckt, sie am Ufer abgelegt und sich dann das Leben genommen? Einfach so? Leopold wollte es nicht glauben. Sageder hatte bei dem Telefonat mit ihm angeheitert, aber keineswegs depressiv geklungen. Es war schwer, sich vorzustellen, dass er einer derartigen Stimmungsschwankung unterworfen gewesen war.

Hatte ihn diese Frau tatsächlich beim Suizid beobachtet, oder hatte sie sich alles nur ausgedacht, um einen Mord zu vertuschen?

Anstatt sich von Leopold weiter ausfragen zu lassen, wandte sich Johanna nun an ihn. »Jetzt bin aber ich dran«, forderte sie resolut. »Wer war eigentlich der Mann, der anscheinend in selbstmörderischer Absicht ins Wasser gesprungen ist? Und weshalb um alles in der Welt sind *Sie* da?«

»Er heißt vermutlich Reinhard Sageder«, informierte Leopold sie. »Kurz vor seinem Tod hat er mich noch angerufen und hierhergebeten. Da war er noch recht aktiv und munter.« Er beobachtete, ob die Nennung des Namens in Johanna eine Reaktion hervorrief, aber sie verzog keine Miene.

»Sie glauben also nicht an Selbstmord«, nahm sie an.

»Wenn ich ehrlich bin, nein«, gestand Leopold. »Aber das ändert vorläufig nichts daran, dass eine unbekannte Zeugin ihn dabei beobachtet hat. Außerdem wurde eine Flasche mit einem Zettel gefunden, auf dem genau ein Satz stand: *Ohne dich kann ich nicht leben.* Erinnert die Flaschenpost nicht sehr an das Buch *Message in a Bottle*, das Sie unserem Kaffeehaus dankenswerterweise für die Leseecke zur Verfügung gestellt haben?«

Johanna ließ sich weiterhin nicht anmerken, was sich hinter ihrer Stirn abspielte. Sie äußerte nur lapidar: »Ich muss der Mitteilung meiner Informantin natürlich glauben. Vielleicht hat ihr die Fantasie einen Streich gespielt, vielleicht auch nicht. Wir können nur abwarten, wie sich die Dinge entwickeln.«

»War dieses Buch nicht dasjenige, von dem Sie behaupten, es habe einen Mord ausgelöst?«, drängte Leopold weiter.

»Das ist eine sehr direkte Frage«, reagierte Johanna amüsiert. »Ich will sie Ihnen aber nicht ganz so direkt beantworten. Versuchen wir es mit einem kleinen Ratespiel. Ein Mann liebt eine Frau, heiratet sie, und beide sind glücklich. Plötzlich stirbt die Frau auf mysteriöse Art und Weise. Jetzt ist er frei für eine andere Frau, die er in der Zwischenzeit kennen und noch mehr lieben gelernt hat. Gerade da merkt er aber, dass sie nicht nur ihn ins Herz geschlossen hat, sondern zusätzlich einen anderen Mann. Die Fragen dazu lauten: Wie reagiert er darauf? Wie reagiert der andere Mann, der weiß, dass er einen Rivalen hat? Wie ist die Frau des ersten Mannes zu Tode gekommen? Hat ihr Mann sie getötet, nur um nachher zu erfahren, dass er es vielleicht umsonst getan hat? Denken Sie darüber nach!«

»Hat das etwas mit dem angeblichen Selbstmord hier zu tun?«, erkundigte Leopold sich.

»Diese Frage müssen Sie natürlich auch zu beantworten versuchen«, versetzte Johanna leichthin. »Passen Sie jedenfalls auf meine Bücher gut auf und halten Sie Augen und Ohren offen. Ich denke, wir sehen uns schon bald wieder in Ihrem Kaffeehaus – bei einem guten Glas Rotwein, wie ich hoffe.«

Sie öffnete die Tür von Leopolds Auto und trat hinaus in die Nacht. Er sah noch, wie sie ihre Kapuze aufsetzte und den Schal um Hals und Kinn wickelte. Als er den Wagen startete und beim Wegfahren aufschaute, war Johanna die Wahnsinnige aber auch schon verschwunden.

KAPITEL 5

Donnerstag, 17. Oktober, vormittags und mittags

Leopold kam so spät nach Hause, dass Erika bereits in tiefem Schlummer lag. Er gönnte sich noch einen kleinen Imbiss aus dem Kühlschrank und setzte sich vor den Fernseher, doch sein Geist war so müde, dass er keine weiteren Überlegungen zu den Geschehnissen bei der Alten Donau mehr anstellte. Dazu war morgen auch noch Zeit.

Sein schlechtes Gewissen plagte ihn erst am nächsten Tag beim Frühstück. Erika gab ihm zwar den üblichen Guten-Morgen-Kuss, blieb aber sonst sehr wortkarg. Leopold schilderte ihr den Ablauf des gestrigen Abends und wies darauf hin, dass es nun doch eine Leiche gab, wie er es schon die ganze Zeit kommen sehen hatte, doch es nützte nicht viel. »Dann werde ich dich ja die nächste Zeit überhaupt nicht mehr zu Gesicht bekommen«, lautete ihr einziger lakonischer Kommentar.

Er wusste nun, dass nur ein konkretes Angebot für einen schönen romantischen Abend zu zweit Erika wieder milder stimmen würde. Aber dass das noch ein Weilchen dauern konnte, weil es eben nun diese Leiche und damit etwas zu ermitteln gab, wusste er auch. Je schneller es Leopold also gelang, diesen Fall zu lösen, desto rascher, so hoffte er, würde sich auch die gewohnte Harmonie in der Partnerschaft wieder einstellen.

Über Johannas Fragen wollte er ein wenig später nachdenken. Da gab es im Augenblick noch sehr wenige konkrete Anhaltspunkte. Vielleicht konnte ihr Leopold bei ihrem nächsten Besuch im *Café Heller* mehr herauslocken. Vorerst galt es, möglichst handfeste Dinge zu Reinhard Sageders plötzlichem unerwartetem Tod in Erfahrung zu bringen.

Am geeignetsten dazu erschien ihm ein Besuch bei jenem Imbissstand, von dem aus Sageder ihn angerufen hatte. Schließlich bot sich dadurch auch die Gelegenheit, vor seinem Dienstbeginn noch schnell eine kleine Mahlzeit zu sich zu nehmen. Und vom Tatort konnte er sich bei Tageslicht ebenfalls ein besseres Bild machen.

Der Tag ließ sich viel angenehmer an, als der vorige aufgehört hatte. Die Sonne behielt fürs Erste die Oberhand über Wolken und Nebel und zeigte so, dass sie auch mitten im Herbst noch eine schöne Kraft haben konnte. Kaum ein Lüftchen rührte sich, und die Alte Donau lag ruhig und friedlich vor Leopold da. Nur die polizeiliche Absperrung bei jenem Steg, von dem Reinhard Sageder angeblich in selbstmörderischer Absicht ins kühle Nass gesprungen war, erinnerte noch an die Ereignisse des gestrigen Abends.

Wer mochte wohl die Dame gewesen sein, die vorgab, diesen Sprung beobachtet zu haben? Eine zufällig vorbeikommende Spaziergängerin, vermutlich die einzige um diese Zeit? Warum hatte sie dann ausgerechnet Johanna und nicht die Polizei angerufen? Kannte sie ihre Nummer tatsächlich nur von ihrem Blog im Internet? Inwieweit konnte man ihrer Schilderung trauen?

Während er sich diese Fragen stellte, untersuchte Leopold nochmals den Fundort der Flasche. Sie war seiner

Meinung nach dort, wo die Absperrung begann, gelegen, also doch näher beim Steg, als es gestern ausgesehen hatte. Trotzdem: Warum hätte sie Reinhard ausgerechnet dort platzieren sollen? Und war der eine Satz der darin enthaltenen Botschaft tatsächlich ein Hinweis auf einen Suizid? Irgendwie wirkte das alles auf ihn künstlich und unvollständig. Ein Schwindel also? Durchaus möglich.

Leopold schaute hinauf und betrachtete das Gelände oberhalb des Steges. Es war so mit Bäumen und Sträuchern durchsetzt, dass es niemandem schwerfallen konnte, sich unbemerkt an einen Betrunkenen heranzuschleichen, der auf den Steg zutorkelte. Misstraute man also der Anruferin und unterzog die bisherigen Indizien einer kritischen Prüfung, schien ein Mord keineswegs ausgeschlossen.

Er begab sich nun hinüber zum Imbissstand. Der Verkäufer, der gerade einer Frau ihr Essen zum Mitnehmen eingepackt hatte, lehnte sich nun mit vor der Brust verschränkten Armen aus seinem Verkaufsfenster hinaus und unterhielt sich mit einem Mann in Arbeitsmontur, der gerade den letzten Bissen seiner Wurst hinunterschluckte. Daneben plauderten zwei Senioren miteinander, jeder eine Flasche Bier in der Hand. Ein wenig abseits stand ein schweigsamer Biertrinker mit auffallend rötlicher Gesichtsfärbung.

Leopold bestellte sich eine Burenwurst mit scharfem Senf, einem Stück Brot und zwei milden Pfefferoni, dazu ebenfalls eine Flasche Bier. Er wartete, bis sich der Mann in der Arbeitsmontur aus dem Staub gemacht hatte, dann versuchte er, etwas aus dem Wurstverkäufer herauszubekommen. »Schon tragisch«, erwähnte er beiläufig. »Gestern ist da vorn angeblich einer ins Wasser gesprungen und krepiert. Haben Sie was davon mitgekriegt?«

»Gerade vorhin war ein Polizist da und hat mich dasselbe gefragt«, ließ ihn der Verkäufer wissen. »Ich habe gestern aber zeitig zugesperrt, weil es kalt war und das Geschäft nicht gut gegangen ist. Als der gerade seinen letzten Atemzug gemacht hat, war ich schon auf dem Weg nach Hause.«

»Der Mann war vor seinem Tod noch hier bei Ihnen. Ist Ihnen da etwas an ihm aufgefallen?«, erkundigte sich Leopold munter weiter.

»Sind Sie auch ein Kieberer?«, kam es misstrauisch vom Wurstverkäufer.

»Nein, aber ein Kumpel des Toten«, beruhigte Leopold ihn. »Das Schlimme ist, ich kann mir das bei ihm nicht vorstellen: einfach einen Satz ins Wasser, um seinem Leben ein Ende zu machen. Er hat doch nicht depressiv auf Sie gewirkt, oder?«

»Wissen Sie, das geht oft ganz schnell«, bemerkte der Verkäufer nun vertraulich. »Der Alkohol spielt dabei eine große Rolle. Da habe ich schon einiges erlebt, das können Sie mir glauben. Du denkst, jemand ist prima drauf, dabei überspielt er nur seinen Kummer. Plötzlich wird er schwermütig oder aggressiv. Da unten in der Lade habe ich eine Pistole, damit ich mich verteidigen kann, wenn es notwendig ist. Wollen Sie sie sehen?«

Leopold winkte dankend ab.

»Na schön«, fuhr der Verkäufer fort. »Meine Stammkunden wissen das. Einer von ihnen hat einmal die ganze Zeit hier am Stand Witze gerissen. Es war zum Brüllen, sage ich Ihnen. Auf einmal bittet mich der Kerl dann aus heiterem Himmel um meine Waffe, damit er sich erschießen kann. Es hat mich große Mühe gekostet, ihn wieder davon abzubringen. Der Mann war in Wirklichkeit tieftraurig. Ich habe mir seinen Kummer angehört, dann ist es ihm wieder besser gegangen.«

Leopold nickte verständnisvoll. »Können Sie mir beschreiben, wie der Mann gestern drauf war?«, hakte er konsequent nach.

Der Verkäufer zuckte entschuldigend mit den Achseln. »Tut mir leid, ich war mit meinen Kunden beschäftigt«, gab er Leopold zu verstehen. »Aber vielleicht kann Ihnen Benny weiterhelfen. Er hat sich gestern mit Ihrem Kumpel unterhalten. Er steht da gleich ums Eck.« Der Verkäufer zeigte auf den Mann mit dem knallroten Kopf. »Der wirkt nur so schweigsam. Wenn er einmal in Fahrt ist, schnattert er wie aufgezogen«, äußerte er noch, als er Leopolds zweifelnden Gesichtsausdruck sah.

Tatsächlich brach Benny sofort sein Schweigen, als er merkte, dass jemand etwas von ihm wollte, der ihn noch nicht kannte. »Hör mir bitte fünf Minuten zu! Ich weiß nicht, ob du es mir ansiehst, aber ich habe in letzter Zeit viel Pech gehabt«, redete er wie ein Wasserfall auf Leopold ein. »Nach 20 Jahren hat mich meine Firma gekündigt, weil ich zu oft im Krankenstand war. Dabei habe ich Nachwehen von dieser Corona-Sache, bin ständig müde und kann mich nur schwer konzentrieren. Das ist doch nicht meine Schuld, oder? Jetzt ist auch noch meine Tante gestorben, die Einzige, die sich um mich gekümmert hat, denn zu meinen Eltern habe ich ein sehr schwieriges Verhältnis, aber das zu erzählen, würde jetzt zu lange dauern. Zusätzlich ist die Miete kräftig in die Höhe geschnalzt. Ich muss jeden Cent umdrehen. Zeitweise weiß ich nicht mehr, wo mir der Kopf steht. Kannst du mir ein bisschen aushelfen, damit ich nicht verhungern und verdursten muss?«

Es ging Benny wohl vor allem ums Verdursten. Menschen wie er waren Leopold nur zu bekannt. Sie versuchten mit allen Mitteln, bei ihrem Gegenüber Mitleid zu erregen, um ihm ein Getränk oder eine kleine Geldspende herauszulocken. »Was hast du von deinem Gesprächspartner am gestrigen Abend bekommen?«, fragte er.

»Zwei Bier«, entgegnete Benny ungeniert.

»Von mir kriegst du jetzt einmal eins, das zweite musst du dir erst verdienen«, machte Leopold ihm klar. Benny trank daraufhin aus und deutete mit dem Daumen nach oben, als Nachschub kam.

»Hast du den Mann gestern das erste Mal gesehen?«, wollte Leopold wissen.

»Nein, vorher schon ein-, zweimal«, teilte ihm Benny mit, während er sich über die nächste Flasche hermachte.

»Und worüber habt ihr gesprochen?«

»Über dies und das. Der war nämlich ein Mensch wie ich«, platzte es aus Benny heraus. »Hat auch sehr viel Pech gehabt. Er musste sogar für einige Zeit weg, weil ihm hier der Boden unter den Füßen zu heiß wurde. Dann hat er es nicht mehr ausgehalten und ist doch wieder zurück. Aber er war unruhig und meinte, dass er nun das eine oder andere Problem hätte.«

»Welches Problem?«

»Das hat er nicht gesagt.« Benny dachte nach, was sich darin äußerte, dass er seine Pupillen nach oben drehte. »Bist du der Kumpel, den er treffen wollte?«, erkundigte er sich dann.

»Kann sein! Er hat mich angerufen und war dann plötzlich tot«, deutete Leopold an. »Es heißt, er hat sich umgebracht. Für mich ist das nur schwer zu begreifen.«

»Ich denke, es wäre ihm wichtig gewesen, mit dir zu reden. Er hat wirklich viel Pech gehabt«, sinnierte Benny. »Angst auch. Er hat sich ständig umgesehen, ob wer kommt. Darum wollte er dir noch einige Informationen geben, glaube ich, quasi als Sicherheit.«

»Eine Zeugin hat berichtet, dass er von einem der Stege gesprungen ist«, ließ Leopold anklingen.

»Vielleicht hat ihn jemand verfolgt, und er hat keine andere Wahl gehabt«, mutmaßte Benny. »Ich kann's mir auch nicht zusammenreimen. Das ist ja alles geschehen, nachdem wir uns verabschiedet hatten, weil der Laden hier dicht gemacht hat und jeder seiner Wege gegangen ist.«

»Wohin ist er gegangen?«, ließ Leopold nicht locker.

Auf einmal begann Benny lauthals zu lachen. »Wenn's nicht so traurig wäre, wäre es direkt lustig«, erinnerte er sich. »Er hat es plötzlich sehr eilig gehabt, weil er ein dringendes Bedürfnis hatte. Da wollte er mal schnell beim Mondschein ins Wasser pieseln. Kann sein, dass ihm die Idee gekommen ist, sein Geschäft von einem Steg aus zu verrichten. So in hohem Bogen, wie dieses Brunnenmännchen in Belgien. Na, und dann hat er vielleicht zuerst sein Gleichgewicht verloren, anschließend im kalten Wasser sein Bewusstsein und schließlich sein Leben.«

»Du denkst also nicht, dass es Selbstmord war«, vergewisserte sich Leopold.

»Ich weiß nicht, ob es für jemanden noch wichtig ist zu pieseln, bevor er sich umbringt«, überlegte Benny. »Ich habe auch keine Ahnung, ob tatsächlich jemand hinter ihm her war. Man muss aber bedenken, dass er im Leben viel Pech gehabt hat. Und ich weiß, was es heißt, Pech zu haben. Mein Vater hat mich geschlagen, als ich noch ein Kind war. Dadurch waren meine Leistungen in der Schule sehr schlecht. Ein Trauma, verstehst du? Und dann hat ...«

»Schweif nicht ab«, unterbrach ihn Leopold unsanft. »Bleib beim Wesentlichen!«

»Ich schweife nicht ab«, beteuerte Benny. »Für einen Menschen wie mich, dessen Leben eine einzige Aneinanderreihung von unglücklichen Erlebnissen war, ist es wesentlich, dass ihm ein mitfühlendes Geschöpf sein Ohr leiht. Und natürlich, dass er neben ein paar Getränken auch noch etwas anderes bekommt!« Er rieb die Kuppen von Daumen und Zeigefinger aneinander. Das bedeutete, er wollte Geld.

»Was stellst du dir vor?«, fragte Leopold, der mit der Hartnäckigkeit dieser Typen vertraut war, um das Prozedere abzukürzen.

»20 Euro«, entgegnete Benny frech.

»Und wofür? Bis jetzt hast du mich nicht gerade mit wertvollen Informationen überhäuft!«

»Ich hab da noch was!« Benny fischte ein kleines Notizheft aus der Tasche seiner abgetragenen Jacke.

»Was ist das?«, wollte Leopold wissen.

»Er hat es zwischendurch immer wieder herausgenommen und kurz hineingeschaut«, gab Benny Auskunft. »Dann muss er einmal beim Zurückstecken unachtsam gewesen sein. Jedenfalls lag das Ding plötzlich auf dem Boden. Ich hab's auch erst bemerkt, als er schon weg war.«

»Darf ich einmal hineinschauen?«, ersuchte Leopold.

Benny schüttelte den Kopf. »Erst das Geld«, forderte er.

»20 Euro kann ich mir nicht leisten. Ich habe in meinem Leben auch viel Pech gehabt«, gab Leopold zu bedenken.

»15!«

»Zwölf! Mehr ist nicht drin!«

Benny war durstig. Der Inhalt seiner Bierflasche ging zur Neige. Leopold holte schnell Nachschub, stellte ihn vor ihn hin und legte das Geld dazu. »Na gut«, lächelte Benny und überreichte Leopold das Notizheft im Tausch gegen die zwölf Euro. »Ich bin ja nicht so!«

Der schlug es sofort auf und blätterte hastig darin. Etliche Seiten waren leer, auf anderen fanden sich lose aneinandergereiht und ohne erkennbare Ordnung die Kontaktdaten einzelner Personen. Allerdings stand nicht immer ein Name dabei. Manchmal gab es nur eine hingekritzelte Bemerkung, eine Initiale oder Koseformen wie *Adi* oder *Spitzmaus*. Die nicht sehr zahlreichen Eintragungen mochten eine Bestätigung für Bennys Behauptung sein, dass Sageder ein Heimkehrer von einem derzeit unbekannten Aufenthaltsort war. Vielleicht hatte er mit der Anlage des Notizheftes erst nach seiner Rückkehr nach Wien begonnen.

Doch für weitere Nachforschungen hatte Leopold im Augenblick keine Zeit. Er musste ins *Café Heller*, um seinen Dienst anzutreten. Später am Nachmittag oder am Abend würde sich sicher die Gelegenheit bieten, einen genaueren Blick in die Notizen zu werfen. Auf jeden Fall war das Heft für ihn ein Glücksfall, denn wenn er mit seinen Vermutungen richtig lag, hielt er nun Sageders aktuelle Kontakte in Händen.

Benny winkte ihm zum Abschied. Auch für ihn war diese Begegnung ein Glücksfall gewesen. Jetzt musste er sich allerdings nach einem neuen Opfer umsehen.

*

Bei seinem Eintreffen im *Café Heller* stach Leopold sofort Richard Juriceks auffälliger Sombrero ins Auge. Der Oberinspektor stand an der Theke, rührte in seinem großen Braunen und unterhielt sich dabei angeregt mit Frau Heller. Als er Leopold bemerkte, tippte er zum Gruß mit Zeige- und Mittelfinger an die breite Krempe seines Hutes, sagte »Servus« und bat die Chefin, sich ihren Oberkellner noch für ein paar Minuten ausborgen zu dürfen. »Ich würde mir jetzt gern eure Bücherstube ansehen und mehr darüber erfahren, was sie mit dem gestrigen Todesfall zu tun hat«, informierte er seinen Freund.

Leopold ging mit ihm nach hinten in den neuen Lesebereich, wo sie sich gleich auf den bequemen Loungesesseln niederließen. Dort setzte er zu einer umständlichen Einführung in den Buchbestand und das Ordnungssystem unter besonderer Hervorhebung von Erikas Beitrag zu diesem Projekt an, doch Juricek, der seinen Sombrero inzwischen abgelegt hatte, schnitt ihm sofort das Wort ab. »Ich bin nicht da, um eine Ausbildung zum Bibliothekar zu machen«, meckerte er. »Kommen wir also zur Sache! Wo ist das Buch, an dem der Verstorbene interessiert war?«

Leopold holte *Salz auf unserer Haut* aus dem Regal und zeigte ihm Reinhards Widmung sowie seinen späteren Eintrag. »Sageder dürfte an dieser Regina auch persönlich interessiert gewesen sein, wie du siehst«, führte er aus. »Als er das Buch vorgestern Abend zufällig bei uns wiederentdeckt hat, wollte er es gleich mitnehmen. Wahrscheinlich ist einiges aus der Vergangenheit bei ihm hochgekommen.«

»So viel, dass er beschlossen hat, sein Leben zu beenden?« Juricek setzte einen fragenden Blick auf.

»Nein, auf keinen Fall! Ich denke, er hat diese Regina aus den Augen verloren und versucht, sie wiederzufinden«, erwiderte Leopold.

»Und wenn er der Ansicht war, dass ihm das nicht gelingen würde?«, spekulierte Juricek. »Oder schlimmer, wenn er sie erreicht und ihr gestanden hat, dass er sie liebt wie am ersten Tag, von ihr jedoch abgewiesen worden ist? Das wäre doch ein Grund für einen Selbstmord. Darauf würde auch der mysteriöse Zettel in der Bierflasche hindeuten. Es ist allerdings schon eine komische Art, so etwas wie einen Abschiedsbrief zu hinterlegen.«

»Das könnte mit einem weiteren Buch aus unserem Bestand zu tun haben«, deutete Leopold an, holte das für Cornelia Hafner reservierte Buch und zeigte es seinem Freund. Juricek studierte Widmung und Inhaltsangabe interessiert. »Das bedeutet möglicherweise, dass unsere Regina eine Beziehung zu zwei Männern unterhalten hat, von denen der hier unterzeichnete Robert der glücklichere war. Sollte Reinhard Sageder im Kampf um sie den Kürzeren gezogen haben, wäre das wiederum ein starkes Motiv für einen Suizid«, merkte er an. »Und die Bierflasche als Flaschenpost stellt in diesem Fall eine Art Kultrelikt aus jener Zeit dar, in der alle von dem Buch *Message in a Bottle* begeistert waren.«

»Oder sie soll unsere Gedanken in die Irre führen«, widersprach Leopold. »Genauso wie der Anruf bei der wahnsinnigen Johanna. Ich sage dir, da ist etwas faul. Habt ihr eigentlich schon genauere Informationen über den Toten?«

»Eigentlich bin ich es, der die Fragen stellt«, machte Juricek ihn aufmerksam. »Erzähl mir also den tatsächlichen Grund, warum du des Nachts an der Alten Donau herumspaziert bist. Das war doch kein Zufall!«

Leopold druckste herum. »Sageder hat mich gebeten zu eruieren, wie das Buch in unseren Bestand gekommen ist«, gab er schließlich an. »Ich habe ihm meine Kontaktdaten gegeben, und er hat mich dann zu Hause angerufen. Er wollte mich bei der Alten Donau treffen, hat so getan, als habe er Informationen, die er mir mitteilen wollte. Daher ergibt es keinen Sinn, dass er noch vor meiner Ankunft ins Wasser springt und sich ersäuft.«

»Eine plötzliche Entscheidung vielleicht, begründet durch ein Stimmungstief? Er hatte einiges an Alkohol getankt.« Juricek unterzog seinen Freund einem prüfenden Blick.

Leopold zuckte nur mit den Achseln und wiederholte: »Ich kann es mir einfach nicht vorstellen. Es macht keinen Sinn!«

»Vielleicht hast du ja recht«, räumte Juricek plötzlich ein und kratzte sich am Kopf. »Da war nämlich etwas Seltsames an der Leiche festzustellen. Der Mann hatte den Zippverschluss seiner Hose offen, und sein Geschlechtsteil schaute heraus. Den Slip hatte er ein wenig nach unten gezogen. Es wirkte so, als hätte er sich am Wasser erleichtern wollen.«

Leopold schaute überrascht auf. Er hatte am Vorabend nur kurz auf das Gesicht des Toten zu seiner Identifizierung geblickt und gar nicht auf weitere Einzelheiten geachtet, da ihn Juricek mehr oder minder vom Tatort wegkomplimentiert hatte. Nun erfuhr er, dass Benny die letzte Äußerung Sageders richtig gedeutet hatte. Er war zum Pieseln auf den Steg hinausgegangen. »Dabei könnte ihn jemand ins Wasser gestoßen haben«, folgerte Leopold. »Du weißt ja, wie es ist, wenn einen etwas drückt und man sich stark darauf konzentriert. Da ist man eben unachtsam.«

»Schon gut«, bremste Juricek ihn ein. »Ich weiß, was du meinst. Wenn wir diese Möglichkeit in Betracht ziehen, benötige ich allerdings weitere Auskünfte von dir. Weißt du, welche Art von Informationen Sageder dir übermitteln wollte?«

»Nein, Richard! Ich habe ihn doch nur ein einziges Mal vor seinem Tod gesehen.«

»Und was hast du darüber herausgefunden, wie jenes Buch, für das er sich interessiert hat, in eurer Leseecke gelandet ist?«

Für Leopold begann nun jene gefährliche Gratwanderung, bei der es für ihn darum ging, Juricek die notwendigsten Details zukommen zu lassen, ohne gleich alles preiszugeben, was ihn bei seinen eigenen Ermittlungen weiterbringen konnte. »Nicht allzu viel«, erwähnte er beiläufig. »Es war Teil eines Konvoluts, das wir von einer Frau Klara Schiefer bekommen haben, die es in einem Antiquariat oder auf einem Flohmarkt erworben haben will.«

»Und das Buch mit der Flaschenpost?«

»Entstammt der Sammlung der dir bereits bekannten Johanna Pollak.«

»Ich werde die beiden Werke einmal sicherheitshalber als Beweisstücke mitnehmen, wenn du gestattest«, kündigte Juricek an.

Jetzt wurde Leopold böse. »Nein, ich gestatte nicht«, protestierte er. »Wir haben gewisse Verpflichtungen unseren Lesern gegenüber. Beide Bücher sind im Augenblick sehr gefragt, das eine haben wir sogar für eine Dame reserviert. Was soll ich denn tun, wenn sie heute oder morgen wiederkommt und weiterlesen möchte? Sie zu euch aufs Kommissariat schicken?«

Juricek überlegte. »Na gut, vielleicht genügt es einstweilen, wenn ich Fotos von den Eintragungen mache, um die Handschrift mit der auf dem Zettel in der Flasche zu vergleichen«, räumte er ein. »Dann kann euer Lesebetrieb ungestört weitergehen.«

»Außerdem interessiert sich vielleicht jemand für die Bücher, der mit dem Fall zu tun hat«, gab Leopold zu bedenken. »Ich werde alle Leute im Auge behalten, die dies offensichtlich tun.«

»Du könntest auch hier recht haben. Mag sein, dass sich da eine Spur auftut«, befand Juricek. »Falls es sich wirklich um einen Mord handelt, wissen wir noch viel zu wenig.«

»Aber ein bisschen etwas von dem, was dir bis jetzt über den Toten bekannt ist, kannst du mir schon sagen«, umgarnte Leopold seinen Freund.

»Sageder hat vor etlichen Jahren alle Brücken hier abgebrochen, ist nach Deutschland und hat dort als Versicherungsvertreter gearbeitet. Vor kurzer Zeit hat er offenbar seinen Job verloren und kam wieder zurück nach Wien«, redete Juricek bedächtig vor sich hin. »Das haben wir von seinem betagten Onkel erfahren, als wir ihm die Todesnachricht überbracht haben. Sageder hat nach seiner Rückkehr bei ihm gewohnt. Der Onkel hat ihn bei sich aufgenommen, weil es sonst niemanden gab, bei dem er untergekommen wäre. Knapp bei Kasse dürfte er auch gewesen sein.«

»Gibt es keine anderen Verwandten?«, wollte Leopold noch wissen.

»Seine Eltern sind bereits tot, zu seinem Bruder scheint er sämtliche Beziehungen abgebrochen zu haben«, gab Juricek Auskunft.

»Er scheint nicht gerade beliebt gewesen zu sein«, stellte Leopold fest.

»Darüber werden wir uns noch ausführlicher mit dem Bruder unterhalten«, konstatierte Juricek. »Du hältst jedenfalls deine Augen offen und meldest dich, wenn dir im Kaffeehaus etwas Verdächtiges auffällt. Aber keine Eigenmächtigkeiten, hörst du? Nimm das bitte diesmal ernst!«

»Selbstverständlich«, versicherte Leopold ihm. »Außer es handelt sich um eine Notsituation, zum Beispiel ...«

»Auch dann nicht«, schnitt Juricek ihm das Wort ab. »Denk nicht einmal dran!« Er setzte seinen Sombrero auf, drückte seinem Freund einen Fünfeuroschein in die Hand, brummte »Servus« und begab sich in Richtung Ausgang.

Kaum war er gegangen, griff Leopold kurz prüfend in seine Jackentasche. Zufrieden stellte er fest, dass sich Sageders Notizheft nach wie vor dort befand. Er würde sich später die darin verzeichneten Kontakte genauer anschauen. Mit jemandem telefonieren würde er ja noch dürfen. Das konnte ihm niemand verbieten, nicht einmal Oberinspektor Juricek.

*

»Du kannst dir nicht vorstellen, welche Szene mir Klara gemacht hat. Ich bin jetzt noch völlig fertig!« Martina Windisch war außer sich. Sie wischte sich die Schweißperlen von der Stirn. »Das von einer alten Freundin! Nein, so etwas habe ich noch nicht erlebt!«

Frau Heller musste alle Register ihres Könnens ziehen, um sie zu beruhigen. »Setz dich einmal gemütlich hin und erzähl mir alles«, redete sie Martina gut zu. »Und damit das leichter geht, bekommst du von mir eine schöne Portion Buchteln mit Vanillesoße. Das wird dich wieder aufmuntern!«

Martina strahlte über das ganze Gesicht, dann kamen ihr aber doch Bedenken. »Soll ich jetzt wirklich etwas Süßes essen?«, überlegte sie. »Da habe ich dann am Abend keinen Hunger und bekomme vor dem Schlafengehen einen Mordshunger. Das ist ungesund. Du weißt, wie empfindlich meine Verdauung ist.«

»Aber meine Liebe! Du musst auf andere Gedanken kommen, und meine Buchteln sind das beste Mittel dazu«, versuchte Frau Heller, sie zu überzeugen.

Martina Windisch tat hilflos, so als sei sie überrumpelt worden und hätte nun keine andere Wahl. »Wenn du meinst«, seufzte sie und nahm in Erwartung des kommenden Genusses am Haustisch Platz.

Leopold hatte sich umgezogen und begann seinen Dienst. Sofort eilte er geschäftig auf Martina zu. »Wünschen Gnädigste einen Kaffee zu den Buchteln?«, erkundigte er sich. »Vielleicht eine Melange mit Milchschaum? Oder mit Schlagobers?«

»Mit Schlagobers«, betonte Martina. »Aber lassen Sie mich heute bitte mit Ihrer Fragerei in Ruhe! Eigentlich sind Sie schuld an meinem Zerwürfnis mit Klara Schiefer!«

Leopold fragte unschuldig: »Warum denn?«

»Sie denkt, ich hätte mit dem Telefonat etwas gegen sie inszeniert«, warf Martina ihm vor. »Ich hätte ihre Nummer an fremde Personen weitergegeben und sie in eine Sache hineingezogen, mit der sie gar nichts zu tun hat. Dabei weiß ich nicht einmal, worum es geht.«

»Es geht um Mord«, vertraute Leopold ihr an, als sei es die selbstverständlichste Sache der Welt.

Martina schluckte. »Mord? An wem denn?«

»An jenem Reinhard, der laut Ihrer Aussage bereits längere Zeit tot ist«, raunte Leopold ihr zu, ehe er sich zur Kaffeemaschine begab.

Frau Heller kam mit den Buchteln und setzte sich zu Martina. »Nun lass es dir gut schmecken und erzähl mir dabei, wie sich alles zugetragen hat«, ermunterte sie ihre Freundin.

Martina Windisch schien es mittlerweile egal zu sein, ob sie bis zum Abendessen schon wieder den nötigen Hunger haben würde. Sie schnitt ein Stück von der ersten Buchtel auf dem Teller vor ihr und verzehrte es mit Genuss. »Ich wollte gerade mein Mittagsschlaferl machen, da hat Klara an meiner Tür geläutet«, begann sie mit vollem Mund zu erzählen. »Mir ist nichts anderes übriggeblieben, als sie hereinzulassen. Ich habe ihr die Wut gleich angesehen. Sie hat eine Kanonade an Vorwürfen auf mich losgelassen. Wie es mir einfallen konnte, so einfach Dinge über sie weiterzuerzählen. Wie ich es wagen konnte, sie zu einem Telefonat mit dem Oberkellner zu zwingen. Und wie ich überdies behaupten konnte, sie hätte über einen Mann gesagt, dass er gestorben sei, ein gewisser …«

»Reinhard?« Leopold erschien mit der Melange und stellte das Tablett vor Martina Windisch hin.

»Ja, Reinhard«, fuhr sie fort, ohne auf ihn zu achten. »Sie meinte, ich hätte da wohl etwas durcheinandergebracht. Umso verantwortungsloser sei es, ihr fremden Leuten gegenüber einfach so zu tun, als sei dieses Hirngespinst wahr.«

»Ist es etwa nicht wahr?«, vergewisserte sich Leopold.

»Was weiß ich! Ich bin total verunsichert«, bekannte Martina und löffelte in ihrer Verzweiflung ein wenig vom Schlagobershäubchen ihrer Melange. »Gestern war ich noch überzeugt davon, so etwas von Klara gehört zu haben. Es ist doch etwas Besonderes, wenn jemand stirbt, oder?«

»Vor allem wohl dann, wenn man die Person kennt«, gab ihr Leopold zu bedenken. »Sie wollen uns jedoch weismachen, kaum oder vielleicht sogar nur dieses eine Mal von Reinhard gehört zu haben.«

Martina blickte zu Leopold auf. »Reinhard! Reinhard! Lassen Sie mich endlich mit diesem Menschen zufrieden, Sie Nervensäge«, stöhnte sie. »Ist das denn alles so wichtig? Klara ist eine Plaudertasche. Wenn sie in Fahrt gerät, berichtet sie mir Dinge aus ihrem Umfeld, ob ich will oder nicht. Da wird dieser Reinhard wohl immer einmal wieder dabei gewesen sein. Aber fragen Sie mich jetzt nicht, wann und wie oft! Ich habe ein furchtbar schlechtes Namensgedächtnis.«

»Was ist mit dem Umfeld gemeint? Freunde? Verwandte?«

»Es wird da eben eine Clique geben, mit der sie sich trifft.«

»Haben Sie von Klara auch noch andere Namen gehört? Etwa Regina?«

Jetzt war der Zeitpunkt gekommen, an dem Martina die Kräfte verließen. Ihr Blut wanderte in Richtung Magen und ihre Augen waren nur mehr in der Lage, die letzten Buchtelreste auf ihrem Teller zu fokussieren. Ihre Hand sackte energielos auf den Tisch, nachdem sie sie verzehrt hatte. Für einige Augenblicke war es ihr unmöglich, einen klaren Gedanken zu fassen. »Ich weiß es wirklich nicht«, ächzte sie und hielt sich den Bauch. »Man muss nicht alles wissen, und mit Namen hab ich's halt nicht so.« Sie hielt plötzlich inne. »Hat sich Klara nicht unlängst über eine Regina beschwert?«, kramte sie in ihrer Erinnerung. »Oder über eine Romana? Oder eine Roswitha? Auf jeden Fall hat sie gesagt, sie sei eine präpotente … Na ja, egal. Deine Buchteln waren wieder einmal Weltklasse, Sidonie! Meine Beine sind ganz schwer! Am liebsten würde ich ein Taxi rufen, aber ich wohne nur ein paar 100 Meter von hier.«

»Eine präpotente … was?«, hakte Leopold nach.

»Keine Ahnung! Das, was Sie auch sind«, warf Martina ihm vor. »Nein, Sie sind zehnmal schlimmer! Wie hältst du diesen unmöglichen Menschen bloß den ganzen Tag lang aus, Sidonie?«

Sie drehte Leopold den Rücken zu zum Zeichen, dass sie nichts mehr von ihm wissen wollte. Ab jetzt war er für sie gestorben, und sie unterhielt sich ausschließlich mit Frau Heller.

Leopold widmete sich daraufhin wieder seiner Arbeit. So wirr und zusammenhanglos die Aussagen von Martina Windisch auch klingen mochten, brachten sie für Leopold eine wichtige Erkenntnis: Klara Schiefer kannte eine Gruppe Menschen, zu der Reinhard Sageder und möglicherweise auch die ominöse Regina gehörten. Damit konnte er sie schon einmal zu den Verdächtigen in diesem wahrscheinlichen Mordfall zählen. Vor allem, weil sie alles, was Martina Windisch behauptete, rigoros abstritt.

KAPITEL 6

Donnerstag, 17. Oktober, nachmittags

Vorerst hatte Leopold keine Zeit, Sageders Notizheft zu studieren. Das *Café Heller* war gut besucht, sodass er alle Hände voll zu tun hatte. Schließlich kam auch noch sein Freund Thomas Korber zur Tür herein.

»Na, was ist? Hast du etwa ein weiteres Stelldichein mit deiner neuen Lesefreundin vereinbart?«, begrüßte Leopold ihn halb im Scherz, halb im Ernst.

»Ich habe dir schon gestern mitgeteilt, dass ich da nicht scharf drauf bin«, ließ Korber ihn wissen. »Gott sei Dank ist sie nicht hier, da kann ich in Ruhe und ohne schlechtes Gewissen ein Bierchen trinken.«

»Du möchtest also nicht an ihr dranbleiben?«

»Ich sehe keinen Grund, warum ich das tun sollte«, erwiderte Korber. »Noch dazu, wo es derzeit zwischen mir und deiner Tochter Sabine ausgesprochen harmonisch abläuft.«

»Wie oft soll ich dir noch sagen, dass es für dich gar nicht darum geht, private Gefühle zu entwickeln, wenn ich dich um einen Gefallen bitte, im Gegenteil: Sie wären der Sache nicht dienlich«, merkte Leopold an. »Wenn Cornelia Hafner in der nächsten Zeit hier auftaucht, sollst du dich bloß zu ihr gesellen, sie beobachten und ein wenig Small Talk mit ihr machen, um mehr über sie zu erfahren.«

»Und wieder diesen grausigen Tee trinken?« Korber schüttelte sich.

»Du kannst heute gern einen anderen probieren«, schlug Leopold vor. »Früchtetee, Grüntee, Kräutertee, Pfefferminz, Earl Grey, Assam Premium Mischung und weitere Sorten stehen zur Auswahl. Aber es wäre wichtig! Nun gibt es nämlich die von mir befürchtete Leiche!«

In kurzen Worten schilderte Leopold Korber seine Erlebnisse vom gestrigen Abend und versuchte auch, ihm die Zusammenhänge, auf die er bisher gestoßen war, zu erläutern.

»Na schön! Wenn sie auftaucht, bevor ich mein Bier ausgetrunken habe, hast du eine Chance«, bot Korber gleichgültig an. »Das heißt aber, dass es an der Zeit für dich wäre, mir einmal eines einzuschenken.«

Während sich Leopold daranmachte, ein Krügel für Korber zu zapfen, betrat ein großer, korpulenter Mann von etwa 40 Jahren eilig das *Café Heller*. Er trug ein beigefarbenes Sakko, eine rote Krawatte und eine Brille mit dickem Rahmen. Mit seiner Hand strich er über sein kurzes, leicht gewelltes dunkles Haar, blickte einmal kurz nach links, dann nach rechts und bewegte sich schlussendlich geradewegs auf die Theke zu. »Haben der Herr einen Wunsch?«, erkundigte Leopold sich und setzte dabei eine schöne Schaumkrone auf Korbers Bier.

»Wo ist das Buch?«, fragte der Mann ohne Umschweife.

»Welches Buch?«, gab sich Leopold unwissend. »Wie Sie sehen, steht hinten ein ganzes Regal voller Bücher, und täglich kommen neue dazu.«

»Das Buch, das Sie für meine Freundin hinterlegt haben«, forderte der Mann aufgeregt.

Leopold wusste, welches Buch er meinte, da derzeit nur eines für eine Leserin reserviert war, nämlich *Message in a Bottle* für Cornelia Hafner. Dennoch tat er so, als benötige er von ihm detaillierte Informationen. »Sie müssen mir schon sagen, um welches Buch genau es sich handelt, sonst kann ich Ihnen nicht helfen«, erklärte er deshalb.

»Sie wissen, welchen Roman ich anspreche«, zeigte sich der Mann überzeugt. »Um einen Schinken mit Flaschenpost und sonst allerlei romantischem Gedöns.«

»Den Namen des Buches bitte«, blieb Leopold unbeugsam.

Der Mann wirkte verkrampft. »Ich hab's schon gewusst«, versicherte er. »Es ist ein englischer Titel. *Message … Message in a Bottle*. Ja, so müsste es heißen!«

»Sind Sie sicher?«

Der Mann nickte heftig. »Also, was ist damit?«

»Was soll damit sein?«, dämpfte Leopold seine Hoffnungen. »Wie Sie selbst sagen, ist das Buch derzeit für eine Dame reserviert. Sie hat im Augenblick das alleinige Benutzungsrecht, in welchem Verhältnis zu ihr auch immer Sie stehen mögen.«

»Das geht nicht! Sie darf das Buch nicht mehr in die Hand bekommen«, ereiferte sich der Mann erneut.

»Sind Sie ihr Vormund?«, erkundigte sich Leopold höflich.

»Nein, ihr Freund«, verkündete der Mann ungeduldig. »Muss ich denn alles wiederholen?«

»Bedaure! Dann haben Sie kein Recht, ihr das Lesen des Buches zu verbieten«, teilte ihm Leopold daraufhin kurz und bündig mit.

Der Mann kramte in der Innentasche seines Mantels, zog eine Visitenkarte hervor und überreichte sie Leopold.

»Darf ich mich vorstellen? Clemens Suppan«, versuchte er es nun auf eine freundlichere Tour. »Bei mir bekommen Sie alles für die Küche: Geschirr, Geräte, Utensilien. Mir gehört *das* Fachgeschäft dazu im Bezirk. Wenn Sie also einmal etwas in der Hinsicht brauchen – und in einem Kaffeehaus braucht man davon doch ständig etwas –, dann kommen Sie zu mir. Selbstverständlich gibt's Prozente.«

»Dennoch muss ich Ihre Freundin in dem Buch schmökern lassen, wann immer sie mag«, ließ sich Leopold nicht beeindrucken.

Suppan seufzte. »Es gibt da ein großes Problem«, gab er an. »Meine Freundin Conny hat ein sehr labiles Gemüt. Das Buch hat bei ihr psychische Probleme verursacht. Deshalb habe ich dafür gesorgt, dass es wegkam. Weshalb es hier gelandet ist, und warum sie davon wusste, ist mir ein Rätsel. Jedenfalls hat sie mir gestern Abend davon erzählt. Dabei hat sie wieder ihre alten Zustände bekommen. Sie können sich gar nicht vorstellen, wie mich das belastet. Wenn das so weitergeht, sehe ich mich gezwungen, unsere Beziehung zu beenden.«

»Und warum ist es gerade dieses Buch, das solche Schwierigkeiten bereitet?«, forschte Leopold.

»Es erinnert sie an ihre Kindheit und Jugend, vor allem an ihre verstorbene Mutter«, antwortete Suppan ausweichend.

»Sie können mir jedweden Artikel für die Küche verkaufen, nur nicht diese Geschichte«, befand Leopold. »Da steckt doch mehr dahinter.«

»Na gut! Sie hat die fixe Idee, dass ihr Vater die Schuld am Tod ihrer Mutter Raffaela trägt«, eröffnete Suppan ihm. »Aber man bekommt aus ihr nur zusammenhangsloses Zeug heraus, auf das man sich erst einmal einen Reim machen muss. Einerseits merke ich bei ihr das Bedürfnis, sich mitzuteilen, andererseits scheint sie Angst davor zu haben, mich in alles einzuweihen. Ich kenne sie erst seit etwa einem Jahr und bin über ihre Familienverhältnisse nicht so sehr im Bilde. Ich weiß nur eines: Es nervt!«

»Was ist mit dem Vater? Lebt er noch?«, drang Leopold weiter in ihn.

»Da bin ich überfragt«, verriet ihm Suppan beinahe zu schnell. »Wenn ja, hat sie keinen Kontakt mit ihm. Es gab da, denke ich, ein Zerwürfnis.«

Sollte Leopold ihm glauben? Suppan machte auf ihn den Eindruck, als halte er entscheidende Teile der Wahrheit zurück. Aber was er sagte, passte immerhin zur Behauptung der wahnsinnigen Johanna, das Buch habe etwas mit dem Mord zu tun, und ebenso zu der Rätselaufgabe, die sie ihm in der vorigen Nacht gestellt hatte. »Wie lautet der Name des Vaters?«, forschte er weiter.

»Hafner, wie der meiner Freundin.«

»Vorname?«

»Ich weiß nicht recht. Conny hat ihn sicher schon etliche Male erwähnt, aber das geht bei mir nur da hinein und dort hinaus. Robert, denke ich.« Suppan unterbrach sich plötzlich. Er hatte sich offenbar dabei ertappt, zu redselig zu werden. »Wozu wollen Sie das eigentlich alles wissen?«, schnauzte er Leopold an. »Das geht Sie doch gar nichts an!«

»Ich möchte mir nur ein Bild darüber machen, weshalb das Buch bei Ihrer Freundin so seltsame Reaktionen auslöst«, gab ihm Leopold zu verstehen. »Wir können ihr das Lesen nicht verbieten, wie ich schon versucht habe, Ihnen klarzumachen. Wir können nur darangehen, die Probleme, die sie dabei hat, zu beheben. Ich denke, eine kleine psychologische Betreuung würde ihr guttun.«

»Wie stellen Sie sich das vor? Wer soll so etwas machen?«, entgegnete Suppan spöttisch. »Ich persönlich bin am Ende meiner Möglichkeiten. Und einen obergescheiten Arzt oder Psychiater werde ich auf keinen Fall zu Rate ziehen.«

»Das ist auch nicht notwendig«, versicherte Leopold. »Was halten Sie von dem Mann, der neben Ihnen steht? Es handelt sich um einen ausgebildeten Pädagogen, Lehrer am hiesigen Gymnasium, Stammgast unseres Kaffeehauses und ausgezeichneter Psychologe.«

Korber, der teilnahmslos abwechselnd in sein Bier und dann wieder auf sein Handy geschaut hatte, blickte entgeistert auf. Suppans Augen unterzogen ihn unterdessen einer kritischen Prüfung. »Ich bin strikt gegen Therapiestunden oder sonst irgendwelchen Blödsinn in der Richtung, das sage ich Ihnen gleich«, ließ er verlauten.

»Es soll natürlich so ablaufen, dass Ihre Freundin gar nichts von der kleinen Behandlung merkt, der sie unterzogen wird«, führte Leopold seine Idee weiter aus. »Unser Lehrer Thomas Korber und sie sind einander gestern bereits zufällig in unserer Leseecke begegnet und haben miteinander geplaudert. Sie kennen sich also bereits, und eine gewisse Vertrauensbasis ist vorhanden.«

»Stimmt das?« Suppan beäugte Korber nach wie vor misstrauisch.

Korber schnappte nach Luft. »Ja! Wir haben eine Tasse Tee miteinander getrunken«, waren die einzigen Worte, die ihm auf die Schnelle einfielen.

»Nun, dann halte ich das für gar keine schlechte Idee«, urteilte Suppan. »Man könnte es zumindest einmal probieren. Conny kommt heute sicher noch. Das Buch lässt sie nicht los. Ich weiß allerdings nicht, wann.«

»Das macht nichts! Wir werden einfach auf sie warten. Und wenn sie da ist, ist sie da«, beeilte sich Leopold zu sagen, ehe der verdutzte Korber etwas äußern konnte.

»Gut«, nickte Suppan zufrieden. »Wie Sie vielleicht vorhin gehört haben, bekommen Sie bei mir alles für die Küche, sollten Sie etwas brauchen! Zum Beispiel einen Wasserkocher für die Teezubereitung samt einem wunderschönen Teeservice. Zum Spottpreis! Und wenn Sie meine Freundin von ihren neurotischen Zuständen heilen, sogar gratis!«

»Mir wäre lieber, wenn ich bei unseren zukünftigen Zusammentreffen Bier statt dem Tee trinken könnte«, ließ Korber ihn wissen.

»Natürlich ist das möglich«, räumte Suppan ein. »Es soll ja ein möglichst zwangloser Austausch werden. Hauptsache, Sie bringen Conny wieder in eine bessere Stimmung. Wollen Sie es also versuchen?«

»Ich könnte mich überreden lassen«, überlegte Korber. »Aber dazu müsste sie beizeiten auftauchen.«

»Selbstverständlich, klar«, beschwichtigte Suppan ihn. »Ich habe natürlich für Sie auch eine große Auswahl an exklusiven Biergläsern vorrätig, alles, was das Herz begehrt.« Er steckte Korber seine Karte zu. »Melden Sie sich einfach bei mir und teilen Sie mir mit, wie es vorangeht. Ich muss jetzt leider gehen.« Daraufhin rückte er seine Krawatte zurecht, knöpfte sein Sakko zu und verließ das *Café Heller* weit weniger stürmisch, als er es betreten hatte.

*

Korber bestellte sofort ein zweites Krügel Bier.

»Du scheinst auf den Geschmack gekommen zu sein«, merkte Leopold erfreut an. »Hoffentlich nicht nur beim Bier, sondern auch bei deiner neuen Aufgabe! Ich war schon in Sorge, dass du abspringst.«

»Schau her! Ich habe soeben diese Nachricht von Sabine bekommen«, informierte Korber ihn. »*Bin heute mit Andreas im Theater. Seine Freundin ist krank, so bin ich unverhofft zu der Karte gekommen. Melde mich morgen. Bussi Sabine*. Also habe ich Zeit. Das heißt aber noch lange nicht, dass ich mich von dir zu Ermittlungen bei einem Mordfall einspannen lasse, der vielleicht gar keiner ist. Außerdem habe ich dir schon gesagt, dass ich diese Frau im Strickpulli nicht besonders anziehend finde.«

»Sei jetzt nicht gleich eingeschnappt, nur weil du dir den heutigen Abend anders vorgestellt hast«, bat Leopold seinen Freund. »Und zu viel Sympathie ist in einem Fall, wo du etwas herauskriegen sollst, meist kontraproduktiv. Das habe ich dir schon mehrmals klarzumachen versucht. Kennst du übrigens das Buch *Message in a Bottle*?«

»Leidlich«, gestand Korber. »Solche Schmöker sind nicht gerade mein Fall.«

»Aber als Deutschlehrer schaffst du sicher einen lockeren Gesprächseinstieg darüber«, trichterte ihm Leopold ein. »Von dort kommst du mit dem nötigen Fingerspitzengefühl scheinbar zufällig hin zu ihren psychischen Problemen. Dabei gibt es ein paar Dinge, die für mich und meine Ermittlungen besonders wichtig sind. Die werde ich dir noch einmal kurz präsentieren, damit du dich auch wirklich auskennst.«

Unterbrochen von einigen Serviergängen setzte Leopold Korber die folgenden Punkte auseinander:

Punkt 1: Welche Rolle spielte Cornelia Hafners Vater? War er der Mörder ihrer Mutter?

Offensichtlich beschäftigte diese Frage Cornelia derzeit so stark, dass sie wieder mit dem Lesen von *Message in a Bottle* begonnen hatte. Es galt herauszufinden, ob sie hier bloß einen Verdacht hegte oder sich der Schuld ihres Vaters sicher war. Sollte er den Mord tatsächlich begangen haben, musste ferner geklärt werden, *wie* er es bewerkstelligt hatte und *warum* er dessen nie überführt worden war.

Punkt 2: Wie lautete der Vorname des Vaters?

Eine kleine, aber wichtige Fingerübung zwischendurch. Hatte der Vater den Vornamen Robert, was man aufgrund von Suppans Aussage annehmen durfte, war er mit ziemlicher Sicherheit der Verfasser der Widmung vorne im Buch. Damit war ein Naheverhältnis zu der rätselhaften Regina, für die auch Reinhard Sageder Gefühle gehegt hatte, offenkundig. Sie war unter Umständen das Motiv für den Mord Hafners an seiner Frau und Drehpunkt einer Dreiecksgeschichte, auf welche die »wahnsinnige« Johanna Pollak in ihren Andeutungen hingewiesen hatte.

Punkt 3: Hatten Cornelia Hafner oder ihr Vater Reinhard Sageder gekannt? Wenn ja, wie gut?

Eine wichtige Frage, um eine Querverbindung zum vermutlichen Mordopfer nachzuweisen. Was Cornelias Vater betraf: Eifersüchtige Männer kannten ihre Rivalen meist sehr genau. Was Cornelia selbst anlangte: Aufmerksame Töchter wussten über die Fehltritte ihrer Väter in der Regel Bescheid. Man durfte also annehmen, dass sie zumindest von der Existenz einer Frau namens Regina erfahren hatte, der sie in weiterer Folge eine Mitschuld am Tod ihrer Mutter gab. Inwieweit sie dadurch auch auf Reinhard Sageder gestoßen war, blieb unklar.

Punkt 4: Wie hatte Cornelia davon erfahren, dass *Message in a Bottle* im *Café Heller* gelandet war?

Johanna Pollak hatte dem *Heller* eine Reihe von Büchern zur Verfügung gestellt, unter denen sich auch dieses befunden hatte. War diese Frau mit Cornelia Hafner bekannt? Und wie war sie zu dem Buch gekommen? Gerade hier hoffte Leopold, dass sich durch geschicktes Vorgehen Thomas Korbers neue Aspekte zu eventuellen Querverbindungen in diesem Fall ergeben würden.

Der wirkte aber nicht besonders motiviert. »Ist fürs Erste ein bisschen viel für ein Hirn wie meins«, gab er zu bedenken.

»Ich habe nur versucht, dir einen möglichst vollständigen Überblick zu verschaffen«, beruhigte Leopold ihn. »Mir ist klar, dass du nicht gleich alle Punkte ansprechen kannst. Die Kunst besteht darin herauszufinden, wo sie von sich aus am mitteilsamsten ist. Dann verläuft euer Gespräch ganz natürlich, und wir kriegen doch eine Menge aus ihr heraus.«

Korber blickte gelangweilt auf seine Uhr. »Bis jetzt ist sie noch nicht einmal da«, klagte er. »Wie konnte ich mich nur auf eine so unsichere Sache einlassen.«

»Hab noch ein wenig Geduld! Sie wird schon kommen«, tat Leopold sein Bestes, um ihn bei Laune zu halten. Danach entfernte er sich diskret, um seinen Freund für ein paar Minuten allein zu lassen, damit er sich wieder abreagierte. Korber ärgerte sich darüber, dass er den Abend nicht wie vorgesehen mit Sabine verbringen konnte. Vermutlich hatte ihn vor allem die Art ihrer Mitteilung in Rage gebracht. Schon ein paarmal hatte er sich bei Leopold darüber beschwert, dass ihn Sabine nur mehr mittels kurzer Botschaften über SMS oder *WhatsApp* kontaktierte. Ein weiterer Fall von minimalisierter digitaler Kommunikation also, auf die Leopold selbst auch nicht gerade positiv reagierte. Er verstand Korbers Unmut, gleichzeitig musste er darauf achten, dass sich seine Stimmung schnell wieder besserte, und vor allem, dass er nicht zu viel trank. Dabei half es nur wenig, ihm ständig mit guten Ratschlägen in den Ohren zu liegen.

Also ging Leopold seiner Arbeit nach und nahm in einer ruhigen Minute Sageders Notizheft heraus, um einen Blick hineinzuwerfen. Er fand darin nur wenige Eintragungen. Offensichtlich hatte Sageder das Heft erst nach seiner Rückkehr nach Wien angelegt, vermutlich als analoge Ergänzung zu seinen am Handy abgespeicherten Kontaktdaten. Es gab keine geordnete Reihenfolge, weder alphabetisch noch sonst wie. Es waren auch nicht alle Seiten beschrieben. Die Schrift selbst war manchmal klar und deutlich, manchmal nur schwer lesbar. Sageder hatte wahrscheinlich immer dann einen Namen notiert, wenn er darüber gestolpert war, ob im Zustand der Nüchternheit oder der fortgeschrittenen Alkoholisierung.

Dass es sich bei den eingetragenen Kontakten vornehmlich um Vor- oder Spitznamen handelte, erschwerte die Identifizierung. *Onkel Ferry* war noch leicht, da handelte es sich wohl um seinen letzten Quartiergeber. Aber wer war *Rudi* oder *Andi*? Dann fanden sich wiederum wohlbekannt erscheinende Namen wie *Klara* und *Johanna*. Sageder musste also über die Herkunft des Buches *Salz auf unserer Haut* im Bilde gewesen sein. Oder doch nicht?

Es folgten Bezeichnungen wie *Fischerl*, *Mary Ann* und

Kurt, ehe Leopold einen Eintrag entdeckte, der ihm das Herz im Leib höherschlagen ließ: *Conny*! Damit erübrigte sich wohl die Frage, ob Cornelia Hafner mit Sageder bekannt gewesen war, und es ging nur mehr um die Art ihrer Verbindung.

Aber halt! Zu Leopolds Überraschung gab es noch eine Notiz *Conny 2* mit anderen Kontaktdaten. Er musste also erst herausfinden, bei welcher es sich um Cornelia Hafner handelte, ob sie gar mit zwei verschiedenen Kontaktmöglichkeiten vermerkt war beziehungsweise warum Sageder eine zweite Person desselben Namens angeführt hatte. Vielleicht gelang es Thomas Korber, Licht in dieses Dunkel zu bringen.

Im Notizheft fand sich weder ein *Robert* noch eine *Regina*. Auf den ersten Blick mochte das enttäuschend sein, doch man musste bedenken, dass Sageder zumindest bei Regina auf seiner Suche nach ihr noch nichts Konkretes herausgefunden hatte. Außerdem wusste Leopold nicht, welche Daten er auf dem Handy abgespeichert hatte. Erst ein Vergleich aller Aufzeichnungen würde ein komplettes Bild ergeben. Und letztlich war es möglich, dass Sageder in dem Heft einen Kosenamen für sie verwendet hatte (*Fischerl?*).

Immerhin taten sich weitere Optionen für Leopolds Ermittlungen auf. Und Thomas Korber wirkte im Augenblick wieder etwas positiver gestimmt. Er blätterte gerade in einer Tageszeitung und trank nicht allzu schnell. Wenn sich Cornelia Hafners Erscheinen allerdings weiter verzögerte, konnte sich alles sehr rasch wieder zum Schlechteren hin ändern.

*

Konrad Otto kam nicht, er stürmte regelrecht zur Tür herein. Im Vergleich zum Vorabend schien er wieder vollgepumpt mit Energie. Wild gestikulierend steuerte er auf die Theke zu. Leopold zapfte ihm zur Sicherheit gleich einmal ein Bier, wohl wissend, dass er den Pathologen auf das Getränk wie schon bisher immer würde einladen müssen, um von ihm etwas Brauchbares zu erfahren. Kaum hatte Otto den ersten gierigen Schluck gegen den Durst gemacht, bedeutete er Leopold, er solle den Kopf ganz nah zu ihm neigen. Dann flüsterte er ihm ins Ohr: »Klare Sache! Es war Mord!«

Leopold zog die Augenbrauen in die Höhe. »Mord«, wiederholte er leise. »Also doch!«

»Mord?«, fragte nun auch Thomas Korber und blickte von seiner Zeitung und seinem Glas auf.

»Leise, um Himmels willen«, beschwichtigte Otto ihn. »Das muss nicht gleich jeder hören, sonst bekomme ich es wieder mit meinem Chef zu tun. Könnten Sie sich für ein paar Minuten an einen Tisch setzen? Ich habe mit dem Herrn Oberkellner ein vertrauliches Gespräch zu führen.«

»Das ist schon in Ordnung«, klärte Leopold den Pathologen auf. »Mein Freund Thomas Korber ist verschwiegen und hilft mir bei meinen Recherchen.«

»Ach so! Na, dann geben Sie ihm doch noch ein Bier«, ermunterte Otto ihn. »Er wird's brauchen, wenn er mit Ihnen zusammenarbeitet.«

Widerwillig nahm Leopold Korbers leeres Glas und hielt es unter den Zapfhahn. »Wie sind Sie denn draufgekommen, dass es sich um ein Gewaltverbrechen handelt?«, fragte er dabei neugierig. »Zuerst waren Sie doch von einem Selbstmord überzeugt. Hat es mit Sageders

Absicht zu tun, vor seinem Tod noch einmal seine Blase zu entleeren?«

»Das ist vom psychologischen Standpunkt her auffällig«, bemerkte Otto. »Ich bin jedoch für den medizinischen Bereich zuständig.«

»Und wie lautet das Urteil des Mediziners?«, brachte sich Korber in das Gespräch ein.

Otto drehte sich in seine Richtung. »Bravo! Das ist die Frage, die uns weiterbringt«, zollte er ihm Anerkennung. »Der Mediziner sagt: Der Leichnam weist am Hinterkopf eine bei genauerer Begutachtung deutlich zu sehende beachtliche Beule auf, die nicht anders als durch Fremdeinwirkung erklärt werden kann. Vermutlich durch einen Schlag mit einem stumpfen Gegenstand, etwa einer leeren Flasche. Des Weiteren deutet ein Bluterguss im Bereich des Knöchels darauf hin, dass er in diesem Bereich mit einem oder mehreren Tritten traktiert wurde.«

»Es hat aber kein Kampf stattgefunden, oder?«, meldete sich Leopold von hinter der Theke.

»Bitte keine Zwischenfragen, während ich mit Ihrem Kollegen rede! Ich muss ihm das jetzt genau erklären, damit er im Bilde ist. Sie haben ohnehin bereits Ihre Schlüsse gezogen, wie ich Sie kenne«, hielt Otto ihn hin. »Also, Herr Korber! Ich möchte noch anmerken, dass der Tote 0,8 Promille Alkohol im Blut hatte. Zum Autofahren zu viel, aber darum geht es hier nicht. Für sonstige Verrichtungen bringt die Menge je nach körperlicher Konstitution und Gewöhnung mehr oder weniger Beeinträchtigungen mit sich. Deutliche Gleichgewichtsstörungen, die unseren Mann vom Steg ins Wasser hätten stürzen lassen können, sind nicht zu erwarten. Wir verlassen damit den medizinischen Bereich und gehen wieder zur

Psychologie über. Frage: Sie sehen einen illuminierten Mann von circa 1,70 Meter Körpergröße, den Sie gerne aus dem Weg räumen würden, allein auf einen Steg der Alten Donau hinausgehen und bemerken seine Absicht, sich ins Wasser hinein zu erleichtern. Wie gehen Sie vor?«

Korber nahm einen Schluck, wiegte seinen Kopf bedächtig hin und her und antwortete schließlich: »Es soll möglichst schnell und lautlos gehen. Mein Opfer ist alkoholisiert und durch eine körperliche Notsituation abgelenkt. Ich bin mir aber nicht sicher, ob es mir gelingt, ihn so einfach ins Wasser zu befördern. Außerdem möchte ich sichergehen, dass er absäuft. Also schlage ich ihm mit einer Bierflasche, die einer von uns vorher ausgetrunken hat, eins über den Schädel und versetze ihm mit der Schuhspitze einen Tritt gegen die Achillesferse. Er ist nun im schlechtesten Fall überrascht, im günstigsten bewusstlos, und ich kriege ihn mit einem kräftigen Schubser ins Wasser. Er geht unter und taucht aufgrund seines Zustandes und der eisigen Wassertemperatur nicht mehr auf. Das war's!«

Otto deutete mit seinen Händen einen Applaus an. »Großartig, junger Mann«, lobte er Korber über den grünen Klee. »Sie haben Talent, das merkt man!«

»Wären die Herrschaften so gütig, mich jetzt auch wieder in das Gespräch miteinzubeziehen?«, brummte Leopold ungeduldig.

»Ich weiß nicht, was Sie haben«, wunderte sich Otto darüber. »Sie haben soeben eine ausführliche Darstellung vom wahrscheinlichen Ablauf der Dinge bekommen, basierend auf den medizinischen Eckdaten. Mehr konnten Sie sich nicht erhoffen. Und ein vertrauliches Gespräch haben Sie ja abgelehnt.«

»Genau«, bestätigte Thomas Korber frohgemut.

»Dass Sie mich plötzlich außen vor lassen, finde ich allerdings nicht schön«, beschwerte Leopold sich. »Noch dazu, wo ich Sie bis jetzt immer auf Ihre Getränke eingeladen habe!«

»Das hätten Sie nicht tun müssen«, konterte Otto. »Ich kann mir meine Drinks auch selbst bezahlen. Dann setze ich sie eben von der Steuer ab.«

Leopolds Laune verschlechterte sich von Sekunde zu Sekunde. »Was haben Sie eigentlich gestern bei der Alten Donau gemacht?«, attackierte er ihn. »Sie sagten zuerst, Sie wollten nur einen Blick aufs Wasser werfen, waren aber plötzlich auf der Suche nach Selbstmördern und kamen dann wie durch Zauberhand ausgerechnet zu dem Steg, unter dem Reinhard Sageders Leiche lag. Ist das nicht ein verdächtiger Zufall?«

»Auch ich könnte Sie fragen, weshalb Sie gestern Abend wirklich dort waren«, entgegnete Otto. »Wenn es keinen Anlass gibt, vertreten Sie sich die Füße im Kaffeehaus und nirgendwo sonst. Ich selbst war im *Gasthaus Birner* und habe dann ein paar Schritte entlang des Wassers gemacht. Sie führten mich zu den Stegen hinunter, weil ich mich eben für Selbstmörder interessiere. Das ist kein Geheimnis, und ich habe Sie mehrmals darauf hingewiesen.«

»Trotzdem finde ich Ihr Betragen seither äußerst merkwürdig«, kritisierte Leopold. »Ich habe das Gefühl, Sie weichen mir aus, und mein Freund Thomas Korber kommt Ihnen da gerade recht.«

»Sie sind heute wirklich sehr empfindlich«, stellte Otto fest. »Dadurch erzeugen Sie in mir unangenehme Spannungen. Eigentlich möchte ich mich nach dem Stress in der Arbeit ein wenig erholen. Da das hier derzeit offenbar nicht möglich ist, schlage ich einen zwischenzeitlichen Lokalwechsel vor. Was halten Sie von dieser Idee, Herr Korber?«

Man sah Korber die Erleichterung an. Er fühlte sich mit einem Mal von der Pflicht befreit, noch länger auf Cornelia Hafner zu warten. »Ein blendender Einfall«, stimmte er zu.

»Du bleibst hier, Thomas! Du kannst mich jetzt nicht so einfach im Stich lassen«, protestierte Leopold.

Doch Otto hatte Korber bereits beim Arm genommen und lenkte ihn sanft in Richtung Kaffeehaustür. »Und ob er das kann«, befand er. »Auf Wiedersehen!«

KAPITEL 7

Donnerstag, 17. Oktober, nachmittags

Korber und Otto entfernten sich nicht allzu weit vom *Café Heller*, um rasch zur Stelle zu sein, sollte Leopold seinen Freund um Hilfe rufen. Sie setzten sich ins *Café Sonja*, ein ruhiges kleines Lokal in der Nähe des Floridsdorfer Bahnhofs. Sobald sie ein weiteres Bier vor sich stehen hatten, erkundigte sich Otto: »Sagen Sie, ist dieser Leopold immer so griesgrämig?«

»Manchmal kann er einen ganz schön nerven«, eröffnete Korber ihm. »Wie Sie sicher schon bemerkt haben, ist er ziemlich dominant und versteht die Welt nicht mehr, wenn die Dinge anders laufen, als er es sich vorstellt.«

»Bisher war unsere Verbindung eher formeller Natur«, erläuterte Otto. »Ich habe ihm medizinische Fakten zu einigen Fällen geliefert, und er schien mir dankbar dafür zu sein. Ich frage mich nun, ob es möglich ist, diese Beziehung zu vertiefen. Dann könnte ich mit ihm viel persönlichere Gespräche über so manche Dinge führen, die mir bei einem Verbrechen unterkommen. Aber dazu gehört Vertrauen, und ich habe das Gefühl, dass es damit bei ihm nicht weit her ist.« Mit ernstem Gesicht fügte er hinzu: »Die noch wichtigere Frage ist freilich, ob ich ihm vertrauen kann.«

»Ich denke schon«, urteilte Korber. »Wollen Sie etwa mit ihm zusammenarbeiten?«

»Es könnte sein, dass sich das einmal ergibt«, zog Otto in Erwägung. »Deshalb bin ich froh, dass wir uns begegnet sind. Sie haben doch einen guten Draht zu ihm, oder?«

»Manchmal bildet er sich etwas ein, so wie vorhin. Da ist es dann schwer, Nein zu sagen«, setzte Korber ihn ins Bild. »Ich soll einer Frau namens Cornelia Hafner gewisse Dinge herauslocken, von denen Leopold glaubt, dass sie für den Mordfall wichtig sind. Darum hätte er mich am liebsten den ganzen Tag im Kaffeehaus angekettet. Ich war richtig froh, als Sie mich von dort zumindest für einige Zeit losgeeist haben. Warum macht er es nicht selbst, wenn es ihm so am Herzen liegt?«

Otto machte eine Pause, während der er hastig mehrere Schlucke von seinem Bier nahm. »Vielleicht sind Sie der einfühlsamere Mensch. Und bei Frauen kommen Sie besser an, das sieht man doch«, schmeichelte er ihm dann.

»Bei dieser Cornelia habe ich kein gutes Gefühl«, gestand Korber.

»Wissen Sie was? Wir machen das zusammen«, bot Otto ihm an. »Ich setze mich einfach zu euch.«

»Eine geniale Idee«, war Korber Feuer und Flamme, doch sofort kam die Ernüchterung. »Leopold wird das gar nicht gefallen«, fürchtete er.

»Sie dürfen sich nicht ständig von den Ansichten Ihres Freundes abhängig machen«, legte Otto ihm ans Herz. »Wir kriegen das schon hin! Am besten, Sie erzählen mir einmal, was Leopold Ihnen aufgetragen hat, und welchen Eindruck Sie bisher von dieser Frau haben.«

»Na gut, riskieren wir's«, entschied Korber. »Oje, Leopold hat angerufen, und ich hatte auf lautlos geschaltet«, registrierte er dann bei einem Blick auf sein Handy. »Er schreibt, ich solle schleunigst zurück ins *Heller* kommen. Wahrscheinlich ist Cornelia schon da! Uns bleibt keine Zeit!«

»Wir haben Zeit genug«, widersprach Otto. »Gewöhnen Sie sich ab, gleich zu rennen, wenn er mit den Fingern schnippt. Wir klären einmal die wichtigen Punkte, trinken dabei gemütlich aus, und dann machen wir ihm die Freude und schauen wieder bei ihm vorbei.«

Korber ließ sich von Ottos Argumenten überzeugen. So machten beide vorerst keine Anstalten, Leopolds Aufforderung nachzukommen. Im Gegenteil, sie hatten ein ausführliches und, wie Korber vorkam, auch sehr fruchtbringendes Gespräch.

In der Zwischenzeit stiegen bei Leopold die Nervosität und der Ärger über seinen Freund. Cornelia Hafner war zehn Minuten nach Korbers Abgang im *Heller* eingetroffen, hatte sich von ihm das Buch *Message in a Bottle* geben lassen, einen Früchtetee bestellt und sich anschließend auf einem Loungesessel in der Leseecke niedergelassen. Nun bot sich zwar die Gelegenheit, sie in eine unverfängliche Plauderei zu verwickeln, aber Korber war nicht da, und ihm selbst waren im Augenblick die Hände gebunden. Das Kaffeehaus hatte sich wieder gut gefüllt, sodass ihm neben seiner Arbeit derzeit keine Zeit blieb. Herr Heller beobachtete ihn zusätzlich vom Haustisch aus und schickte ihm in regelmäßigen Abständen digitale Botschaften, um ihn auf Trab zu halten: *Unsere Gäste haben Vorrang*, ein wenig später *Keine Mordermittlung während der Dienstzeit*, und schließlich *Denken Sie nicht einmal dran.*

Leopold war also auf Korbers baldige Rückkehr angewiesen. Oder doch nicht? Er überlegte, was er tun konnte, während Cornelia gerade so schön vor ihm auf dem Präsentierteller saß. Die Telefonnummer wählen, die Sageder in seinem Notizheft unter *Conny* eingetragen hatte, und damit prüfen, ob es sich dabei um Cornelia Hafner handelte? Das ging jetzt schlecht, denn die Leseecke war ja zur handyfreien Zone erklärt worden. Also grübelte er weiter und brachte dadurch prompt eine Melange zum falschen Tisch.

Während Leopold sein Bedauern darüber ausdrückte und beteuerte, es werde nie wieder vorkommen, stand Cornelia plötzlich auf. Sie zog ihre Jacke über den Strickpulli an, nahm eine Packung Zigaretten heraus und bewegte sich in Richtung Ausgang. Das war seine Chance! Jetzt oder nie! Sie wollte eine rauchen gehen und dabei vielleicht das eine oder andere auf dem Handy nachschauen. Hatte sie auch vor zu telefonieren? Dann musste Leopold schnell sein.

Er eilte an seinem Chef, Herrn Heller, der sich glücklicherweise gerade mehr auf eine *WhatsApp*-Konferenz konzentrierte als auf ihn, vorbei und wählte die fragliche Nummer aus Sageders Notizheft. Es läutete dreimal, ehe abgehoben wurde und sich eine weibliche Stimme fragend meldete: »Ja?«

»Frau Hafner?«

»Ja! Wer spricht? Was wollen Sie?«

Leopold musste sich schnell eine gute Ausrede einfallen lassen. »Hier spricht Ihr Oberkellner«, gab er sich zu erkennen. »Ich habe vorhin vergessen, Ihnen gegenüber zu erwähnen, dass es heute für jeden Benutzer unserer Leseecke ein Stück Zwetschgenkuchen gratis gibt. Soll ich es in der Zwischenzeit zu Ihrem Platz bringen?

Dann können Sie sich gleich stärken, wenn Sie zurückkommen.«

»Von mir aus«, kam die wenig enthusiastische Antwort.

»Mit Schlagobers?«

»Das können Sie halten, wie Sie wollen!«

Damit beendete Cornelia Hafner das Gespräch. Immerhin war sie so überrascht über den Anruf gewesen, dass sie keinerlei Fragen gestellt oder sonstige Bemerkungen gemacht hatte. Dass sie zumindest telefonisch zu Sageders engerem Kontaktkreis gehörte, war damit bewiesen, und Leopold konnte sie später dazu ins Gebet nehmen.

Jetzt aber war er neugierig geworden. Schnell wollte er noch versuchen festzustellen, wer sich hinter dem Eintrag *Conny 2* verbarg, solange Herr Heller abgelenkt war. Er vergewisserte sich rasch, dass niemand eine Bestellung bei ihm aufgeben wollte, dann tätigte er den Anruf. Wieder läutete es dreimal, ehe sich jemand meldete. Diesmal war es eine Männerstimme, die sich mit »Hallo?« meldete.

Wieder wusste Leopold nicht so recht, was er sagen sollte. Also fragte er unverfroren: »Wer spricht bitte?«

Zu seiner großen Überraschung antwortete die Stimme: »Hier spricht Otto, Konrad Otto! Otto ist der Familienname, Konrad der Vorname. Konrad Otto, nicht umgekehrt. Manche Leute verwechseln das! Was gibt's?«

Leopold reagierte postwendend: »Hier spricht Oberkellner Leopold! Sie sollten schnellstens wieder hierher ins *Heller* kommen. Ich denke, Sie sind mir eine Erklärung schuldig!«

*

Nach ihrem kleinen Ausflug in ein anderes Lokal zeigten sich Thomas Korber und Konrad Otto bei ihrer Rückkehr ins *Café Heller* heiter und bestens gelaunt. Im Gegensatz zu ihnen schaute Leopold finster drein. »Wo bleibt ihr denn? Ich sitze wie auf Nadeln«, begrüßte er sie vorwurfsvoll.

»Jetzt sind wir ja da. Wir haben uns nur ein wenig auf unser Gespräch mit Cornelia Hafner vorbereitet«, ließ Korber ihn wissen.

»Wir? Was heißt das?«, erkundigte sich Leopold irritiert.

»Ich werde Ihrem Freund dabei ein wenig unter die Arme greifen«, teilte ihm Otto augenzwinkernd mit.

»Gar nichts werden Sie, bevor Sie mir nicht Rede und Antwort gestanden sind«, gab ihm Leopold zu verstehen.

»Sie sind heute wirklich psychisch ein wenig angeschlagen«, stellte Otto pragmatisch fest. »Ich habe keine Ahnung, was Sie aufzuklären die Absicht haben. Lassen Sie mich zunächst einmal mit Ihrem Freund zu der Dame nach hinten. Gemeinsam sind wir stärker als einer allein. Danach stehe ich Ihnen hilfreich zur Verfügung, wobei auch immer Sie wollen!«

»Hier liegt ein Missverständnis vor«, betonte Leopold. »Sie sind im Augenblick nicht in der Position, mir Ihre Hilfe anzubieten, im Gegenteil! Sie sollten endlich Ihr Gewissen erleichtern und damit herausrücken, wie Sie in den Fall verwickelt sind!«

Otto setzte seine unschuldigste Miene auf. »Woher wollen Sie denn wissen, dass ich …?«

»Was glauben Sie denn, woher ich Ihre Telefonnummer habe?«, unterbrach Leopold ihn sofort. »Aus Reinhard Sageders Notizheft! Sie sind dort unter *Conny 2* vermerkt. Also müssen Sie in Kontakt mit dem Mordopfer gestanden sein! Mir ist gleich verdächtig vorgekommen, wie Sie rein zufällig bei der Alten Donau aufgetaucht und dann gleich zielsicher auf den Tatort zugesteuert sind.«

Ottos Gesichtsausdruck wurde nachdenklich. »Daher also! Soso! Und ich war der Meinung, ich hätte sie Ihnen einmal gegeben«, grübelte er. »Wenn ich Sie richtig verstehe, heißt das allerdings, dass Sie ein Beweismittel zurückhalten, das für die Ermittlungen von großer Bedeutung sein könnte. Das wird meinem Chef, dem Oberinspektor Juricek, gar nicht gefallen!«

Leopold musste sich eingestehen, dass er dem Pathologen gegenüber etwas zu vorlaut gewesen war. Er ließ sich dadurch jedoch nicht beirren. »Ihm wird noch weniger gefallen, dass Sie ihm offenbar ebenfalls wichtige Informationen zu dem Fall verschweigen«, entgegnete Leopold. »Oder haben Sie ihm Ihr Naheverhältnis zu Sageder schon gebeichtet?«

»Ich wüsste nicht, was es da zu beichten gibt«, spielte Otto seinen Vorwurf herunter. »Ich kannte Reinhard. Das ist noch lange kein Verbrechen! In einer gewissen Weise sitzen wir Juricek gegenüber allerdings im selben Boot. Wir sollten uns diesbezüglich noch ein wenig absprechen. Aber das geht doch auch ein wenig später, oder? Ich möchte zuerst zu der jungen Dame. Vielleicht kriege ich dabei sogar was raus, das auch für Sie von Vorteil ist.«

»Warum sind Sie denn auf einmal so interessiert an der jungen Frau?«, ließ Leopold nicht locker. »Ich denke, ich weiß es! Es gibt offenbar Dinge, die Sie vor Juricek herausfinden wollen, damit Sie sich von jeglichem Verdacht reinwaschen können, wenn's darauf ankommt. Ihr Chef ist nicht blöd und macht sich sicher seine Gedanken, weshalb Sie sich in der Nähe des Tatortes aufgehalten haben, noch ehe die Leiche gefunden wurde.«

»Vielleicht ist es so, vielleicht habe ich auch einen anderen Beweggrund«, entgegnete Otto weiterhin ausweichend.

»Weshalb waren Sie dort?«, wurde Leopold konkret. Er hatte fürs Erste nicht mehr viel Zeit. Neue Gäste waren eingetroffen, die es zu bedienen galt.

»Dasselbe könnte ich Sie fragen«, hielt Otto dagegen.

»Sageder hatte mich telefonisch um eine Unterredung gebeten.«

Jetzt lächelte Otto wieder. »Sehen Sie, dasselbe war bei mir der Fall«, gab er an. »Wissen Sie übrigens, wieso er Sie vorgestern im *Café Heller* besucht hat?«

»Er war an einem Buch und der darin enthaltenen Widmung interessiert«, antwortete nun Leopold so allgemein wie möglich.

»Das war nicht der einzige Grund«, korrigierte Otto ihn. »Ich werde Ihnen nun den Rest verraten. Dann erkennen Sie hoffentlich meinen guten Willen und lassen mich die nächste halbe Stunde in Ruhe. Reinhard kam hauptsächlich Ihretwegen! Ich hatte ihm dazu geraten. Er suchte nach seiner Rückkehr jemanden, der ihn unterstützen würde, eine Art Amateurdetektiv. Daraufhin habe ich Sie ihm empfohlen. So war es und nicht anders! Darf ich jetzt nach hinten gehen?«

Leopold hatte bereits drei neue Nachrichten von Herrn Heller auf seinem Handy, die ihn zur sofortigen Wiederaufnahme seiner Tätigkeit als Oberkellner aufforderten. Also musste er seine Befragung wohl oder übel auf unbestimmte Zeit unterbrechen. »Wir hören und sehen uns ehebaldigst wieder«, ließ er den Pathologen zum vorläufigen Abschied wissen.

»Bringen Sie uns vorher bitte noch zwei Krügel frisches und mit Liebe gezapftes Bier in die Leseecke«, ersuchte Otto ihn. »Und nur ja keinen Früchtetee!«

*

Leopold war unschlüssig, wie er weiter mit Konrad Otto umgehen sollte. Otto hatte Kontakt mit Reinhard Sagеder gepflegt und nichts davon verlauten lassen. Wusste er Dinge, die den Mord betrafen und zum Täter führen konnten? War er vielleicht selbst der Mörder? Diese Verdachtsmomente galt es zunächst einmal zu berücksichtigen.

Andererseits wurde Otto dadurch zur wichtigen Informationsquelle. Wenn es darum ging, Oberinspektor Juricek am Ende eine Nasenlänge voraus zu sein, konnte Leopold auf seine Kenntnisse nicht verzichten. Fasste er ihn zu hart an, schaltete der Pathologe wahrscheinlich auf stur. Also musste er behutsam an die Sache herangehen und streng wirken, ohne Otto zu sehr zu vergrämen. Das erschien ihm noch die beste Methode, um nach und nach alle für die Lösung des Falles wesentlichen Details zu erfahren. Gelang es Otto, seine Unschuld glaubhaft zu machen, konnte sich sogar ein gewisses Vertrauensverhältnis zwischen den beiden entwickeln. Unter Umständen profitierte Leopold außerdem von der unzweifelhaften Sympathie zwischen Otto und Thomas Korber. Zuerst hatte sie ihn noch wütend gemacht, doch in weiterer Folge mochte sie ihm durchaus dienlich sein.

Mit diesen Überlegungen im Kopf brachte Leopold die zwei Krügel Bier zur Leseecke. Dort musterte Otto zunächst einmal das Bücherregal und tat so, als kenne er Korber nicht. Ein geschickter Schachzug, wie Leopold zugeben musste. So würde Cornelia Hafner keinen Verdacht schöpfen, dass sich die beiden vorher abgesprochen hatten.

Korber saß wie am Vortag Cornelia gegenüber. Er hatte sie mit kurzem Kopfnicken begrüßt und sich dann Dürrenmatts *Die Physiker* geschnappt, das er gerade im Unterricht mit der 6A durchnahm. Es konnte nicht schaden, sich zwischendurch einige Passagen daraus für den Unterricht einzuprägen. Als er zur Aktivierung seiner Geisteskräfte gleich einmal einen großen Schluck von seinem Krügel nahm, fragte Cornelia ihn: »Mussten Sie heute in der Schule wieder so viel reden?«

Korber schaute von seinem Buch auf. »Wie bitte? Oh, es ging so«, antwortete er mit einem Lächeln.

Cornelias vorwurfsvoller Blick traf ihn. »Sie scheinen jedenfalls Durst zu haben«, merkte sie an.

Korber suchte nach einer Ausrede. »Weil ich schon wieder Bier trinke? Nun, das ist nicht immer so«, rechtfertigte er sich. »Heute war ein geistig herausfordernder Tag. Da brauche ich das zum Abhängen mit guter Lektüre. Der Tee kommt später.«

»Erinnern Sie sich gar nicht mehr an mich?«, wechselte Cornelia schlagartig das Thema.

Was sollte das nun wieder? »Meinen Sie unser gestriges Gespräch? Das habe ich noch sehr gut im Kopf«, versicherte er ihr.

»Aber nein!« Cornelia schüttelte entschieden den Kopf. »Ich war einmal Schülerin am Floridsdorfer Gymnasium.

In dieser Zeit hatte ich Sie zwar nur ein Jahr in Deutsch, aber ich hatte gehofft, zumindest einen klitzekleinen bleibenden Eindruck bei Ihnen hinterlassen zu haben.«

Deshalb also hatte sie schon am Vortag seinen Namen gewusst. Es war Korber zwar peinlich, dass sein Gedächtnis jemanden gelöscht hatte, der bei ihm ein Jahr im Unterricht gesessen war, aber man konnte sich als Lehrer nicht alle merken, die da ständig kamen und gingen. »Ach ja«, stieß er hervor. »Jetzt, wo Sie es sagen, geht mir ein Licht auf. Es ist aber auch schon einige Zeit her!«

»Zwölf Jahre«, half sie ihm auf die Sprünge. »Ich habe Sie gestern gleich erkannt, als Sie sich zu mir gesetzt haben. Darum habe ich mich auch über den Früchtetee gewundert. Tee ist bei Ihnen eigentlich nie vorgekommen.«

»In der Schule ... bei dem Stress ... bedienen wir uns lieber an der Kaffeemaschine. Tee ist da tatsächlich eher selten«, führte Korber stockend ins Treffen.

»Geben Sie sich keine Mühe, mir etwas vorzugaukeln! Ich kenne Sie«, gab ihm Cornelia Hafner zu verstehen. »Und jetzt möchte ich mich wieder auf meine kleine persönliche Erinnerungsreise begeben, wenn es Ihnen nichts ausmacht.« Sie versenkte ihren Kopf wieder in den Seiten von *Message in a Bottle*.

In der Zwischenzeit hatte sich Konrad Otto zu ihnen gesetzt. Er hatte sich für einen billigen Arztroman von Heinz Konsalik als Tarnung entschieden. Eine Weile tat er so, als würde er darin lesen, und alle drei schwiegen vor sich hin. Dann schob er seine Nickelbrille in Richtung Nasenspitze und richtete das Wort an Cornelia Hafner. »Könnten Sie mich einmal den Innendeckel Ihres Buches sehen lassen?«, bat er sie.

Cornelia rümpfte die Nase. Sie war über diese neuerliche Unterbrechung nicht glücklich, und ihr Gegenüber sollte das merken. »Wieso?«, wollte sie wissen.

»Es müsste sich dort ein Kaffeefleck von etwa zwei Zentimetern Durchmesser befinden«, führte Otto an.

Cornelia schlug den Deckel des Taschenbuches auf. Dort war tatsächlich ein alter Kaffeefleck der angegebenen Größe vorhanden. Ihr Gesicht lief rot an.

»So etwas fällt kaum jemandem auf«, erklärte Otto. »Bei gebrauchten Büchern kommt es oft vor, dass sie auf die eine oder andere Art in Mitleidenschaft gezogen worden sind. Da sieht eine Seite aus, als sei sie angenagt worden, dort gibt es ein fürchterliches Eselsohr, das einmal als Lesezeichen herhalten musste, und schließlich sind da Fettflecken, Rotweinflecken und Kaffeeflecken zuhauf. Mir ist das Buch gleich bekannt vorgekommen, als ich Sie darin lesen gesehen habe. Der Fleck beweist, dass ich mich nicht getäuscht habe.«

»Sie können auch im Vertrauen auf die Häufigkeit solcher Dinge geblufft haben«, warf ihm Cornelia vor. Dabei scannten ihre Augen den Mann, der gerade darauf aus war, sie durcheinanderzubringen.

Otto schüttelte den Kopf. »Ich weiß, von wem der Fleck stammt und wie er da hingekommen ist«, behauptete er.

»Dann sagen Sie es mir doch«, forderte Cornelia.

»Es war eine Frau! Eine schöne, damals leider schon sehr kranke Frau«, schwelgte Otto daraufhin in Erinnerungen.

Cornelia Hafner saß kurz da wie vom Blitz getroffen. Aber sie hatte sich rasch wieder in der Hand. »War's das? Ich bin zum Lesen da, nicht zum Fleckenzählen«, erwiderte sie schroff.

Otto tat so, als höre er sie nicht. »Wissen Sie, ich bin Arzt«, begann er zu dozieren. »Mein Betätigungsfeld ist der menschliche Körper, in letzter Zeit nur mehr der leblose Leichnam. Ich frage mich bei meinen Toten oft, wie sie einmal ausgesehen haben mögen, zehn, 15, 20 Jahre, ehe man sie auf einer Bahre zu mir hereingeschoben hat. Genauso habe ich mich früher manchmal gefragt, wie denn so ein Kind in zehn, 15 oder 20 Jahren aussehen würde ... ein Mädchen ... ein quicklebendiges Mädchen. Man kann da als Arzt begründete Vermutungen anstellen. Die Grundzüge bleiben ja gleich. Man kann nun raten, ob es eher dem Vater oder der Mutter nachgeraten wird. In diesem Fall wohl eher der Mutter! Der kranken Mutter, deren frühere Schönheit das junge Gesicht ahnen lässt ...«

»Hören Sie auf«, schrie Cornelia ihn an.

Die sich gleich daneben befindlichen Billard- und Kartenspieler ließen ihrem Unmut mit einigen Zwischenrufen freien Lauf. Gerade aus dieser Ecke hatten sie keine Störung ihrer gerade laufenden Partien erwartet. Leopold machte sich kurz entschlossen auf den Weg nach hinten. Eine emotionale Auseinandersetzung zwischen Konrad Otto und Cornelia Hafner war so ziemlich das Letzte, was er jetzt brauchen konnte. Er hätte wissen müssen, dass Ottos Einmischung die Ermittlungen verkomplizieren würde, auch wenn sich zunächst alles gut angelassen hatte. Aber hinterher war man immer klüger.

»Dieser Ort wurde zum Lesen und für gemütliche literarische Plaudereien geschaffen«, wies er die Beteiligten zurecht. »Es muss jedoch alles stets im Rahmen bleiben. Andere Leser und die Gäste in der unmittelbaren Umgebung dürfen sich dadurch nicht gestört fühlen. Am besten, Sie kommen zu mir nach vor, Herr Otto! Wir haben ohnedies noch etwas miteinander zu besprechen.«

Als Cornelia den Familiennamen des Pathologen hörte, wirkte sie noch angespannter. Etwas schien sich langsam von ganz weit weg seinen Weg zurück in ihre Erinnerung zu bahnen.

»Ich hatte keinesfalls die Absicht, Ihre Nerven zu strapazieren«, wandte sich Otto entschuldigend an sie. »Verzeihen Sie bitte, wenn bei Ihnen dieser Eindruck entstanden ist. Ich habe mich, wie es leider bei Akademikern öfter vorkommt, zu komplizierten und unklaren Ausführungen hinreißen lassen. Das hätte ich nicht tun sollen, sondern gleich klipp und klar sagen: Sie sind die kleine Conny, die ich kennengelernt und mit der ich gespielt habe, als sie etwa fünf – oder doch schon sechs? – Jahre alt war, weil ich damals mit ihren Eltern Robert und Raffaela befreundet war. Wie geht es Ihrem Vater?«

Cornelia Hafner war zu bewegt, um mehr als ein gemurmeltes »Danke, gut!« herauszubringen.

»Bitte kommen Sie jetzt«, forderte Leopold Otto nochmals auf.

Der Pathologe erhob sich langsam von seinem Loungesessel und stellte das Buch zurück ins Regal. »Vielleicht ein kleiner Tratsch demnächst? Über die alten Zeiten?«, fragte er Cornelia zum Abschied und steckte ihr dabei seine Karte zu.

»Vielleicht«, antwortete sie kaum hörbar und schnäuzte sich zweimal kräftig in ihr Taschentuch. Sie hatte, wenn auch nur kurz, geweint.

KAPITEL 8

Donnerstag, 17. Oktober, spätnachmittags

»Warum haben Sie Frau Hafner so hart hergenommen?«, beklagte sich Leopold vorn an der Theke bei Otto. »Das war völlig kontraproduktiv. Wir wurden von ihrem Freund darauf aufmerksam gemacht, dass sie ein labiles Gemüt hat und ihr das Buch psychische Probleme bereitet. Darauf habe ich unsere Vorgehensweise mit Thomas genau abgestimmt. Und jetzt kommen Sie daher und machen uns einen Strich durch die Rechnung. Wir können froh sein, wenn Thomas noch etwas aus ihr herauskitzeln kann, das uns weiterhilft.«

»Ich war doch nicht grob«, verteidigte sich Otto. »Ich habe sie bloß mit einem Stück aus jenem Teil ihrer Vergangenheit konfrontiert, für das sie sich gerade wieder interessiert. Darum liest sie das Buch!«

»Hätten Sie damit nicht noch ein bisschen warten können?«, warf Leopold ihm vor.

»Dazu wird mir die Zeit zu knapp«, erklärte Otto. »Wie Sie selbst bereits haben anklingen lassen, könnten einige Dinge bei oberflächlicher Betrachtung dafürsprechen, dass ich Reinhard umgebracht oder sonst wie zu seinem Tod beigetragen habe. Er hat nicht nur mit Ihnen telefoniert, sondern auch mich zur Alten Donau bestellt. Als ich herkam, konnte ich ihn nirgendwo entdecken.

Als der Mord geschah, war ich zwar schon im oder auf dem Weg zum *Gasthaus Birner*, aber das lag so knapp beieinander, dass man sagen könnte, ich war zur Tatzeit am Tatort. Sobald Juricek davon erfährt, habe ich keine Chance, die Dinge für mich selbst zu regeln, und das kann jeden Augenblick der Fall sein. Also musste ich versuchen, meine Chance zu nützen, als ich erfuhr, dass Conny hierherkommen würde.«

»Sie sind ein Freund der Familie?«

»Sozusagen.«

»Sie werden mir jetzt die ganze Wahrheit sagen«, schärfte Leopold Otto ein. »Ich muss zwar zwischendurch arbeiten, aber Sie verlassen dieses Kaffeehaus nicht, ehe ich alles von Bedeutung weiß, und wenn ich gezwungen bin, Sie über Nacht an die Billardtische anzubinden!«

Otto rümpfte die Nase. »Sehr ungesund, vom medizinischen Standpunkt aus betrachtet.«

»Dann reden Sie endlich«, appellierte Leopold an ihn. »In welchem Verhältnis standen Sie zu Reinhard Sageder? Woher kennen Sie Cornelia Hafner? Und was hat vorhin solche Emotionen in ihr ausgelöst?«

»Um das zu beantworten, brauche ich noch ein Bier«, verlangte Otto.

»Na schön!« Leopold knallte ein lieblos eingeschenktes Krügel vor ihn auf die Theke. »Jetzt aber los!«

»Reinhard und ich lernten uns eines Tages zufällig in einem Lokal kennen«, begann Otto, nachdem er seinen Mund ausgiebig in den Bierschaum getaucht hatte. »Wir kamen rasch drauf, dass wir beide gern tranken und auch sonst viel gemeinsam hatten. Ich hatte damals gerade mein Studium beendet und genoss das süße Leben noch ein wenig, bevor ich mich ins Arbeitsleben stürzte. So traf ich mich nun öfter mit Reinhard und lernte dabei einige seiner Bekannten und Freunde kennen. Einer davon war Robert Hafner, der Vater der jungen Dame da hinten.«

Er deutete mit seinem rechten Zeigefinger in Richtung Leseecke, wo Korber gerade schüchterne Versuche unternahm, Cornelia zu trösten und mit ihr besser ins Gespräch zu kommen. Außerdem hatten dort mittlerweile die kurzhaarige Frau und der Herr mit der Brille Platz genommen, was Leopold zu einer kurzen Unterbrechung des Gespräches zwang. Aber er ließ Otto nur wenig Zeit für Überlegungen. »Wie ging es weiter? Wie kam Regina ins Spiel?«, fragte er ihn, nachdem er die beiden mit Getränken versorgt hatte.

»Sachte, sachte«, ließ sich Otto nicht aus der Ruhe bringen. »Es ging ja auch im wirklichen Leben nicht so schnell. Also: Irgendwann machte ich die Bekanntschaft von Roberts zauberhafter Frau Raffaela. Viel von ihrer Anmut hat sich in Cornelias Gesichtszügen erhalten, die damals gerade einmal ein Jahr alt war. Deshalb hat mich das kurze Gespräch mit Conny beinahe so bewegt wie sie selbst.«

»Und Regina?«, insistierte Leopold ungeduldig.

»Wenn Sie mich ständig unterbrechen, verliere ich den Faden«, äußerte Otto emotionslos. »Ich komme schon noch zu ihr. Die Sache ist die: Ich hatte lange Zeit keine Ahnung von ihrer Existenz. Reinhard erwähnte sie mir gegenüber nie. Warum sollte er auch? Er war zu dieser Zeit nicht mit ihr liiert. Er hatte bloß während seines Studiums ein- oder zweimal mit ihr geschlafen. Aber damit bahnte sich auch schon das spätere Drama an.«

»Drama?« Leopolds Augen bekamen einen feuchten Glanz.

»Mit einem klaren Schnaps im Magen wird auch der Kopf klarer«, befand Otto plötzlich. »Außerdem ist der Hals nicht so trocken, und es redet sich leichter.«

Leopold erkannte seinen geschickten Versuch, die Rollen zu tauschen. Vom Verdächtigen, der trachten musste, einigermaßen unbeschadet aus dieser Situation herauszukommen, wechselte er immer wieder zum trägen Informanten, der nicht gewillt war, sich etwas ohne entsprechende Vergütung herauslocken zu lassen. Leopold spielte das Spiel zunächst mit. Er stellte ein volles Schnapsglas in der Hoffnung vor ihn hin, dass es sein Mitteilungsbedürfnis steigern würde.

Otto kippte es in einem Zug hinunter. »Ja, das Drama«, wiederholte er dann bedeutungsschwer. »Der erste Akt darin ist die Krebserkrankung Raffaelas. Darmkrebs! Eine schlimme Sache, natürlich auch für Robert und die kleine Conny. Raffaela führte einen tapferen Kampf mit vielen Höhen und Tiefen. Als sie relativ plötzlich und doch unerwartet starb, besuchte Conny gerade die zweite oder dritte Klasse Volksschule.«

Otto machte nun wieder einen ausgiebigen Schluck von seinem Bier, ehe er fortfuhr: »Im zweiten Akt des Dramas kommt die von Ihnen reklamierte Regina, damals noch unvermählte Kern, ins Spiel. Robert heiratete nämlich bald nach dem Tod seiner Frau wieder, und zwar sie. Wenn Sie mich fragen, eine schäbige Aktion! Und zwar nicht die Heirat selbst. Aber er hatte bereits etwas mit ihr, als seine liebenswerte Frau zu Hause still und gefasst ihr Leiden ertrug. Damit meine ich, dass er mit Regina noch während seiner Ehe ohne Gewissensbisse … na, Sie verstehen mich schon!«

»Lassen Sie mich raten! Irgendwie tritt jetzt wieder Ihr Freund Reinhard auf den Plan«, kombinierte Leopold.

»Genau! Wir kommen damit zum dritten Akt des Dramas«, bestätigte Otto lakonisch. »Als Reinhard als Freund des Hauses seiner Affäre aus früheren Tagen wieder begegnete, verliebte er sich diesmal Hals über Kopf in sie. Vorerst entstand eine rein sexuelle Beziehung, denn Regina hatte in ihrer Ehe praktisch alles, was sie wollte, und Reinhard konnte ihr diese Lebensbedingungen nicht bieten. Sie stammte aus gutem Haus, war seit ihrer Kindheit verwöhnt, und Robert war ein erfolgreicher Anlageberater. Im Gegensatz dazu hatte Reinhard sein Studium nach ein paar Semestern abgebrochen und jobbte bei Versicherungen und Telefonmarketingfirmen herum.«

»Aber dann? Kommen wir zum vierten Akt des Dramas«, lauerte Leopold.

»Wir kommen zur letzten Zuspitzung, von der ich leider nicht mehr allzu viel mitbekam«, schilderte Otto. »Reinhard gab sich mit dem sexuellen Abenteuer nicht zufrieden. Er versuchte, die Tochter aus gutem Haus zu einem wilden Abenteuerleben mit ihm und damit auch zur Trennung von Robert zu überreden. So sehr ich Roberts Verhalten während Raffaelas Krankheit verurteilte, so wenig konnte ich Reinhards Absicht gutheißen. Die arme, vom Schicksal ohnehin schon schwer geprügelte Cornelia würde dadurch zum zweiten Mal innerhalb kurzer Zeit die Mutter verlieren. Ich geriet darüber mit Reinhard in Streit. Er bedeutete das Ende unserer Freundschaft. Letztendlich blieben seine Bemühungen erfolglos. Enttäuscht setzte er sich allein nach Deutschland ab. Aber auch die Ehe zwischen Robert und Regina hielt in der Folge nicht mehr allzu lang.«

»Verstehe! Und dann kam Reinhard nach Jahren wieder zurück, und das Erste, was ihn interessierte, war, wie er seine Regina wiederfinden konnte«, bemerkte Leopold.

»Genau«, attestierte Otto. »Aber dieses Unterfangen erwies sich, aus welchen Gründen auch immer, als zum Scheitern verurteilt.«

»Jetzt gibt es vor allem noch eine Sache, die mich brennend interessiert«, schlug Leopold nun einen vertrauensvollen Ton an. »Warum denken Sie, zu den Verdächtigen in diesem Mordfall gezählt werden zu können?«

Otto zögerte. Es war ihm offensichtlich nicht recht, sich ausführlich zu diesem Punkt zu äußern. »Na ja, es hat wohl hauptsächlich mit meiner Anwesenheit am Tatort und meinem auffälligen Verhalten daselbst zu tun«, druckste er herum.

»Das ist doch noch nicht alles«, ließ ihn Leopold damit nicht davonkommen. Er schenkte ihm schnell einen weiteren Schnaps ein. Dann bediente er zwei neu hereingekommene Gäste. Als er zurückkehrte, war das Glas leer, und Otto wirkte wieder aufgeräumter.

»Also schön, ich verrate Ihnen das auch noch«, zog er Leopold ins Vertrauen. »Aber darüber dürfen Sie Juricek wirklich nicht einmal ein klitzekleines Wort erzählen!«

»Versprochen«, sicherte Leopold ihm zu.

»Reinhard kontaktierte mich nach seiner Rückkehr. Offenbar hatte er meine Nummer noch. Er sagte, er wolle mit mir über die alten Zeiten reden«, holte Otto daraufhin aus. »Wir trafen uns in einer Kneipe, und ich sage es Ihnen gleich: Es wurde kein schöner Abend! Natürlich ging es ihm um nichts anderes als um Regina. Bald fingen wir zu streiten an. Reinhard behauptete, ich hätte mitgeholfen, Regina vor ihm zu verstecken, was natürlich ein absoluter Unsinn war. Ich sollte sie deshalb gefälligst herbeischaffen. Er glaubte mir nicht, dass ich keine Ahnung hatte, wo sie sich aufhielt. Er gab sich auch nicht damit zufrieden, dass ich ihm Sie als Spürnase empfahl. Ich wollte jedenfalls nichts mehr mit der Sache zu tun haben. Ich merkte, dass sich Reinhard und ich im Lauf der Jahre entfremdet hatten. So sprachen wir eine Zeit lang mehr oder minder schweigend dem Alkohol zu.

Plötzlich begann er wieder mit dem leidigen Thema. Er warf mir vor, mit Conny, die seiner Meinung nach die Hauptschuld an Reginas Trennung von ihm trug, gemeinsame Sache zu machen, als er dann noch behauptete, ich hätte was mit ihr, und drohte, er werde ›die Kleine‹, wie er sie nannte, mal auf seine Weise hart rannehmen, brannten bei mir sämtliche Sicherungen durch. Ich knallte ihm eine so richtig schön mitten ins Gesicht und warnte ihn, ich würde ihn umbringen, wenn er Conny auch nur ein Haar krümmte.«

»Wie hat er reagiert?«, erkundigte sich Leopold neugierig.

»Er dürfte schnell wieder nüchtern gewesen sein«, berichtete Otto. »Wir gingen dann beide unserer Wege, wozu wir nach dieser Auseinandersetzung auch mehr oder weniger gezwungen waren. Gott sei Dank handelte es sich um eine jener Kneipen, wo bei so etwas nicht viel Tamtam gemacht wird, wenn man zahlt und verschwindet. Keiner rief die Polizei, sonst wäre sicher schon alles bis zu Juricek durchgedrungen.«

»Wollen Sie ihn nicht doch in alles einweihen? Früher oder später kommt er Ihnen drauf«, redete Leopold ihm gut zu.

»Wann wollen Sie ihm denn Reinhards Notizheft geben? Sie halten auch ein wichtiges Beweismittel zurück«, konterte Otto.

»Bei der nächsten günstigen Gelegenheit«, versprach Leopold zögernd.

»So ähnlich möchte ich auch vorgehen«, beschloss Otto. »Allerdings wird es für mich erst günstig, wenn ich mich von allen möglichen Verdächtigungen reingewaschen habe, und das kann noch ein bisschen dauern. Das Meiste, was ich Juricek beichten könnte, hat er ohnehin längst herausgefunden.« Er dachte kurz nach. »Wollen wir uns nicht zusammentun?«, schlug er dann vor. »Sie und ich auf Mörderjagd, das wäre doch was, oder?«

So weit wollte Leopold nun auch wieder nicht gehen. Er wusste immer noch zu wenig über Otto. Hatte er ihm alles wahrheitsgemäß erzählt? Oder hatte er bewusst Informationen zurückgehalten, die die Sache für ihn noch unangenehmer machen konnten? »Lullen Sie mich nicht ein«, reagierte er deshalb ablehnend auf sein Angebot. »Was tue ich denn, wenn Sie's wirklich waren? Ihre Anwesenheit am Tatort erscheint plötzlich in einem anderen Licht! Wenn Sie und Reinhard nach dieser Handgreiflichkeit endgültig geschiedene Leute waren, warum sind Sie dann nach seinem Anruf überhaupt hin?«

»Er hatte gesagt, er würde mir etwas erzählen, das er herausgefunden hatte, und Sie würden auch kommen«, rechtfertigte Otto sich. »Da war ich eben neugierig. Aber ich wollte nicht ganz pünktlich sein, um sicherzustellen, dass Sie auch bereits da waren, damit es nicht wieder zu einem Streit kam. Dadurch dass Sie, aus welchem Grund auch immer, ebenfalls später eintrafen, haben wir ihn versäumt, was vermutlich zu seinem Tod geführt hat.«

»Da mag was Wahres dran sein«, räumte Leopold ein. »Aber weshalb sind Sie gleich so zielstrebig auf den Steg zugesteuert, unter dem wir ihn dann gefunden haben?«

Otto zuckte mit den Achseln. »Ob Sie es mir glauben oder nicht, ich hatte so eine Ahnung. Der Pathologe hat immer den Tod vor Augen. Ich dachte jedoch, wie gesagt, zuerst an einen Selbstmord, weil ich mich damit hobbymäßig befasse. Egal, ihm hat's nicht geholfen, und mir erst recht nicht. Und wenn wir nicht gemeinsam vorgehen, muss ich mir schnellstens überlegen, wie's für mich weitergeht.«

Das galt auch für Leopold. Laut den eben gewonnenen Erkenntnissen führte der Weg zum Erfolg über Cornelia Hafner. Sie konnte am ehesten den Kontakt zu ihrem Vater oder zu ihrer Stiefmutter Regina herstellen. Warum hatte Sageder außerdem Otto damit gedroht, sie hart in die Mangel zu nehmen? War das reine Provokation gewesen, oder steckte mehr dahinter?

Es wurde also immer wichtiger, dass Korber bei seinem Versuch, sich mit ihr anzufreunden und ihr entscheidende Informationen herauszulocken, Erfolg hatte. Leopold warf deshalb einen kurzen Blick nach hinten in die Bücherecke, um sich zu vergewissern, ob sein Freund seine Aufgabe auch ernst nahm. Da kam ihm zu seiner großen Überraschung Korber auch schon entgegen, begleitet nicht nur von Cornelia Hafner, sondern auch von der kurzhaarigen Frau, mit der er in ein angeregtes Gespräch vertieft war. Cornelia drückte Leopold ihr Buch mit der Bitte um weitere Reservierung in die Hand und legte das Geld für ihren Tee abgezählt auf die Theke. Die kurzhaarige Frau zahlte ebenfalls genau. Korber hingegen zwinkerte ihm nur zu und sagte: »Ich hoffe, meine Getränke gehen aufs Haus!«

Leopold bemühte sich, höflich zu bleiben, obwohl ihm die Situation erneut zu entgleiten drohte. »Warum geht ihr denn schon? Und wo um alles in der Welt wollt ihr hin?«, erkundigte er sich.

Die kurzhaarige Frau namens Tanja Vukic setzte daraufhin ein breites Lächeln auf. »Irgendwohin in ein nettes Lokal. Da hinten ist es zwar wunderbar kuschelig zum Lesen, aber wir wollen uns jetzt noch ein wenig über die Bücher unterhalten. Dazu erscheint es uns sinnvoll, eine gewisse Distanz zwischen sie und uns zu legen. Dann wird es entspannter, und wir sind nicht so fixiert«, erklärte sie.

»Tanja ist wahnsinnig belesen. Es ist eine wahre Freude, ein Fachgespräch mit ihr zu führen«, ergänzte Korber und nahm dabei ihre Hand in die seine. »Und du kommst doch auch noch mit, nicht wahr, Conny?«

Cornelia Hafner nickte stumm. Dann marschierten alle drei gemeinsam zur Tür hinaus.

Leopold blieb ratlos zurück. Er war nicht einmal mehr dazu gekommen, Korber weitere Instruktionen zu geben. Aber hätte das überhaupt einen Sinn gehabt? Sein Vorhaben, ihn auf Cornelia anzusetzen, war offenbar endgültig gescheitert. Korbers Interesse war spontan von der spröden Conny zur unverkrampften Tanja gewechselt. Leopold konnte nur hoffen, dass das zu keinen weiteren Komplikationen führen würde.

Konrad Otto lehnte immer noch an der Theke. Er wirkte so, als denke er nach. Leopold beschloss, nach jedem Strohhalm zu greifen, den er kriegen konnte. »Worauf warten Sie noch? Sie sollten ihnen schnellstens hinterher«, munterte er ihn auf.

Doch Otto zeigte sich wenig begeistert. »Zuerst zerren Sie mich mit aller Gewalt weg von Cornelia, dann soll ich ihr auf einmal nachrennen? Das ergibt keinen Sinn«, ließ er Leopold wissen. »Trotz gebotener Eile bei meinen Recherchen empfiehlt es sich, ihr bis morgen Zeit zu geben. Dann wird sie sich ganz von selbst rühren. In der Zwischenzeit versuche ich es mit einem anderen Plan.«

Ehe Leopold ihn noch dazu befragen konnte, riss er sich schwerfällig von der Theke los und ging ohne weiteren Kommentar seiner Wege.

*

Die Dinge entwickelten sich auch danach keineswegs zum Besseren. Leopold hatte während seines Gesprächs mit Otto drei Mitteilungen seiner Tochter Sabine erhalten und diese unbeantwortet gelassen. Er las nun ihre vierte Nachricht: *Seid ihr alle tot, oder was?*

Er versuchte, sich aus ihren bisherigen Versuchen, ihn digital zu erreichen, ein Bild zu machen, worum es ging, und weshalb sie so erbost war. Da stand Sabine auch schon vor ihm.

»Papa, so geht das nicht«, schnauzte sie ihn an.

»Was habe ich denn getan?«, wunderte er sich.

»Ganz einfach! Ich habe eine Notsituation, und du antwortest mir nicht«, warf sie ihm vor.

»Und wie hätte ich wissen sollen, dass es sich um eine Notsituation handelt?«

»Indem du auf deinem Handy checkst, was gerade so alles abläuft!«

»Da war ich gerade dabei, als du zur Tür hereingestürmt bist.«

»Papa! Seit meiner ersten Nachricht sind 40 Minuten vergangen. Das ist eine halbe Ewigkeit!«

»Wenn ich arbeite, kann ich nicht so oft nachschauen«, rechtfertigte Leopold sich.

»Du solltest aber zwischendurch immer wieder einen Blick darauf werfen«, tadelte Sabine ihn. »Das dauert bloß eine Zehntelsekunde. Sonst bist du völlig out und weißt nicht, was um dich herum abläuft.«

»Es genügt mir schon, wenn um mich herum die Gäste sitzen, zu denen ich laufen muss«, setzte Leopold ihr auseinander. »Wenn es wirklich so wichtig war, warum hast du nicht im Kaffeehaus angerufen und mich verlangt? Wir haben immer noch ein Festnetzgerät. Da melden sich unsere Gäste etwa, wenn sie eine Reservierung tätigen wollen.«

»Das ist doch furchtbar altmodisch«, maunzte Sabine.

»Aber praktisch«, befand Leopold. »So hättest du mich jedenfalls im Handumdrehen erreicht, als du gesehen hast, dass ich nicht reagiere. Worum geht es eigentlich?«

»Es geht darum, dass ich an Thomas auch nicht herankomme und gerne wissen würde, wo er ist«, äußerte Sabine.

»Ich dachte, du gehst heute ins Theater«, reagierte Leopold überrascht.

»Das ist es ja«, setzte Sabine zu einer Erklärung an. »Die Freundin meines Studienkollegen Andreas ist gar nicht krank. Er hat sich nur nicht getraut, mir den wahren Grund für seine Einladung mitzuteilen. Die beiden hatten nämlich heftig gestritten. Jetzt sind sie aber wieder versöhnt und wollen doch miteinander ins Theater. Andreas hat mich gebeten, ihm noch einmal zu verzeihen. Er lädt mich dafür demnächst zum Essen ein. Daraufhin hatte ich gehofft, mit Thomas einen schönen Abend zu verbringen, wenn er noch nichts vorhat. Er reagiert aber auch nicht auf meine Versuche, ihn zu kontaktieren. War er vielleicht da?«

Leopold nickte. »Aber jetzt … Du musst nämlich wissen, dass er mir bei einer Ermittlung hilft. Einer sehr wichtigen Ermittlung in einem Mordfall«, druckste er herum.

»So etwas Ähnliches habe ich befürchtet«, seufzte Sabine. »Worin besteht diese Hilfe denn? Finde ich ihn trotzdem irgendwo? Was tut er gerade?«

»Leider ist sein derzeitiger Aufenthaltsort äußerst ungewiss«, musste Leopold zugeben.

Im selben Augenblick gab Sabines Handy einen Ton von sich. Sie sah, dass sie eine Nachricht von Herrn Heller erhalten hatte, und öffnete sie. *Thomas Korber hat das Café Heller Hand in Hand mit zwei hübschen jungen Frauen verlassen*, konnte sie lesen. Sie wusste zwar nicht mehr, bei welcher Gelegenheit sie Herrn Heller ihre Telefonnummer gegeben hatte, aber das war jetzt egal. Sie ärgerte sich, und zwar über sich selbst, da sie hätte wissen müssen, dass die Dinge ganz anders verlaufen würden, als sie es sich gewünscht hatte, aber noch mehr über Thomas und ihren Vater.

Sie zeigte Leopold die SMS. »Da siehst du, wie man effektiv kommuniziert«, ließ sie ihn wissen. »In was hast du Thomas da schon wieder hineingeritten? Du weißt doch, dass du ihn nicht in Versuchung führen darfst«, beschwerte sie sich dann.

»Die Sachlage ist leider noch äußerst kompliziert«, suchte Leopold nach Ausflüchten. »Ich komme hier derzeit nicht weg, und die eine Frau ist eine wichtige Zeugin.«

»Und die andere?«

»Das wird sich noch herausstellen.«

Erneut der Ton auf Sabines Smartphone. *Keine Zeugin*, schrieb Herr Heller.

»Dein Chef ist echt cool mit dem Handy«, zeigte sich Sabine begeistert. »Einen ganzen Nachmittag könnte ich mich so mit ihm unterhalten. Aber nun wieder zu dir! Ich kann mir schon vorstellen, wie das mit Thomas abgelaufen ist. Deine Zeugin war vermutlich nicht gerade sein Typ. Also denkst du nach gewissenhafter Prüfung, du kannst ihn ohne Risiko allein auf sie ansetzen. Aber da kommt noch eine Frau ins Spiel. Die gefällt ihm. Dafür interessiert ihn seine eigentliche Aufgabe immer weniger. Die beiden kommen einander näher. Meine Prognose: Deine Zeugin vertschüsst sich, und Thomas bleibt allein mit der Nichtzeugin. Was denkst du, wie es dann weitergeht?«

Leopold wollte an diese Möglichkeit gar nicht denken. »Ich hoffe, ich erfahre es morgen«, antwortete er, so vage er konnte.

Sie sind sicher nicht weit von hier, heizte Herr Heller die Diskussion mit einer weiteren SMS an.

»Ich möchte es aber schon heute wissen«, erklärte Sabine daraufhin. Gleichzeitig schrieb sie: *Welche Lokale kommen Ihrer Meinung nach denn infrage?* Herr Heller antwortete umgehend mit einer entsprechenden Liste.

»Mach keinen Unsinn, Sabine«, ersuchte Leopold seine Tochter. »Du bringst noch alles durcheinander!«

»Jetzt sage ich dir einmal etwas! Du glaubst immer, du hast alles im Griff. In Wirklichkeit siehst du aber aus, als hättest du keinen blanken Schimmer davon, was um dich herum passiert«, warf sie ihm daraufhin vor. »Also kann ich die Sache für dich gar nicht noch verworrener machen. Ich vertrete mir noch ein bisschen suchend die Beine, ob du willst oder nicht. Herr Heller wird so lieb sein und mir dabei elektronisch zur Seite stehen.«

Und mit einem trotzigen Blick, der Leopold kurz das Herz im Leib gefrieren ließ, ergänzte sie: »Der hört mir wenigstens zu!«

KAPITEL 9

Donnerstag, 17. Oktober, abends und spätabends

In seine Jacke gehüllt und gewärmt von den zwei klaren Schnäpsen, die ihm Leopold kredenzt hatte, schlenderte Konrad Otto die Jedleseer Straße zielstrebig stadtauswärts. Er kannte Conny. Sie war schon immer ein eigenwilliges Geschöpf gewesen. Er hatte ihr anvertraut, wer er war, und musste das Ganze bei ihr erst einmal setzen lassen. Dennoch durfte er nicht untätig bleiben. Nur wenn es ihm rasch gelang, seine Unschuld zu beweisen und seinen Chef, Oberinspektor Juricek, gleichzeitig mit ein paar entscheidenden Hinweisen zur Entlarvung des Täters zu versorgen, hatte er die Chance, halbwegs gut aus der Sache herauszukommen.

Deshalb setzte er seine Schritte dorthin, wo eine weitere wichtige Person aus seiner gemeinsamen Vergangenheit mit Reinhard Sageder offenbar immer noch lebte: in die Weißenwolffgasse zu Robert Hafner. Er hatte ein paar Tage vorher die Adressdaten überprüft, damals noch aus reiner Neugier und ohne die Absicht, sich auch tatsächlich dorthin zu begeben. Nach Sageders Tod schien es Otto aber unumgänglich, ihm einen Besuch abzustatten.

Auf seinem Weg sah er rechts zuerst den Fußballplatz, dann in einiger Entfernung die Lorettokirche. Es ging jetzt noch ein Stück geradeaus, vorbei an den ersten Einfamilienhäusern. Links im Dunkel lagen die Schwarzlackenau und ein Stück dahinter die Donau. Otto wusste, hier war er richtig. Da vorn war das Haus, in dem Hafner lebte. Nichts hatte sich verändert. Rechts vor der Haustür stand immer noch dieselbe Bronzevase mit denselben künstlichen Blumen darin. Jetzt fehlte nur noch, dass ihm Raffaela öffnete, so wie sie es früher immer getan hatte. Aber nachdem Otto zum zweiten Mal geläutet hatte, machte ihm ein untersetzter Mann mit pechschwarzem Haar auf. Er hat es färben lassen, dachte Otto. Das war schon einmal heller.

Hafner schaute ihm kurz fragend ins Gesicht. »Conny, bist du es?«, rätselte er, ehe der Groschen fiel. »Aber ja doch, sicher! Was um alles in der Welt führt dich hierher?« Die beiden Männer umarmten einander herzlich, dann bat Hafner Otto ins Haus hinein.

»Kannst du dir nicht denken, weshalb ich da bin?«, setzte Otto die begonnene Unterhaltung im Wohnzimmer fort.

»Oh ja, natürlich! Es geht um Reinhard«, kombinierte Robert Hafner sofort. »Vorhin, als ich die Glocke hörte, dachte ich schon, es sei wieder die Polizei. Das ist nun zwar nicht falsch, aber ich denke, du bist privat hier.«

Otto nickte. »Die alten Zeiten sind mir wieder aufgestoßen«, gab er an.

Hafner musterte ihn genauer. »Du siehst fürchterlich erfroren aus«, befand er. »Was magst du trinken?«

»Einen Schnaps«, kam es wie selbstverständlich von Otto.

»Du bist also immer noch derselbe. Aber ich denke, ich werde mir auch einen genehmigen.« Hafner schenkte zwei Gläser ein. »Ich konnte es zunächst gar nicht glauben, als ich von Reinhards Tod erfuhr«, schilderte er dann. »Alles klang viel zu unwirklich. Warum hätte er auf einmal aus Deutschland zurückkehren sollen? Und anschließend von einem Steg ins Wasser springen? Die Sache mit Regina war geklärt. Sie hat ihm ihre Meinung über ihn damals so eindeutig zu verstehen gegeben, dass es selbst der Dümmste kapieren musste. Wenn wirklich alles ihretwegen war, dann ist er einem Hirngespinst hinterhergelaufen.«

»Reinhard wurde ermordet«, informierte Otto ihn.

»Da waren sich die Damen und Herren, die heute bei mir waren, noch nicht so sicher«, entgegnete Hafner. »Aber du bist der Arzt. Ich nehme an, du hast Beweise für deine Behauptung.«

Otto ging darauf nicht näher ein. »Hatte er eine Chance, Regina zu finden?«, wollte er stattdessen wissen.

Hafner lachte laut auf. »Entschuldige bitte, aber der war gelungen«, merkte er an. »Kein Mensch weiß, wo sie sich derzeit aufhält. Ihre Wohnung steht schon einige Zeit leer. Es gibt ein Heinzelmännchen, das von Zeit zu Zeit die Post holt. Das ist alles. Vielleicht ist sie weit weg, vielleicht ganz nah. Auf jeden Fall ist sie unauffindbar und geht auch nicht an ihr Handy ran.«

»Du meinst seinetwegen?«, wunderte sich Otto.

»Ich denke, sie hatte Angst vor ihm«, mutmaßte Hafner. »Er soll sich ja stark verändert haben. Aus dem Charmebolzen von einst wurde ein unzufriedener und aggressiver Loser. Na, und das Trinken wird er sich auch nicht abgewöhnt haben.«

»Dann könnte sie jetzt nach seinem Tod ja wieder aus ihrem Versteck kommen«, zeigte sich Otto zuversichtlich.

»Man muss abwarten«, blieb Hafner skeptisch. »Du hast eben behauptet, dass Reinhard ermordet wurde. Wer weiß, vielleicht hat sie damit zu tun. Dann wird sie weiterhin versuchen unterzutauchen.«

»Könnte es nicht sein, dass du es bist, vor dem sie Angst hat?«, platzte Otto mit seiner nächsten Frage heraus. Der Schnaps begann, seine Zunge zu lockern.

»Wie kommst du denn darauf?«, entgegnete Hafner so ruhig und überlegt wie möglich. »Unsere Trennung hatte nichts mit Reinhard zu tun. Natürlich glaubt jeder, dass er der Hauptgrund war, aber das ist völliger Schwachsinn. Regina und ich hatten nach Beendigung dieser Affäre eine schöne, glückliche Zeit. Erst nach und nach haben wir uns auseinandergelebt wie so viele andere Paare auch. Jeder von uns beanspruchte mehr Bewegungsfreiheit. Darum sind wir in Frieden auseinandergegangen. Wir waren nie böse aufeinander.«

In Ottos Hirn rumorte es. Es gefiel ihm nicht, wie ihm sein Freund die Dinge ohne jede Gefühlsregung auseinandersetzte. Er konnte sich schwer vorstellen, dass ihm die Beziehung mit Regina jemals etwas bedeutet hatte. Was er vielmehr heraushörte, war Robert Hafners unendliche Eitelkeit. Für ihn zählten nur die Eroberung und dann als ihr negatives Gegenteil der Verlust einer Frau an einen anderen Mann. Dazwischen gab es nichts. Jegliche Sentimentalität schien ihm fremd.

»Ihr seid aber immer noch verheiratet«, vergewisserte er sich.

»Das ist in so einem Fall die beste Lösung, wenn man sich einig ist«, äußerte Hafner knapp. »Noch einen Schnaps?«

Otto nickte, und Hafner füllte die Gläser wieder an. »Wie geht es eigentlich Cornelia?«, setzte der Pathologe seine Erkundigungen fort, nachdem er den Inhalt in einem Zug hinuntergekippt hatte.

»Oh, der geht es gut! Sie ist mittlerweile längst erwachsen und studiert Betriebswirtschaft«, erteilte Hafner Auskunft. »In der Pubertät hatte sie es sicher nicht leicht. Regina und ich waren leider zu selten da, wenn sie uns gebraucht hätte. Gott sei Dank war Klara eine große Hilfe. Bei ihr konnte sie sich aussprechen wie bei einer älteren Freundin. Aber nun steht Cornelia fest auf eigenen Beinen.«

Cornelias Gefühlsausbrüche im *Café Heller* hatten eine andere Sprache gesprochen. Wie gut kannte Hafner seine eigene Tochter eigentlich? »Hast du regelmäßigen Kontakt zu ihr?«, erkundigte Otto sich.

Hafner machte eine ausladende Geste, die vieles oder nichts bedeuten konnte. »Auch sie hat das Recht, ihre eigenen Wege zu gehen«, befand er. »Sie weiß, wo ich wohne, und kann jederzeit zu mir kommen. Dass sie es kaum tut, liegt wohl daran, dass ich meine Vaterrolle nicht sehr gut gespielt habe. Aber wer schafft das schon? Jetzt hat Cornelia einen Freund, der um einiges älter ist als sie und diese Position einnimmt. Geld hat er auch. Da kann der Besuch bei Papa schon öfter einmal ausfallen.«

»Ich habe sie heute zufällig gesehen. Sie hat mich nicht gleich erkannt, wurde jedoch sehr nervös, als ich sie auf die Vergangenheit angesprochen habe«, teilte Otto ihm mit.

Hafner verzog den Mund zu einem verkrampften Lächeln. »Na bitte! Dann hast du deinen eigenen Eindruck gewonnen! Sie war schon immer dein kleiner Liebling, wenn ich mich recht erinnere. Aber warum willst du das eigentlich alles wissen? Bist du nur hergekommen, um mich auszufragen?«

»Ich habe Reinhards Leiche nicht nur untersucht, ich habe sie auch zusammen mit einem anderen Mann gefunden«, eröffnete Otto ihm nun. »Davor habe ich ihn noch einmal getroffen. Er war so, wie du ihn beschrieben hast: aggressiv und ungezügelt. Unter anderem hat er auch Drohungen gegen Cornelia ausgestoßen. Das alles hat mich neugierig gemacht, und so …«

»Das ist natürlich etwas anderes«, attestierte Hafner.

»Hat er versucht, dich zu kontaktieren? Oder Cornelia?«, fragte Otto.

»Nicht, dass ich wüsste«, dementierte Hafner. »Ich hätte es ihm auch nicht geraten. Aber hör einmal, Conny! Ist es nicht schon etwas spät? Wir können gern einmal beim Heurigen über die alten Zeiten plaudern, wenn die ganze Aufregung vorüber ist. Hier ist meine Karte! Jetzt würde ich es vorziehen, den Rest des Abends für mich allein zu haben. Das heißt so viel wie: Ich werfe dich hinaus!«

Otto steckte die Karte in seine Jackentasche. »Ich melde mich«, versprach er. Dann trat er hinaus in die herbstliche Kühle und musste achtgeben, nicht die kleine Treppe hinunterzufallen.

Aalglatt, dieser Robert, dachte er bei sich, als er wieder in der Weißenwolffgasse stand und sich auf den Heimweg machte.

*

Die Tür des *Café Heller* öffnete sich einen Spaltbreit, und eine jähe kalte Bö fand ihren Weg zum Tisch mit den Tageszeitungen und Journalen, deren Blätter mit einem Mal wie wild zu flattern begannen. Derselbe Windstoß wehte auch die wieder ganz in Schwarz gehüllte Johanna Pollak ins Lokal hinein. »Ich habe versprochen, dass ich komme«, krächzte sie. »Und was ich verspreche, das halte ich auch. Wie geht es meinen Büchern? Und wie wird euer köstlicher Rotwein wohl heute meinem Gaumen munden?«

»Sie können gern eine Besichtigung unseres Buchbestandes durchführen«, gab ihr Leopold zu verstehen. »Die ist gratis. Für eine Kostprobe unseres Weines müsste ich allerdings ein geringfügiges Entgelt von drei Euro 50 entgegennehmen.«

»Quatschen Sie nicht so umständlich herum und schenken Sie mir ein Achtel Rot ein«, forderte Johanna ihn auf.

»Ach ja, ehe ich vergesse, es Ihnen zu sagen: Der Band *Message in a Bottle* liegt vorn bei mir und ist für Frau Cornelia Hafner reserviert«, teilte Leopold ihr mit. »Ich denke, dieses Buch interessiert Sie besonders.«

Johanna warf ihm einen unschuldigen Blick entgegen und fragte: »Warum sollte es das?«

»Weil es eine Widmung von Robert Hafner an Regina enthält, vermutlich aus jener Zeit, als seine Frau Raffaela noch lebte«, informierte Leopold sie.

»Und seine Tochter Cornelia blättert wieder darin? Sie wird mir wohl nie verzeihen, dass ich den Schmöker weggegeben habe«, merkte Johanna an. »Nun, als Kind hatte sie nie, seit sie denken konnte, ein glückliches Elternhaus. Deshalb steckt sie ihre Nase wohl in die alten Dinge und grübelt herum. Aber worin sollte der Anreiz für mich dabei bestehen?«

»Sie haben mir, als Sie die Bücher brachten, doch mitgeteilt, dass eines davon der Grund für einen Mord ist«, rief ihr Leopold ins Gedächtnis zurück.

»Ich habe Ihnen dazu eine Denkaufgabe gestellt«, erinnerte Johanna ihn, während sie genüsslich an ihrem Wein süffelte. »Sie rätseln also noch immer daran herum und sind um keinen Schritt weitergekommen. Deshalb stelle ich Ihnen als kleine Hilfe noch ein paar zusätzliche Fragen zu meinen gestrigen Andeutungen: Handelt es sich wirklich um dieses Buch? Und wenn ja, weshalb? Vor allem: Welcher Mord soll begangen worden sein?«

In Leopolds Hirn gingen die Dinge durcheinander. Ein Buch, eine Widmung, ein Mann, der umgebracht wird. Ein anderes Buch mit einer weiteren Widmung. Ein anderer Mann, dieselbe Frau. Ein Hinweis, dass ein Buch einen Mord verursacht hat. Die große Frage lautete nun tatsächlich: dieses Buch oder doch ein anderes?

Denn wenn man hier auch einen Kausalzusammenhang vermuten durfte: Den gewaltsamen Tod Reinhard Sageders konnte Johanna Pollak mit ihren Andeutungen nicht gemeint haben. »Der Mord an Raffaela Hafner, der ersten Frau Robert Hafners«, äußerte Leopold deshalb spontan. Es war das Einzige, was im Augenblick Sinn machte, vor allem nach den diesbezüglichen Verdachtsmomenten Cornelia Hafners gegen ihren Vater, die Clemens Suppan erwähnt hatte.

»Sie wissen, dass Raffaela an einer Krebserkrankung gestorben ist?«, fragte Johanna und taxierte ihr Gegenüber dabei mit kühlem Blick.

»Da kann jemand nachgeholfen haben«, behauptete Leopold.

»Möglichkeiten gibt es immer. Aber zur Lösung eines Rätsels gehört mehr als bloße Spekulation«, versuchte Johanna, ihm klarzumachen. »Raffaelas Tod hatte nichts Ungewöhnliches an sich, außer dass er plötzlich und unerwartet eintrat. Die Ärzte haben einen natürlichen Tod bestätigt. Das muss man zur Kenntnis nehmen.«

»Daran ist aber etwas faul, oder? Das wissen Sie und machen sich einen Spaß daraus, mich zum Narren zu halten«, kritisierte Leopold.

»Sie sind viel zu sehr auf Ihre Annahmen fixiert«, gab Johanna zu bedenken. »Wenn Sie die Dinge nicht sorgfältig prüfen, werden Sie immer wieder in einer Sackgasse landen.«

Leopold beschloss, Johanna auf eine andere Sache anzusprechen. Hier kam er im Augenblick nicht weiter. »Wer hat bei Ihnen angerufen und behauptet, Reinhard Sageder sei vom Steg ins Wasser gesprungen?«, wollte er wissen.

»Darüber haben wir bereits gesprochen«, erinnerte Johanna ihn. »Ich weiß es nicht, und selbst wenn ich es wüsste, würde ich es Ihnen nicht sagen.«

»Wie hoch ist die Wahrscheinlichkeit, dass dieser Frau die Fantasie einen Streich gespielt hat?«, erkundigte sich Leopold.

»Über derlei Dinge kann ich doch keine Ferndiagnose stellen«, beteuerte Johanna. »Wenn Sie mehrere Menschen fragen, was sie bei einem bestimmten Ereignis gesehen haben, wird Ihnen jeder etwas anderes erzählen. Das ist eine alte Weisheit. Warum ist das wichtig?« Es gefiel ihr, Leopold mit ihren undurchsichtigen Antworten zappeln zu lassen.

»Weil Reinhard Sageder laut dem neuesten Stand der Ermittlungen nicht freiwillig ins Wasser gesprungen ist. Er wurde ermordet«, unterrichtete Leopold sie. »Jemand könnte versucht haben, die Polizei von Beginn an auf eine falsche Fährte zu locken. Vielleicht sogar Sie!« Und ehe sie ihn erneut nach dem Grund für seine Annahme fragen konnte, fügte er hinzu: »Weil Sie mit den Behörden dasselbe Ratespiel wie mit mir spielen wollen!«

»Noch einmal: Wir müssen zur Kenntnis nehmen, dass alle von uns eine unterschiedliche Wahrnehmung der Dinge haben«, wiederholte Johanna langsam und eindringlich. »Unsere Farbeindrücke sind etwa verschieden. Manche Tiere, wie zum Beispiel die Fliege, besitzen ein ausgeklügeltes optisches System, mit dem sie Bewegungen viel langsamer als wir Menschen, quasi in Zeitlupe, wahrnehmen können. Deshalb fällt es uns so schwer, sie zu erschlagen. Könnte es nicht Menschen geben, die Abläufe sehr viel schneller mitbekommen als andere? Dafür aber ungenauer? Ein Mann kommt zu Tode, indem er von einem Steg ins Wasser gerät und untergeht. Wie viele Möglichkeiten es doch gibt, so etwas mit seinen Augen einzufangen: von näher oder von weiter weg, mit freier Sicht oder mit Bäumen und Sträuchern dazwischen, bei guten oder weniger guten Lichtverhältnissen, müde oder munter, gesund oder körperlich beeinträchtigt, psychisch auf etwas fixiert oder frei. Und irgendwo in diesem Spektrum befindet sich meine Anruferin, die für einen Moment etwas erspäht und an mich weiterleitet. Was hat sie wirklich gesehen? Letztendlich wissen wir es nicht!«

»Ich wette, dass Sie alle Akteure in diesem Drama kennen, auch den ermordeten Reinhard Sageder«, sagte ihr Leopold auf den Kopf zu. »Und jetzt versuchen Sie, sich mit psychologischen Tricks herauszureden. Dabei könnte ich Ihnen helfen, wenn Sie ein wenig offener zu mir wären. Denn bei Oberinspektor Juricek werden Sie mit dieser Taktik keinen Erfolg haben!«

»Lassen Sie diese Unterstellungen! Füllen Sie mir lieber mein Glas wieder an«, trug Johanna ihm auf und schnalzte dabei mit der Zunge. »Ein wirklich guter Tropfen!«

Während Leopold ihr einschenkte und sich dabei umschaute, wer von den verbliebenen Gästen des *Café Heller* einen Wunsch hatte, ging sie nach hinten in die Leseecke, stellte sich vor das Bücherregal und schaute sich um. Prüfend scannten ihre Augen die Titel, glitten ihre Finger über die Buchrücken. Das eine oder andere Exemplar nahm sie heraus und las kurz darin. Liebend gern hätte sich Leopold neben sie gestellt und darauf geachtet, welchen Exemplaren sie besondere Aufmerksamkeit schenkte. Aber dazu war er jetzt zu beschäftigt. Außerdem hätte Johanna Pollak ihre Inspektion wohl sofort wieder eingestellt, sobald er Anstalten gemacht hätte, sich zu ihr zu gesellen.

So wartete er geduldig, bis sie ihr Durst nach vorn lockte. Kaum bei der Theke angekommen, nahm sie ihr Glas in die Hand und machte einen ordentlichen Schluck. »Wissen Sie, dass ich es rieche, wenn meine Bücher Stress haben?«, wandte sie sich erneut an Leopold. »Ich kann Sie jedoch beruhigen. Derzeit stehen sie alle entspannt im Regal und bereiten sich auf ihr Nickerchen vor, das sie nach der Sperrstunde haben werden.« Auf seinen fragenden Blick fügte sie hinzu: »Meine Bücher und ich, wir kommunizieren miteinander. Ich merke sofort, wenn etwas nicht stimmt!«

Leopold konnte sich ein süffisantes Lächeln nicht verkneifen. »Mir legen Sie nahe, mich an die Fakten zu halten, während Sie mir mit dem größten Unsinn daherkommen, den ich in letzter Zeit gehört habe. Bücher, die je nach Gemütslage unterschiedlich riechen! Das ist im besten Fall Fantasy für Kinder! Jetzt kann ich mir vorstellen, warum Sie von den Leuten den Beinamen *die Wahnsinnige* bekommen haben.«

»Gar nichts können Sie«, warf ihm Johanna vor. »Sie gehören wie meine Anruferin zu jener Sorte Mensch, bei deren Behauptungen man nie sicher sein kann, was davon stimmt und was nicht. Ich hingegen spüre und erkenne etwas im Wesen der Dinge, bevor unsere unvollkommenen Sinnesorgane es aufschnappen, und liege richtig damit.«

Leopold tat sich schwer, auf diese seltsamen Ausführungen auf geeignete Weise zu reagieren. »Wenn Sie etwas sehen oder von mir aus auch fühlen, das für diesen Fall von Bedeutung ist, sind Sie verpflichtet, dies kundzutun«, forderte er Johanna zur Sicherheit einmal auf.

Sie ließ sich von ihm nicht provozieren und zahlte zunächst einmal ihre zwei Gläser Wein. Nachdem sie ausgetrunken hatte, wiegte sie ihren Kopf hin und her, so als überlege sie, ob sie Leopold noch eine Botschaft zukommen lassen sollte. Doch sie entschied sich dagegen, öffnete die Tür und trat wieder in die kalte Nacht hinaus.

*

Sabine Patzaks Suche nach Thomas Korber zog sich hin. Sie arbeitete Herrn Hellers Liste von Lokalen mit seiner digitalen Unterstützung systematisch ab, jedoch ohne Erfolg. Er war nirgends mit seinen zwei Begleiterinnen zu finden. Sie erreichte Thomas nach wie vor auch weder telefonisch noch mit elektronischen Nachrichten. Zwischendurch stärkte sie sich im *Café Sonja*, wo sie eine

Bekannte traf, mit der sie ein wenig plauderte. Danach kam sie zu dem Schluss, dass er sich wohl aufgrund der fortgeschrittenen Stunde am ehesten beim Heurigen *Zum Fuhrmann* in der Nähe seiner Wohnung im Bezirksteil Groß Jedlersdorf aufhielt. *Dann ist er aber schon leicht hinüber*, kommentierte Herr Heller. *Leider*, teilte Sabine seine Befürchtung. Warum hatte sie sich bloß in den Kopf gesetzt, den Abend nach der Pleite mit dem Theaterbesuch mit Thomas Korber zu verbringen? Sie hätte es sich ohne den Stress, den sie jetzt hatte, zu Hause gemütlich machen und sich dann am nächsten Tag mit Thomas treffen können. Denn dass er nicht brav darauf warten würde, ob sie nicht doch noch durch einen Zufall Zeit für ihn haben würde, hätte ihr von Beginn an klar sein müssen.

Jetzt konnte sie nicht mehr zurück. Die Ungewissheit, wo sich Thomas befand und was er mit den beiden anscheinend jungen Frauen gerade anstellte, nagte an ihr. Sie musste ihn abfangen, bevor er mit einer der beiden im Bett landete. Denn es schien ihr nur zu wahrscheinlich, dass es bei fortgeschrittenem Alkoholkonsum dazu kommen würde.

Beim *Fuhrmann* verteilten sich nur mehr wenige Gäste auf die Sitz- und Stehplätze des Lokals. Thomas Korber befand sich nicht darunter. »Der Herr Lehrer war nur kurz da«, informierte sie ein Mann unbestimmten Alters, der schon ein wenig schief an einem der Stehtische lehnte. »Mit zwei feschen Madln«, grinste er schäbig. »Ich glaube, sie sind noch zum *Asperger* hinüber.«

Der Heurige *Asperger* lag etwa 200 Meter vom *Fuhrmann* entfernt in derselben Straße. Das Lokal war dafür bekannt, es mit der Sperrstunde nicht so genau zu nehmen. Wenn der Wirt Durst hatte – und das geschah öfters – trank er am liebsten bei schummrigem Licht mit den paar übrig gebliebenen Zechern, die auch nicht nach Hause wollten. Sabine gefiel das gar nicht. Es würde sie eine gehörige Überwindung kosten, ihren Fuß um diese Uhrzeit über die Schwelle des Lokals zu setzen. Aber was blieb ihr in ihrer Situation anderes über? Sie trabte also missmutig auf ihr Ziel zu. Die Straße war bis auf die links und rechts geparkten Autos leer, und der kühle Wind blies ihr unangenehm ins Gesicht. In der Ferne markierte ein schwach beleuchteter Buschen ihr angestrebtes Ziel.

Sie beschleunigte ihren Schritt. Als sie beinahe bei dem Heurigen angekommen war, bemerkte sie in einer Ecke zwei Gestalten. Ein Mann lehnte an der Wand. Eine Frau stand vor ihm und streichelte ihm sanft über das Gesicht. Jetzt beugte er seinen Kopf auch noch so zu ihr, dass …

»Halt, sofort aufhören«, rief Sabine.

Die Frau drehte sich irritiert zu ihr um, der Mann humpelte einen Schritt zur Seite. Sabine Patzak sah ihren Verdacht bestätigt. Es war Thomas Korber, der sich ungeschickt aus der Umarmung befreit hatte. »Was machst du denn da, Sabine?«, fragte er perplex.

»Und du? Du scheinst dich wieder einmal blendend zu amüsieren!« Sie war fest entschlossen, ihn jetzt nicht so leicht davonkommen zu lassen. Blitzschnell machte sie mit ihrem Handy ein Foto von der Frau und schickte es an Herrn Heller mit den Worten: *Ist das die Zeugin?*

Prompt kam die Antwort: *Nicht die Zeugin, die andere!*

»Ich war auf einen Sprung beim Heurigen«, machte Korber in der Zwischenzeit einen Erklärungsversuch. »Du warst ja im Theater, und ich habe nicht damit gerechnet, dass du mich nach der Vorstellung noch suchst. Ich habe eher gedacht, dass du den Abend mit deinem Freund ausklingen lassen wirst.«

»Mit einem Studienkollegen«, korrigierte Sabine ihn. »Sag, liest du deine Nachrichten nicht mehr? Hättest du es getan, wüsstest du, dass das Theater ins Wasser gefallen ist und ich den Abend mit dir verbringen wollte!«

»Ich habe schon gesehen, dass du geschrieben hast, aber ich habe gedacht, es handle sich um die üblichen Mitteilungen, wie toll und aufregend gerade alles ist«, verteidigte sich Korber. »Tut mir leid! Das ist übrigens Tanja! Und das meine Lebensgefährtin Sabine!«

»Gute Freundin im besten Fall«, besserte ihn Sabine nochmals aus. Jetzt erst sah sie, dass er verletzt war und blutete. Seine Hand und sein Knie, über das er das Hosenbein gezogen hatte, waren aufgeschürft. Auch sein Gesicht schien, soviel sie in der Dunkelheit sehen konnte, etwas abbekommen zu haben. »Um Himmels willen, was ist denn da passiert?«, rief sie aus.

»Ein Mann hat ihn zu Boden geschlagen«, informierte Tanja sie.

»Das ist leider nichts Neues«, bemerkte Sabine sarkastisch. »In letzter Zeit kommt das öfters vor. Der Alkohol macht ihn stark, besonders wenn Frauen zugegen sind, und dann wird er so unausstehlich, dass er eine Tracht Prügel bezieht!«

»Das stimmt nicht«, nahm Tanja Korber in Schutz. »Thomas ist ein Held! Er hat Cornelia vor diesem brutalen Menschen beschützt. Und ehe Sie etwas Böses denken: Ich habe mich nicht mit ihm vergnügt! Ich habe bloß geschaut, was ihm fehlt, und ihn ein bisschen aufgemuntert.«

»Dachte ich mir's doch, dass alles ganz unschuldig war«, äußerte Sabine spitz. »Auf jeden Fall sollten wir dich verarzten, Thomas. Also muss ich wohl oder übel noch einen Sprung mit dir in deine Wohnung hinauf.«

Korber zögerte. »Ich kann das auch machen«, schlug Tanja vor.

»Ach so! Sie sind jetzt binnen weniger Stunden zu Thomas' Trösterin, Krankenschwester und nächtlicher Begleiterin aufgestiegen«, ätzte Sabine Patzak. »Da möchte ich nicht länger stören!«

»Bleib bitte, Sabine«, forderte Korber sie auf. »Jetzt ist nicht die Zeit für Trotzreaktionen. Du verstehst die Dinge vollkommen falsch. Es ist nur ...« Er druckste herum. »In der Wohnung könnte es ... unter Umständen ... eine überraschende Entdeckung geben.«

»Das will ich mir aber jetzt anschauen«, kündigte Sabine an und marschierte los.

Korber zuckte mit den Achseln: »Sie hat einen Wohnungsschlüssel.«

»Dann los und hinterher«, drängelte Tanja.

Sabine ließ es sich nicht nehmen, als Erste bei Korbers Wohnungstür anzukommen. Sie sperrte auf und öffnete. Von drinnen ertönte eine schüchterne weibliche Stimme: »Bist du es, Thomas?«

Ehe die entgeisterte Sabine etwas sagen konnte, rief der hinterherhinkende Korber vom Stiegenhaus aus: »Ja! Ich komme in Begleitung von Tanja und meiner ... und Sabine. Du brauchst keine Angst vor ihr zu haben.«

Aus dem Wohnzimmer kam ihnen nun Cornelia Hafner entgegen. Sie trug einen von Thomas Korbers Pyjamas und hatte es sich dort offensichtlich gemütlich gemacht. Der Fernseher war aufgedreht, auf dem Couchtisch standen eine Tasse Tee und eine mit Chips gefüllte Schüssel. »Ist er weg?«, wollte sie wissen.

»Du bist hier außer Gefahr«, versicherte Tanja.

»Ich gebe zu, das sieht alles nicht sehr vorteilhaft für mich aus«, redete Korber in der Zwischenzeit auf Sabine ein. »Aber ich habe nichts Schlimmes gemacht! Und ich hatte auch nie etwas Schlimmes vor! Das musst du mir glauben!«

»Bevor du dich zu irgendwelchen Schwüren hinreißen lässt, sollten wir uns um deine Verletzungen kümmern«, regte Sabine an. »Gebrochen ist nichts, und auch sonst sieht es so aus, als ließe sich alles wieder hinkriegen. Das Einzige, was ich nicht garantieren kann, ist, welche Wirkung du morgen mit deinem ramponierten Gesicht auf deine Schüler erzielst.« Bei diesem Gedanken entschlüpfte ihr sogar für einige Augenblicke ein winziges Lächeln.

KAPITEL 10

Donnerstag, 17. Oktober, spätabends

Ehe jemand daran dachte, Leopold zu verständigen, meldete der sich bei Sabine – natürlich telefonisch. Als sie ihm die Situation schilderte, machte er sich sofort auf den Weg zu ihnen, denn das *Café Heller* hatte soeben seine Pforten geschlossen. In Korbers Wohnung wartete man mit einem genauen Bericht über den Ablauf der Ereignisse, bis er nach wenigen Minuten bei ihnen eintraf.

Schließlich begann Korber zu erzählen: »Wir sind zuerst ganz gemütlich beim *Fuhrmann* gesessen und haben geplaudert. Dabei haben wir uns alle ein bisschen kennengelernt. Cornelia war nervös, weil sie eigentlich vorgehabt hatte, um diese Zeit bereits bei ihrem Freund Clemens zu sein. Sie hatte versucht, ihn zu erreichen, aber ohne Erfolg. Keine Reaktion!«

»Offenbar ist das bei den meisten Männern so üblich«, fand Sabine ihre Angriffslust wieder. »Man fragt sich, weshalb sie überhaupt ein Mobiltelefon bei sich haben. Wahrscheinlich nur, um gelegentlich Fußballresultate nachzuschauen.«

»Clemens hatte noch geschäftlich zu tun«, betonte Cornelia. »Da dreht er sein Handy leider oft ab. Als wir beschlossen, noch einen Sprung zum *Asperger* zu gehen, habe ich ihm deshalb eine Kurznachricht geschickt, damit er sich keine Sorgen macht.«

»Gleich darauf war er da, kaum dass wir unsere Getränke bekommen hatten«, fuhr Korber fort. »Er war kaum wiederzuerkennen. Er hat Cornelia zu sich gerufen und so wütend angeplärrt, dass sie zu weinen begonnen hat. Tanja und mich hat er zunächst gar nicht richtig wahrgenommen.«

»Es war schlimm! So habe ich Clemens noch nie erlebt«, bestätigte Cornelia. »Er hat mich bei den Armen gepackt und kräftig geschüttelt. Ich sollte sofort mit ihm gehen. Aber ich hatte Angst vor ihm.«

»Dann ist er Gott sei Dank auf die Toilette verschwunden«, nahm Korber den Faden wieder auf. »Diese Chance mussten wir nutzen. Ich bin zu Cornelia und habe ihr gesagt, sie solle schnell mit mir in meine Wohnung kommen. Dort sei sie in Sicherheit.«

»Ich war ganz durcheinander«, merkte Cornelia an.

»Dann sind wir alle hierher. Mein einziger Gedanke war, Cornelia vor weiteren Wutausbrüchen von Clemens zu schützen«, beteuerte Korber. »Daher habe ich ihr gezeigt, wo meine Pyjamas sind, falls sie über Nacht … Natürlich auf der Couch im Wohnzimmer!«

Sabine wollte etwas dazu bemerken, doch Leopold bedeutete ihr zu schweigen.

Tanja berichtete weiter: »Blöderweise mussten wir noch einmal zum *Asperger* hinüber. Wir hatten noch nicht bezahlt, und Thomas wollte keinen unnötigen Wickel mit dem Lokal. Wir hofften, dass Clemens in der Zwischenzeit über alle Berge war. Wir begegneten ihm jedoch vor dem Heurigen auf der Straße. Und dann machte Thomas einen verhängnisvollen Fehler.«

Korber lächelte schwach. »Es ging alles so schnell! Offenbar erkannte mich Clemens in der Dunkelheit und in seiner Wut nicht. Als er wissen wollte, ob ich der Pathologe sei, antwortete ich mit Ja, weil ich dachte, er hätte Pädagoge gesagt. Als der war ich ihm gegenüber ja vorgestellt worden.«

»Ich hatte Clemens am Nachmittag noch kurz aus dem Kaffeehaus angerufen. Ich hatte ihm von meiner unglücklichen Begegnung mit Conny erzählt, und dass sie mich sehr mitgenommen hätte«, erklärte Cornelia. »Conny, der Pathologe, war für Clemens von nun an, scheint's, ein rotes Tuch!«

»Er hat mich mit einem Schlag zu Boden gestreckt«, äußerte Korber. »Dann hat er sich umgedreht und ist gegangen. Gott sei Dank! Es hätte schlimmer kommen können.«

Sabine Patzak schaute nun entspannter drein. Von den vielen Dummheiten, die Thomas Korber begangen hatte, seit sie sich kannten, gehörte diese noch zu den verzeihungswürdigeren.

Leopold hingegen seufzte. Man merkte ihm an, dass er nicht zufrieden war. Hätte Thomas Korber seine Aufgabe ernster genommen und sich intensiver um Cornelia Hafner bemüht, statt mit Tanja Vukic auch eine zweite Leserin aus der Bücherecke mitzunehmen, hätte er zumindest einige wichtige Dinge in Erfahrung gebracht. Wahrscheinlich hatte er aber den Hintergedanken gehabt, sich noch mit dieser Frau zu vergnügen, nachdem die spröde Cornelia, die ihn so überhaupt nicht interessierte, zu ihrem Freund abgerauscht war. Das Ergebnis: eine Riesenaufregung und null Informationen. Jetzt musste

Leopold zu Cornelias Befragung schreiten, obwohl er sich ihr gegenüber lieber im Hintergrund gehalten hätte.

»Weshalb war Ihr Freund wirklich so aggressiv?«, wandte er sich an sie. »Heute Nachmittag im *Café Heller* hat er einen vernünftigen Eindruck auf mich gemacht. Er hat es eher mit der Küchengeräte-Masche versucht.«

Für einen Augenblick hoben sich Cornelias Mundwinkel zu einem Lächeln. »Oh ja, in seinem Geschäft geht Clemens vollkommen auf«, pflichtete sie Leopold bei. »Wenn ihn die Arbeit nicht zu sehr stresst, ist er auch ein liebenswerter, väterlicher Typ. Wahrscheinlich haben sich Eifersucht und die Angst um mich auf unglückliche Weise vermischt: Eifersucht, weil ich länger mit einem Mann unterwegs war, als er es erwartete, und Angst, weil er von meiner zufälligen Begegnung mit Conny wusste.«

»Macht er sich nicht eher Sorgen um Ihre psychische Verfassung? Weil Sie der Tod Ihrer Mutter weiterhin beschäftigt und Sie Ihren Vater verdächtigen, sie umgebracht zu haben?«, wurde Leopold konkret.

Cornelia lief puterrot im Gesicht an. »Ich muss auf diese Frage nicht antworten, oder?«, reagierte sie beleidigt.

»Haben Sie sich bei uns im Kaffeehaus deswegen ein Buch ausgeborgt, das Ihnen angeblich sehr zu schaffen macht?«, fuhr Leopold beharrlich fort.

Es dauerte ein wenig, bis Cornelia genervt sagte: »Nein!«

»Versuchen wir es anders, nämlich mit einem Mann, der gestern Nacht an der Alten Donau gewaltsam zu Tode gekommen ist, mit Reinhard Sageder. Was fällt Ihnen zu ihm ein?«, erkundigte sich Leopold nun.

»Dass er versucht hat, meinem Papa meine Stiefmutter wegzunehmen«, kam es nun wie aus der Pistole geschossen.

»Das mochten Sie nicht, oder?«, vergewisserte Leopold sich.

»Das sind alles sehr private Fragen«, beschwerte sich Cornelia.

»Diesen privaten Bereich wird es nicht mehr geben, wenn die Polizei mit ihren Fragen kommt«, machte Leopold sie aufmerksam. »Es ist ein Mord geschehen! Sie werden wahrscheinlich demnächst dazu einvernommen werden. Darum bitte ich Sie, mich wenigstens in groben Zügen darüber zu informieren, was damals geschehen ist und wie Sie sich gefühlt haben. Vielleicht kann ich Ihnen helfen!«

»Wissen Sie was? Es war mir egal«, entgegnete Cornelia trotzig. »Raffaela war meine Mutter, um die ich heute noch trauere. Natürlich hatte ich als heranwachsende Jugendliche das Bedürfnis nach einer geordneten Familie. Aber das war auch schon alles.«

»Reinhard Sageder hat Ihnen die Mitschuld daran gegeben, dass Regina wieder zurück zu Ihrem Vater gegangen ist. Er hat von einer Verschwörung gegen ihn gesprochen«, gab Leopold zu bedenken.

»Dieser eingebildete Kerl«, ärgerte Cornelia sich. »Er hat sich wohl für unwiderstehlich gehalten. Konnte es nicht fassen, dass sich eine Frau dazu entschließen könnte, sich von ihm zu trennen.«

»Sie haben also nichts zu dieser Trennung beigetragen?«

Wieder ein kurzes Zögern, wieder ein gereiztes »Nein«.

»Wo waren Sie eigentlich am gestrigen Abend? Sagen wir zwischen 20 und 22 Uhr?«

»Was soll das? Gehöre ich plötzlich zu den Tatverdächtigen?«, kam es empört von Cornelia.

»Ich muss Sie das fragen, um einen Überblick zu bekommen«, merkte Leopold an. »Und die Polizei wird es sicher auch wissen wollen.«

»Gut! Ich war bei Clemens!«

»Die ganze Zeit?«

Cornelia rutschte unruhig auf ihrem Sessel hin und her. »Nicht gleich um 20 Uhr, da ist er meist noch mit der Buchhaltung beschäftigt«, rekapitulierte sie. »Aber auf alle Fälle vor 22 Uhr.«

Leopold wiegte seinen Kopf hin und her. »Sie wohnen in der Donaufelder Straße, nicht weit von der Fultonstraße entfernt«, stellte er aufgrund der Eintragung in Reinhard Sageders Notizheft fest. »Sie hatten also auf alle Fälle die Möglichkeit zu einem kleinen Abstecher Richtung Alte Donau mit Todesfolge.«

»Woher kennen Sie meine Adresse? Hat sie Ihnen etwa Clemens gegeben?«, wunderte sich Cornelia.

»Gegoogelt«, behauptete Leopold. Das konnte seiner Meinung nach laut dem, was andere Leute googelten, nicht ganz falsch sein.

»Und welchen Grund hätte ich haben sollen, Reinhard Sageder zu töten?«, protestierte Cornelia. »Das alles ist schon so lange her! Ich bin mittlerweile ein erwachsener Mensch und sehe die Dinge anders. Und Papa und Regina haben sich in der Zwischenzeit ohnehin getrennt.«

»Reinhard war aber wegen dieser alten Geschichte böse auf Sie! Er soll damit gedroht haben, sich an Ihnen zu rächen«, redete Leopold weiter munter drauflos.

Jetzt wurde Cornelia Hafner endgültig misstrauisch. »Und woher haben Sie *das*?«, attackierte sie Leopold. »Oder ist es einfach frei erfunden?«

Damit brachte sie ihn in eine heikle Situation. Sollte er Konrad Otto und seine Schlägerei mit Reinhard Sageder ihr gegenüber erwähnen? Er entschloss sich, es vorläufig nicht zu tun. »Das ist unerheblich«, blieb er vage. »Wichtig ist, dass es für Sie einen Grund gab, mit Sageder in Konflikt zu geraten und sich seiner daraufhin zu entledigen, weil er Ihnen gefährlich zu werden drohte. Das müssen Sie so akzeptieren.«

Cornelia schwieg.

»Haben Sie noch Kontakt zu Regina? Wissen Sie, wo sie derzeit wohnt?«

Erneut nur ein knappes »Nein«.

»Könnten Sie mir wenigstens die Kontaktdaten Ihres Vaters verraten?«, ersuchte Leopold sie. »Ich würde gern ein paar Worte mit ihm wechseln.«

»Googeln Sie sie doch«, entgegnete Cornelia schnippisch.

*

Cornelia Hafner hatte plötzlich den unwiderstehlichen Drang, nach Hause zu fahren und dort in ihr eigenes Bett zu plumpsen. Tanja Vukic, deren Augen langsam schwer wurden und die schon bisher die Chauffeurin gespielt hatte, bot sich an, sie heimzubringen. Cornelia tauschte daraufhin den Pyjama wieder mit ihrem Tagesgewand samt Strickpulli und verabschiedete sich. Allzu große Angst vor ihrem Freund Clemens Suppan schien sie nicht mehr zu haben.

Sabine Patzak und Thomas Korber waren offenbar im Stillen übereingekommen, die Nacht nun doch miteinander zu verbringen. Wenn sie allerdings gehofft hatten, bald allein zu sein, täuschten sie sich. Leopold machte noch keine Anstalten zu gehen und berief stattdessen eine kurze Lagebesprechung ein. »Wir treten auf der Stelle«, befand er verdrießlich.

»Es ist doch gerade einmal ein Tag seit dem Mord vergangen«, gab Korber zu bedenken. »Da darfst du keine Wunder erwarten.«

»Aber wie kommen wir weiter? Oberinspektor Juricek kann aus dem Vollen schöpfen. Der hat sicher alle Angaben, die er braucht. Es würde mich nicht wundern, wenn er schon an der Lösung des Falles dran wäre. Und was haben wir? Nichts«, klagte Leopold. »Du hättest dich ruhig ein bisschen mehr um Cornelia kümmern können, Thomas!«

»Du hast doch selbst gesehen, wie zickig sie ist«, verteidigte Korber sich. »Außerdem hat sie das Floridsdorfer Gymnasium besucht und offenbar nicht die beste Meinung von mir. Deshalb habe ich Tanja hinzugezogen. Sie wirkt kooperativ und ist eine Büchernärrin. Vielleicht kann sie etwas aus Cornelia herausbringen.«

»Wir werden sehen«, überlegte Leopold. »Wenden wir uns nun den anderen verdächtigen Personen zu. Da sind einmal zwei Personen, die ich geistig mit einem großen Fragezeichen notiert habe, weil ich sie noch nicht persönlich kennengelernt habe, und zwar Robert und Regina Hafner. Wie ist die Beziehung zwischen Reinhard Sageder und Regina wirklich gelaufen? Warum hat sie sich von ihm getrennt? Und vor allem, weshalb hat Robert Hafner seine Frau dann doch verloren, nachdem er sie zurückerobert hatte? Diese Fragen müssen wir uns stellen. Dabei scheint derzeit niemand eine Ahnung zu haben, wo sich Regina aufhält. Und Robert? Wie komme ich an ihn heran? Leider hat ihn Reinhard nicht in seinem Notizheft erwähnt.«

»Du kannst das tun, was dir schon Cornelia geraten hat: ihn googeln«, befand Korber.

»Könnt ihr das nicht machen?«, ersuchte Leopold. »Er ist Anlageberater. Das müsste helfen.«

Sabine seufzte. »Na gut! Schauen wir mal! Aber du solltest dir wirklich Basiskenntnisse bezüglich des Internets aneignen. Es ist gar nicht schwer!« Sie drückte ein paarmal auf ihrem Handy herum. »Ich habe ihn schon«, frohlockte sie dann. »Er wohnt in der Weißenwolffgasse, gleich bei dir in der Nähe. Telefonnummer und E-Mail stehen auch dabei. Da ist sogar ein Foto von ihm. Siehst du, wie schnell das geht?«

»Ausgezeichnet«, geriet Leopold ins Schwärmen. »Manchmal weiß ich nicht, was ich ohne euch täte. Bei Regina wird's wohl nicht so einfach sein.«

Korber fand auf die Schnelle nichts. »Weißt du, ob sie in Floridsdorf zu Hause ist? Oder kennst du ihr Geburtsdatum?«, fragte er Leopold.

Der musste zugeben, dass ihm gar nichts über sie bekannt war.

»Dann kannst du es grundsätzlich vergessen«, machte ihm Sabine klar. »Du kannst es zwar mit einer Anfrage beim Meldeamt versuchen, aber das ist mit Kosten verbunden und wird vermutlich nichts bringen, wenn nicht einmal Reinhard Sageder sie gefunden hat.«

»Das weiß man zwar nicht so genau, aber vermutlich hast du recht«, grübelte Leopold. »Sie bleibt vorerst das große Geheimnis. Es ist nicht einmal sicher, ob sie noch lebt. Wen haben wir als Nächstes? Unsere beiden Damen mit den Buchspenden, Klara Schiefer und Johanna Pollak!«

»Weil sie die Bücher mit den Widmungen bei sich hatten?«, erkundigte Korber sich.

»Natürlich«, bestätigte Leopold kopfnickend. »Denn beide Bände müssen ursprünglich im Besitz von Regina gewesen sein. Johanna hat sich dazu noch nicht geäußert, und Klara hat mich ziemlich sicher angelogen. Dass sie *Salz auf unserer Haut* aus einem Antiquariat hat, kann sie jemand anderem erzählen. Da fällt mir etwas ein!«

»Und was?«, kam es neugierig von Sabine.

»Wenn wir Martina Windisch, einer weiteren Dame aus dieser Runde, Glauben schenken dürfen, hat Klara ihr gegenüber einmal behauptet, Reinhard sei bereits tot«, erwähnte Leopold.

»Das heißt, sie hat gar nicht mehr damit gerechnet, dass er wieder auftauchen würde«, folgerte Sabine.

»Wir müssen vorsichtig mit unseren Schlussfolgerungen sein. Es ist sehr ungewiss, doch wir sollten es mit einem Fragezeichen in unserem Hinterkopf behalten«, führte Leopold aus. »Wir wissen noch weniger, warum sie dieser Meinung hätte sein können. Aber vielleicht hat es ihre Entscheidung beeinflusst, nebst anderen Schmökern auch dieses Buch loswerden zu wollen. Klara Schiefer spielt bis jetzt jedenfalls eine sehr undurchsichtige Rolle, ebenso wie Johanna die Wahnsinnige.«

»Ist sie wirklich nicht ganz bei Trost?«, wollte Korber wissen.

»Sie tut immer sehr geheimnisvoll und spielt einerseits die Naive, andererseits die Allwissende. So richtig klug wird man nicht aus ihr«, befand Leopold.

»Mit einem Wort: Sie führt die Leute an der Nase herum«, stellte Sabine fest.

»Du triffst den Nagel auf den Kopf«, gab ihr Leopold recht. »Zweifelsohne weiß sie mehr, als sie preisgibt, und zwar über sämtliche beteiligte Personen. Aber wie ist sie nun in den Mordfall verwickelt? Warum hatte gerade sie das Buch *Message in a Bottle* in ihrem Besitz? Derzeit gibt es mehr Fragen als Antworten.«

Sabine Patzak streichelte liebevoll über Korbers in Mitleidenschaft gezogenes Gesicht. Sie war ihm nicht mehr böse. Eher ihrem Vater, der sie immer noch beide mit seinen Kombinationen und Schlachtplänen traktierte. Warum ging er nicht endlich und ließ sie allein? Sie hatten alle einen harten Arbeitstag vor sich und nur mehr wenige Stunden Schlaf.

»Es gibt noch jemanden, den wir nicht vergessen dürfen«, ließ sich Leopold durch ihre müden Blicke nicht irritieren. »Clemens Suppan! Hältst du ihn nach deiner Kontroverse mit ihm für einen möglichen Täter?«

»Schwer zu sagen! Er war mir gegenüber schnell von null auf 100. Aber ich kenne ihn nicht näher und weiß nicht, welches Motiv er gehabt haben könnte«, gab Korber seine Einschätzung ab.

»Ist das nicht vollkommen klar?«, grinste Leopold. »Das Beschützen seiner Cornelia vor einem Mann, der ihr die Mitschuld am Ende seiner Beziehung zu Regina gab und mit Vergeltung drohte. Neben der Eifersucht ist das ein klassisches Mordmotiv in der Liebe.«

»Und dein Pathologe? Glaubst du, dass er etwas mit der Tat zu tun hat? Er wirkt auf mich nicht unsympathisch«, äußerte Korber noch.

Leopold verzog leicht die Mundwinkel. »Das ist auch

kein Wunder! Er hat dich ja gleich ins Herz geschlossen. Dann habt ihr beide gefachsimpelt, als sei ich gar nicht zugegen«, nörgelte er herum. »Bei aller Sympathie: Er kennt Reinhard, Regina, Robert, Cornelia und ihre verstorbene Mutter Raffaela. Sein Auftauchen im *Café Heller* hat bei Cornelia starke Emotionen ausgelöst. Er hatte einen handfesten Streit mit dem späteren Opfer. Und er befand sich in der Nähe des Tatorts, als ich ihm begegnete. Man müsste schon sehr blauäugig sein, um ihn nicht zu den Verdächtigen zu zählen. Andererseits bin ich mir noch nicht darüber schlüssig geworden, ob er der Typ ist, der jemanden vorsätzlich tötet.«

Thomas Korber und Sabine Patzak standen nun wie auf ein Kommando gleichzeitig auf. Leopold wirkte kurz irritiert, dann begriff er. »Die Zeit vergeht ja wie im Fluge«, bemerkte er etwas unbeholfen und erhob sich ebenfalls. »Wir brauchen alle noch ein wenig Schlaf vor dem nächsten Tag, der anstrengend werden könnte. Treffen wir uns auf alle Fälle nach dem Mittagessen im *Heller*. Du musst an Cornelia dranbleiben, Thomas, oder Tanja Vukic auf sie ansetzen, wenn du meinst, dass das mehr bringt. Und du, Sabine …«

Bevor er den Satz beenden konnte, packte sie ihn bei der Hand, begleitete ihn zur Tür und machte ihm auf. Mit einem »Gute Nacht, Papa« und einem Schmatz auf die Wange komplimentierte sie ihn schließlich hinaus.

KAPITEL 11

Freitag, 18. Oktober, vormittags

Am nächsten Morgen fühlte sich Leopold überraschend frisch, als er seinen Dienst im *Café Heller* antrat. Einerseits war dies den kühlen morgendlichen Temperaturen geschuldet, andererseits hatte er zu wenig Zeit zum Schlafen gehabt, um richtig müde zu werden. Die Arbeit ging hurtig voran. Die Gäste freuten sich auf ihren Kaffee und blätterten neugierig in den Zeitungen. In einer kleinen Pause, die er sich zwischendurch nahm, schrieb er eine To-do-Liste auf einen Zettel seines Kellnerblocks:

Thomas Korber daran erinnern, seine Pflichten gegenüber Cornelia Hafner zu erfüllen. Entweder er befasste sich selbst mit ihr, oder er musste, wie angekündigt, diesbezüglich etwas mit Tanja Vukic arrangieren.

Mit Robert Hafner in Kontakt treten (Besuch??).

Eventuell stichprobenartig weitere Kontakte aus Reinhard Sageders Notizheft anrufen.

Klara Schiefer bei erstbester Gelegenheit in die Mangel nehmen.

Guten Willen gegenüber Konrad Otto zeigen und gemeinsames Vorgehen andenken.

»Sie haben eine SMS von meinem Mann erhalten«, riss ihn Frau Heller aus seinen Gedanken. Herr Heller saß stumm am Haustisch und deutete nur auf sein Handy. Wenn sich diese neue Form der Kommunikation durchsetzte, stand Leopold noch einiges bevor.

Er nahm sein Mobiltelefon heraus und las: *Nutzen Sie doch Ihr Smartphone für das Verfassen und Ordnen von Aufzeichnungen! Das spart Zeit und Zettelkram. Und nun wieder flott an die Arbeit! MfG Heller*

Herr Heller lächelte. Immerhin war er sich nicht zu schade für ein menschliches Emoticon. Leopold lächelte möglichst dienstbeflissen zurück. Gleichzeitig bahnte sich ein breitkrempiger Sombrero seinen Weg durch die Eingangstür, und Oberinspektor Richard Juricek spazierte herein. »Servus«, grüßte er seinen Freund kühl und mit ernstem Gesicht. »Gib mir einen großen Braunen, stark und heiß wie immer.«

»Was verschafft mir die Ehre deines Besuches, *lieber* Richard?«, fragte Leopold in betont freundlichem Ton, während er an der Kaffeemaschine zu hantieren begann. »Es war ja nun definitiv ein Mord, oder?«

»Frag nicht so scheinheilig! Du holst dir solche Informationen für gewöhnlich von unserem gemeinsamen Freund Otto. Das wirst du auch diesmal getan haben, vermute ich«, stieg Juricek nicht auf die gefühlsbetonte Masche ein.

»Er hat nur kurz, quasi im Vorbeigehen, erwähnt …«

»Er geht hier nicht vorbei, sondern munter ein und aus«, unterbrach der Oberinspektor seinen Freund unsanft. »Manchmal habe ich das Gefühl, als wüsstest du dadurch mehr als ich. Gestern schien er mir allerdings ein wenig durcheinander zu sein. Er ist mit seinem

Befund reichlich spät herausgerückt. Eigentlich hätte er die Anzeichen für ein Gewaltverbrechen früher erkennen müssen. So blieb uns für einige Zeit nichts anderes übrig, als auch einen Unfall oder Selbstmord in Betracht zu ziehen.«

»Der Mensch ist keine Maschine, Richard«, erwähnte Leopold.

»Man kann einmal unkonzentriert oder nicht so gut drauf sein«, räumte Juricek ein. »Aber was ich von einem Mitarbeiter verlange, ist Ehrlichkeit und Verantwortungsbewusstsein. Wenn Otto den Toten und Teile seines Umfeldes von früher kennt und dadurch befangen sein könnte, muss ich das umgehend wissen.«

»Er hat es dir also gesagt?«, erkundigte Leopold sich vorsichtig. Gleichzeitig stellte er das Tablett mit dem dampfenden, braunen, wohlschmeckenden Gebräu vor dem Oberinspektor ab.

Juricek rührte bedächtig in seiner Tasse um und schleuderte ihm dabei einen Blick entgegen, der so viel heißen sollte wie: *Du brauchst nichts zu sagen und dich weiter zu verplappern, ich weiß ohnehin alles.* »Wir hatten heute Morgen eine Aussprache«, merkte er an. »Da erst hat er es eingestanden, wobei ich bereits einen Hinweis in der Richtung erhalten hatte. So etwas ist immer peinlich und hinterlässt ein ungutes Gefühl.«

»Wahrscheinlich hatte Otto Angst, verdächtigt zu werden«, nahm Leopold an.

Wieder traf ihn dieser unangenehme, Überlegenheit andeutende Blick. »Ist es nicht so, dass gerade solche Bekenntnisse im Nachhinein zwangsläufig zu Verdächtigungen führen, mögen sie nun begründet sein oder nicht?«, gab Juricek zu bedenken.

»Du hältst ihn doch nicht für einen Mörder?«, tat Leopold erstaunt.

»Ich halte ihn für einen Freund des Alkohols«, befand Juricek nach einem genüsslichen Schluck aus seiner Tasse. »Das kann ich mit Leichtigkeit beweisen, alles andere ist vorläufig Spekulation. Ein paar Leute bei uns sind allerdings sauer auf ihn. Die schreien jetzt laut auf und wollen Konsequenzen sehen.«

»Du wirst ihn doch nicht einsperren, Richard«, redete Leopold ihm auf die unschuldigste Art zu.

»Ich muss es natürlich tun, sobald es einen Grund dafür gibt«, setzte Juricek ihm auseinander. »Vorläufig habe ich ihn gebeten, sich ein paar Tage Urlaub zu nehmen, die Stadt nicht zu verlassen und jederzeit abrufbereit zu sein.«

»Hat er dich über die Art seiner Bekanntschaft mit Sageder in Kenntnis gesetzt?«, forschte Leopold.

»Ich denke, seine Ausführungen sind sehr lückenhaft. Du weißt sicher mehr darüber«, vermutete Juricek.

»Aber Richard …«

Doch ehe Leopold nach Ausflüchten suchen konnte, richtete Juricek seinen Kaffeelöffel auf ihn und forderte: »Du wirst mir jetzt einen vollständigen Bericht darüber liefern, was du bisher von Otto herausbekommen hast, ohne auch nur das kleinste Detail auszulassen. Wenn du bockst, sorge ich dafür, dass du von diesem Mann nie mehr auch nur die kleinste Information erhältst. Bin ich jedoch zufrieden mit dem, was du mir auftischst …«

»Ja?« Leopolds Augen blinzelten hoffnungsvoll.

»… wäre es mir sogar ganz recht, wenn du noch ein wenig an ihm dranbleiben würdest. Natürlich nur unter der Bedingung, dass ich jede Neuigkeit sofort erfahre. Es gibt sicher noch Dinge, die ihm ein Mann, der mit allen Wassern gewaschen ist wie du, herauslocken kann. Und vielleicht kommst du auch noch hinter die eine oder andere Sache, die er erledigen möchte«, umriss Juricek seine Vorstellungen. »Jetzt aber heraus mit der Sprache!«

Leopold konnte nicht umhin, Juricek in all das einzuweihen, was er bei Ottos Befragung erfahren hatte. Sicherheitshalber ließ er den handfesten Streit zwischen dem Pathologen und Sageder kurz vor dessen Tod jedoch aus. Davon musste er nicht unbedingt etwas wissen. Juricek löffelte die letzten Reste von Kaffee und Zucker aus seiner Tasse, nickte dabei immer wieder zufrieden und sagte schließlich: »Das entspricht, mit der einen oder anderen wichtigen Ergänzung, unseren bisherigen Erkenntnissen. Die Hauptfiguren in dem Drama scheinen Reinhard Sageder sowie Cornelia, Regina und Robert Hafner zu sein.«

»Hat man Reginas Aufenthaltsort bereits gefunden?«, wollte Leopold wissen.

Juricek zögerte, antwortete dann aber: »Dort, wo sie gemeldet ist, hält sie sich derzeit nicht auf. Sie ist mehr oder minder verschwunden.«

»Glaubst du, dass sie sich wie Reinhard seinerzeit irgendwohin ins Ausland abgesetzt hat?«

»Aber nein«, winkte Juricek ab. »Die ist nicht weit!«

»Sie lebt also noch?«

»Wir gehen davon aus!«

»Es könnte doch sein, dass sie sich vor Reinhard versteckt hat, als er zurückgekommen ist, weil sie Angst hatte, er könnte ihr etwas antun«, präsentierte Leopold seine Theorie. »Dann kommt es doch zu einer Begegnung. Ihre Befürchtungen bestätigen sich. Er droht ihr, sie stößt ihn ins Wasser. Jetzt muss sie sich erst recht verstecken, diesmal vor der Polizei. Oder aber es war ganz anders. Regina hat ihm zwar nichts angetan, muss jedoch damit rechnen, als Hauptverdächtige zu gelten, und bleibt deshalb in ihrem Unterschlupf.«

Juricek schüttelte den Kopf. »Vor Reinhard hatte Regina keine Angst«, erwiderte er. »Ich denke, die beiden waren einander nach wie vor sehr zugetan. Sollten sie sich tatsächlich gesehen haben, ging es um das Ausräumen von Missverständnissen. Regina fürchtet sich vor jemand anderem, nämlich vor ihrem Mann!«

»Woher weißt du das?«, wunderte sich Leopold.

»Das geht dich nichts an!«

»Johanna Pollak?«, rutschte es Leopold heraus.

Anstatt eine Antwort zu geben, blickte Juricek auf seine Uhr. »Ich muss wieder los«, brummte er. »Ich gehe davon aus, dass ich mich auf dich verlassen kann.«

»Selbstverständlich, Richard«, versprach Leopold ihm. »Gibt es sonst noch etwas? Habt ihr was auf Sageders Handy gefunden?«

»Da gibt es wenig Hoffnung«, unterrichtete Juricek ihn. »Es lag längere Zeit im kalten Wasser und wurde außerdem bei seinem Sturz vom Steg arg beschädigt.« Er legte das Geld für seinen Kaffee wie immer abgezählt auf die Theke, tippte zum Abschied kurz mit den Fingern seiner rechten Hand an die Krempe seines Sombreros und ging seiner Wege.

Warum er mir das wohl mit Robert Hafner erzählt hat, rätselte Leopold. Wahrscheinlich möchte er mich dazu reizen, auch diesem Herrn auf den Zahn zu fühlen. Das kann er haben! Leopold unterstrich die Zeile in seinen Notizen, in der es darum ging, Hafner zu kontaktieren, doppelt mit seinem roten Kugelschreiber. Dann machte er sich wieder an seine Arbeit.

*

Am Freitag kurz vor Mittag, zwischen 11 und 12 Uhr, hatte Thomas Korber seine Sprechstunde. Während des Großteils des Jahres bot ihm das eine gute Gelegenheit, sich ein wenig zu entspannen und geistig auf die nächste Stunde vorzubereiten. Vor allem jetzt, Mitte Oktober, hielt sich der Ansturm besorgter Eltern noch in Grenzen. Der setzte nach den ersten Schularbeiten ein und erreichte seinen Höhepunkt um Weihnachten herum und zu Beginn des neuen Jahres. Aber bis dahin blieb noch ein bisschen Zeit.

Darum erschien es Korber ungewöhnlich, dass nach etwa fünf Minuten jemand an der Tür zum Lehrerzimmer klopfte. Er öffnete und sah zu seiner Überraschung Konrad Otto vor sich stehen. »Haben Sie sich nicht im Haus geirrt? Das *Heller* ist weiter vorne«, empfing er ihn ungläubig.

»Das ist richtig! Ich habe allerdings auf der Schulhomepage des Gymnasiums im Internet gesehen, dass Sie heute Sprechstunde haben«, rechtfertigte Otto sich. »Und ich will mit Ihnen sprechen. Das ist doch in Ordnung, oder?«

Korber vergewisserte sich kurz, dass weder Direktor Marksteiner noch dessen Sekretärin, Frau Pohanka, auf dem Gang unterwegs waren. »Na gut, kommen Sie rein! Aber höchstens ein paar Minuten, sonst fällt es auf«, sagte er und ließ den Pathologen daraufhin eintreten.

»Klar«, versicherte Otto. »Ich möchte mich zunächst einmal dafür entschuldigen, dass unser Gespräch mit Cornelia doch nicht so gelaufen ist, wie wir es geplant hatten. Da haben mir mein Egoismus und die Erinnerung an die alten Zeiten einen Streich gespielt. Ich wollte Cornelia auch psychisch nicht so zusetzen.«

»Schon gut«, ließ ihn Korber wissen, dass er ihm das nicht übelnahm. Er konnte den Pathologen jedoch hier nicht brauchen. Warum war es nicht möglich, sein Anliegen später bei einem Drink im *Heller* zu bereden?

»Meine Bekanntschaft mit ihr und Reinhard ist auch der Grund, weshalb ich lieber hier mit Ihnen sprechen möchte«, gab Otto an. »Juricek vertraut mir nicht mehr. Er hat mich in den Urlaub geschickt, was einer Suspendierung gleichkommt. Da würde er es nicht schätzen, wenn ich Ihnen oder Herrn Leopold etwas präsentiere, ihm hingegen nicht. Und im *Café Heller* trifft man öfter auf meinen Chef als hier, stimmt's?« Er lächelte verkrampft.

»Das heißt, Sie wollen etwas loswerden, das mit dem Mordfall zusammenhängt?«, erkundigte Korber sich.

»Ich ärgere mich über die gesamte Situation und möchte deshalb meinen Beitrag dazu leisten, dass der Täter gefasst wird«, erklärte Otto. »Wenn mir Herr Leopold mehr Vertrauen schenken würde, könnten wir vielleicht doch noch gedeihlich zusammenarbeiten. Deshalb habe ich etwas mitgenommen, das ihn interessieren wird. Leider kann ich ihm das Original nicht geben, nur eine Kopie. Mir blutet ohnehin schon das Herz bei dem Gedanken, dass nun Sie, er und vielleicht noch jemand Einblick in etwas sehr Persönliches nehmen.«

Damit drückte Otto dem neugierig gewordenen Korber die Ablichtung eines von Kinderhand geschriebenen Textes in die Hand. »Von Cornelia?«, fragte Korber. Otto nickte. Korber las:

Liebe Mama!

Ich kann immer noch nicht glauben, dass du tot bist. Warum bist du so schnell weg von mir? Ich brauche dich doch! Ohne dich kann ich nicht leben!
Papa sagt, dass du nicht ganz tot bist, nur woanders, wo wir dich nicht sehen können. Darum schreibe ich dir jetzt, wie lieb ich dich habe! Ich werde dir noch öfter schreiben, du musst meine Briefe aber auch lesen! Ich weiß, dass du mir nicht antworten kannst, und das macht mich sehr traurig. Aber vielleicht kannst du es so machen, dass ich etwas spüre, wenn du meinen Brief bekommst, so wie wenn mich jemand zwickt.
Tausend Küsse von deiner traurigen Conny!

»Wie sind Sie denn an diesen Brief gekommen?«, wollte Korber wissen.

»Es war eine verrückte, ganz intime Situation, wie ich sie seither nicht mehr erlebt habe«, erzählte Otto. »Conny war gerade acht, glaube ich. Wir waren für kurze Zeit allein. Sie zeigte mir diesen Brief an ihre Mutter und fragte mich, was sie tun müsse, damit er auch ganz sicher bei ihr ankomme. Da kam mir die Idee mit der Flaschenpost. Ich erzählte Conny, dass man nie wisse, wohin die Strömung eine Flasche treibe. Andererseits sei auch der jetzige Aufenthaltsort ihrer Mutter unbekannt. Also sei es doch wahrscheinlich, dass die beiden Unbekannten im großen Kreislauf unseres Daseins irgendwie aufeinandertreffen würden.«

»Und sie hat Ihnen das geglaubt?«, äußerte Korber skeptisch.

»Es sind die Fantasie und die Hoffnung, die ein Kind ihres Alters in einer solchen Situation antreiben«, bemerkte Otto. Obwohl er einen nüchternen Eindruck machte, bekamen seine Augen dabei einen glasigen Blick. »Conny war von dieser Möglichkeit begeistert. Wir gaben ihren Brief in eine leere Cola-Flasche, die ich den Wellen der Donau übergeben sollte. Sie selbst wollte nicht dabei sein, weil sie fürchtete, es würde sie zu sehr aufregen. Sie vertraute mir. Und wenn sie jemand im Traum zwicken würde, war das der Beweis, dass ihre Mutter die Post erhalten hatte.«

»Sie haben den Brief aber wieder aus der Flasche rausgetan und bei sich aufbewahrt. Bis heute«, beanstandete Korber. »Schämen Sie sich!«

»Warum hätte ich die Flasche denn wirklich in die Donau schmeißen sollen?«, verteidigte Otto sein Vorgehen. »Wem hätte das genützt? Ich brachte es nicht übers Herz, diese mit ungeschickter Kinderhand geschriebenen Zeilen den Fluten zu übergeben. Ich wollte sie zur Erinnerung behalten. Und es war gut so! Als ich Conny das nächste Mal sah, teilte sie mir mit, dass ihre Mutter die Flaschenpost erhalten hatte! Sie hatte ein deutliches Zwicken gespürt! Ist das nicht herrlich?«

»Glück gehabt«, konstatierte Korber. »Wie ging es weiter? Ging es überhaupt weiter?«

Otto nickte. »Conny überreichte mir in unregelmäßigen Abständen noch ein paar Briefe, alle in etwa mit demselben Inhalt. Ich habe sie ebenfalls bei mir zu Hause. Conny spürte immer etwas: ein Zwicken, ein Kribbeln, oder sie wachte in der Nacht auf und stand neben ihrem Bett. Sie war davon überzeugt, Kontakt mit ihrer toten Mutter Raffaela zu haben. Aber dann kam es zu dieser verzwickten Situation mit der erneuten Heirat ihres Vaters und den darauffolgenden Komplikationen. Ich verlor sie dabei nach und nach aus den Augen.«

»Das Ende der Briefe?«

»Vermutlich ja! Natürlich kann es sein, dass sie noch welche verfasst und auf eigene Faust abgeschickt hat, ich weiß davon jedenfalls nichts mehr.«

»Und Sie ersuchen mich jetzt, diese Kopie an Leopold weiterzugeben?«, vergewisserte sich Korber.

»Genau«, bekräftigte Otto. »Es könnte doch für den Mordfall von Bedeutung sein. Alles ist immer irgendwie von Bedeutung. Und vielleicht könnten Herr Leopold und ich dann doch versuchen, in der Sache gemeinsam vorzugehen.«

Hinter Ottos Vorlage des Briefes steckte also vor allem sein Bestreben, Leopold ihm gegenüber günstig gesinnt zu machen. »Sie wissen aber schon, dass Sie mit diesem Beweisstück unter Umständen auch sich selbst und Conny belasten«, machte Korber ihn aufmerksam.

»Ist es so? Nun, ich will nur, dass die Wahrheit ans Licht kommt«, behauptete der Pathologe. »Und dazu muss nun einmal alles auf den Tisch. Wie ging es Conny übrigens noch am gestrigen Abend? Hatte sie sich von der Begegnung mit mir wieder einigermaßen erholt?«

»Es wird ihr wohl nicht erspart bleiben, wieder mit Dingen aus ihrer Vergangenheit konfrontiert zu werden«, antwortete Korber ausweichend. »Sie müssen jetzt gehen.«

»Bin schon unterwegs«, versicherte Otto. »Ich wollte nur … na, Sie wissen schon. Also Sie bringen das heute noch zu Leopold. Nehmen Sie es mir nicht übel, dass ich Sie diesbezüglich eingeschaltet habe, aber ich habe keine andere Möglichkeit gesehen. Im Moment ist alles etwas schwer für mich. Vielen Dank und ...«

Aber da hatte Korber schon die Tür des Lehrerzimmers geöffnet und Otto mit einem sanften Schubs auf den Gang hinausbefördert.

KAPITEL 12

Freitag, 18. Oktober, mittags

Der Mittagsteller im *Café Heller* – diesmal das freitägliche Fischgericht: Scholle gebacken mit Erdäpfelsalat – war in Vorbereitung. Leopold blieb noch kurz Zeit, es mit einem Anruf bei Robert Hafner zu versuchen, ehe ihm der geschäftige Betrieb dazu keine Zeit mehr lassen würde.

»Hafner«, meldete sich eine metallisch klingende Stimme.

»Hier spricht Hofer, Leopold W. Hofer. Ich würde Sie gern sprechen.«

»Und weswegen?«

Leopold zögerte kurz. Er wollte nicht gleich mit der Tür ins Haus fallen. »Wegen einer Beratung bezüglich meiner Finanzen«, gab er an. »Ich bin zu einer größeren Summe Geldes gekommen.«

»Wie groß?«

Leopold hatte sich nicht gut auf das Gespräch vorbereitet, deshalb passte es ihm gar nicht, dass er solche Auskünfte geben sollte. Bei allem, was Geld betraf, kannte er sich gerade einmal für den Hausgebrauch aus. In ihrer Beziehung war Erika der Finanzminister. Ihre Buchhandlung ging gut, deshalb kamen sie mit ihren Einkünften ohne Probleme zurecht und konnten sogar ein bisschen was auf die Seite legen. Aber was war eine größere Summe, die veranlagt werden sollte? »Eine Million«, stieß Leopold schließlich hervor. »Gewonnen im Lotto!«

»Soso«, brummte Hafner gelangweilt. »Da gibt es natürlich Möglichkeiten. Aber ich habe im Augenblick viel zu tun. Ich kann Ihnen erst in etwa zwei Wochen einen Termin anbieten.«

Leopold ärgerte sich, weil er auch übersehen hatte, dass er auf diese Art keine Chance hatte, rasch zu einem Treffen mit Hafner zu kommen. »Geht das nicht früher? Heute Nachmittag zum Beispiel?«, erkundigte er sich viel zu hastig.

Es entstand eine kurze Pause. Hafner war offenbar dabei, Leopolds Reaktion zu bewerten. »Warum so eilig?«, entgegnete er spröde. »Sie sind kein Schmerzpatient beim Zahnarzt. Die Veranlagung einer solchen Summe will wohlüberlegt sein.«

Leopold sah sich gezwungen, sich irgendwie zu seinem eigentlichen Anliegen durchzulavieren. »Herr Otto hat Sie mir empfohlen«, führte er an.

»Sind Sie etwa Polizist?«, kam sofort Hafners Frage.

»Nein, ich kenne Herrn Otto vom *Café Heller*, in dem ich als Oberkellner arbeite«, erwähnte Leopold daraufhin beiläufig.

»Da stimmt doch etwas nicht«, mutmaßte Hafner. »Gestern war Conny hier, heute rufen Sie an. Meine Tätigkeit als Anlageberater hat er bis jetzt höchstens dazu genutzt, sich moralisch über mich zu empören. Wann haben Sie denn im Lotto gewonnen? Und wie lauteten die Zahlen?«

»Das weiß ich, ehrlich gesagt, nicht mehr«, gab Leopold zu. »Aber ich weiß, dass ich mit Herrn Otto zusammen Reinhard Sageders Leichnam gefunden habe.«

Hafners Stimme klang zugleich neugierig und vorsichtig. »Den kannten Sie auch?«, wollte er wissen.

»Ich bin ihm begegnet. Er hat sich an mich gewandt, weil er eine gewisse Regina finden wollte. Und weil er glaubte, sein Leben sei in Gefahr«, improvisierte Leopold.

»Jetzt kommen Sie! Zuerst das Lotto, dann diese Schutzengelgeschichte. Was wollen Sie wirklich?«, drängte Hafner.

»Nachdem ich den Mord an ihm nicht verhindern konnte, seinen Mörder finden«, ließ Leopold die Katze aus dem Sack.

»Und da melden Sie sich ausgerechnet bei mir? Ich habe Reinhard jahrelang weder gesehen, noch habe ich etwas von ihm gehört«, ärgerte Hafner sich.

»Sie hatten aber allen Grund, böse auf ihn zu sein, wenn er, wie eben jetzt, plötzlich wieder auftauchte«, ließ Leopold das nicht gelten. »Immerhin hatte er Ihnen die Frau ausgespannt. Und obwohl Regina wieder zu Ihnen zurückkehrte, war es offenbar doch nicht mehr ganz dasselbe und endete schließlich in einer Trennung.«

»Was wollen Sie damit andeuten?«

»Dass es vielleicht doch zu einer Wiederbegegnung zwischen Ihnen und Reinhard gekommen ist, die alles andere als freundschaftlich ablief. Als er wenig später mit dem Rücken zu Ihnen am Steg der Alten Donau stand, konnten Sie nicht widerstehen. Sie schlugen ihm mit einer vorher von ihm leer getrunkenen Bierflasche auf den Kopf und beförderten ihn dann ins Wasser.«

»So einen Unsinn habe ich noch nie gehört!«

»Dann werden Sie der Polizei mit Leichtigkeit beweisen können, dass es nicht so war.«

Hafner hatte Mühe, sich zu beherrschen. »Wissen Sie was, Sie Naseweis?«, ging er zum Gegenangriff über.

»Conny hat Ihnen also aufgetragen, mich anzurufen und ein wenig zu provozieren. Schön! Dann sollten Sie wissen, dass Ihr Herr Pathologe auch kein Waisenknabe ist. Wenn Sie ihn schon ein wenig kennengelernt haben, ist Ihnen vielleicht der Enthusiasmus aufgefallen, mit dem er von meiner Tochter Cornelia spricht. Der Mann ist seit ihrer Kindheit verliebt in sie! Natürlich gibt er es nicht zu, genauso wenig wie er gestern mir gegenüber erwähnt hat, dass er sie wieder getroffen hat. Aber es ist nun einmal so! Er war ganz aufgewühlt bei dem Versuch, ein belangloses Gespräch über sie zu beginnen. Ich denke, wenn jemand seiner Cornelia etwas antun will, kann er ganz schön ausrasten. Und Reinhard war damals beim Zerwürfnis zwischen Regina und ihm fuchsteufelswild auf Cornelia, weil er meinte, sie habe das Ihre dazu beigetragen. Das hatte er ihr sicher nicht verziehen. Leicht möglich, dass er ihr etwas antun wollte. Muss ich Ihnen noch mehr erzählen?«

»Sie meinen also, er hatte ein Motiv, Reinhard Sageder zu töten«, brachte Leopold es auf den Punkt.

»Gratuliere! Sie haben es erfasst«, entgegnete Hafner. »Lassen Sie mich deshalb in Ruhe und belästigen Sie mich weder telefonisch noch sonst wie! Sonst könnte ich böse werden und juristisch gegen Sie vorgehen.«

»Nur noch eine Frage«, beeilte sich Leopold, ehe Hafner auflegen konnte. »Wo waren Sie am Mittwochabend zwischen 20 und 22 Uhr?«

»Ich muss Ihnen das nicht sagen, aber was soll's? Ich habe nichts zu verbergen«, behauptete Robert Hafner. »Ich war zu dieser Zeit bei einer meiner treuesten und ältesten Klientinnen. Die Frau heißt Johanna Pollak!«

*

Nach Beendigung des Telefonats war es für Leopold höchste Zeit, wieder an seine Arbeit zu gehen. Die ersten hungrigen Gäste kamen zur Tür herein, außerdem hatte er bereits drei Mahnungen per SMS von Herrn Heller erhalten. Er begann also, die Bestellungen für die Getränke aufzunehmen und den Mittagsteller zu servieren. Dabei spukte ihm das eben Gehörte immer noch im Kopf herum.

Dass Konrad Otto große Sympathien für Cornelia Hafner hegte, war Leopold schon beim letzten Gespräch mit ihm aufgefallen. Und es war auch kein Geheimnis, dass Menschen wie Robert Hafner ihr Heil darin suchten, jemand anderem etwas anzuhängen, wenn sie selbst mit konkreten Verdächtigungen konfrontiert waren.

Dass jedoch ausgerechnet Johanna Pollak schon lange zu Hafners Kundenkreis zählte, warf einige neue Fragen auf. Hatte diese alte, nicht gerade wohlhabend aussehende Frau mehr Geld zur Verfügung, als man ihr zutraute? War die als wahnsinnig verschriene Johanna in Wirklichkeit eine nüchtern kalkulierende Anlegerin? Wie war sie zu den dazu notwendigen finanziellen Mitteln gekommen? Was noch wichtiger war: Wie gut kannte sie Robert Hafner? Ergab sich hier der Zusammenhang, der zum Besitz des Buches *Message in a Bottle* mitsamt seiner Widmung an Regina geführt hatte? Dann befand sie sich jetzt endgültig mittendrin im Kreis der Verdächtigen.

Ganz in Gedanken landete Leopold mit einem Teller gebackener Scholle an einem falschen Tisch. »Ich esse keinen Fisch«, protestierte die dort sitzende Dame. Zu seiner Überraschung handelte es sich um Martina Windisch, die diesmal nicht am Haustisch Platz genommen hatte, wohl weil Herr Heller im Augenblick seine elektronische Konversation mit zischenden Geräuschen wie »Tsss«, »Also ssowas« und »Na sservus« lautstark begleitete.

»Haben Sie denn heute gar keinen Appetit?«, erkundigte er sich erstaunt bei ihr.

»Doch«, ließ sie ihn mit einem kräftigen Nicken des Kopfes wissen. »Aber nicht auf diese Fastennahrung! Frau Heller hat mich auf einen Kaiserschmarrn eingeladen!«

Als Leopold das nächste Mal bei ihrer kleinen Küche vorbeikam, klärte seine Chefin ihn auf. »Martina hat mich heute in der Früh angerufen. Sie glaubt, sich an etwas zu erinnern, das sie uns mitteilen möchte. Aber damit sie nichts vergisst oder durcheinanderbringt, braucht sie eine Stärkung. Darum habe ich sie auf etwas Süßes eingeladen.«

Martinas Augen bekamen einen feuchten Glanz, als ihr Frau Heller wenig später den köstlichen, mit Staubzucker gepuderten und Rosinen verfeinerten Schmarrn samt Zwetschkenröster persönlich an den Tisch brachte. »Lass es dir gut schmecken«, wünschte ihr die Kaffeehauschefin. »Ich leiste dir Gesellschaft, sobald ich in der Küche fertig bin!«

Einige Zeit, etliche Seufzer und ein paar Bäuerchen später hatte Martina alles aufgegessen. Bei sich zu Hause hätte sie den Teller vermutlich auch noch genüsslich auf der Jagd nach den letzten Zuckerbröseln abgeschleckt. So versank sie nun einfach in ihrer gepolsterten Sitzbank, betupfte ihre Stirn mit einem Taschentuch und atmete schwer.

»Gleich kippt sie uns weg«, befürchtete Leopold. »Aber wenn ich sie anrede, ist sie sofort wieder böse.«

»Das ist nur ein leichter Anfall! Sie werden sehen, er vergeht im Nu«, beruhigte ihn Frau Heller. »Verteilen Sie unsere letzten Mittagsteller und kassieren Sie bei den Leuten ab, die schon fertig sind und wieder in die Arbeit müssen. Martina wird sich inzwischen so weit erholt haben, dass sie uns erzählen kann, was sie auf dem Herzen hat. Bitte mischen Sie sich aber nicht gleich wieder ein! Ich werde versuchen, sie bei Laune zu halten!«

Nach ein paar weiteren Minuten nahm Frau Heller gegenüber ihrer Freundin Platz. Zur Lockerung ihrer Zunge hatte sie ein Gläschen Eierlikör mit Schlagobershäubchen mitgebracht. Das ließ Martinas Lebensgeister augenblicklich wieder erwachen. »Du weißt immer, was ich brauche, Sidonie«, schwärmte sie. »Es wird mein Inneres für den Heimweg aufwärmen. Draußen weht schon wieder so ein kalter Wind!«

»Dafür vertraust du mir jetzt aber auch an, wovon du am Telefon gesprochen hast«, erinnerte Frau Heller sie an den eigentlichen Grund ihres Besuches.

»Wie? Ach ja!« Nachdenklich wiegte Martina ihren Kopf hin und her, während sie an ihrem Eierlikör nippte. »Also, es hatte zu tun mit diesem …«

»Reinhard?«

»Reinhard, genau! Klara hatte ihn mir gegenüber tatsächlich einige Male erwähnt. Und warum soll ich nicht sagen, was ich weiß? Es ist doch kein Geheimnis! Außerdem hat sich Klara mir gegenüber letztens nicht so gut benommen, dass ich Rücksicht auf sie nehmen müsste!«

»Was weißt du denn nun über Reinhard?«, versuchte Frau Heller mit einem Augenaufschlag und einem gewinnenden Lächeln, ihr Gegenüber weiter in Fahrt zu bringen.

»Nicht viel«, bedauerte Martina Windisch jedoch zu ihrer Enttäuschung. »Ich habe, glaube ich, bereits erwähnt, dass Klara meinte, er sei tot. Nun, das ist ziemlich sicher wahrscheinlich richtig. Sie könnte aber auch gesagt haben, sie wünschte, er wäre tot.«

»Da besteht doch ein kleiner Unterschied«, bemerkte Frau Heller.

»Ja, und das hat mich eben beschäftigt. Denn er hat offenbar noch gelebt, bevor er … Er ist umgebracht worden, nicht wahr?«, vergewisserte sich Martina.

»Leider, meine Liebe«, bestätigte Frau Heller. »Aber alles, was du mir jetzt mitteilst, kann helfen, seinen Mörder zu finden. Was ist dir noch aufgefallen? Wir waren schon einmal bei einer Regina. Klara hat sie deiner Schilderung nach als präpotent bezeichnet.«

»Vielleicht«, überlegte Martina. »Du weißt, bei Namen schwirrt mir immer der Kopf. Ich glaube, sie hat so etwas in der Art gesagt. Sie hat es einmal wie beiläufig in unser Gespräch eingestreut. Möglicherweise hat sie sich nur über sie geärgert. Sie hat dann gemeint, ich solle mir keine großartigen Gedanken darüber machen.«

Leopold, der in Hörweite blieb, dachte: Wann wird diese Frau endlich konkreter?

»Fallen dir noch ein paar Namen ein, die Klara bei euren Gesprächen einfließen hat lassen?«, ließ Frau Heller nicht locker.

»Das war doch der eigentliche Grund meines Anrufes«, teilte ihr Martina daraufhin mit. »Es gab da einen Roman … oder Roland? Robert? Ronald?«

»Robert«, rief ihr Leopold, der ihre unpräzisen Angaben schon nicht mehr hören konnte, im Vorbeigehen zu.

»Kannst du deinem Oberkellner einmal beibringen, wie er sich einer Dame gegenüber zu benehmen hat, Sidonie?«, reagierte Martina empört. »Er braucht nicht herumzuplärren! Klara sprach öfters von einem Robert, und Robert habe ich doch auch gesagt, oder?«

»Natürlich! Aber in welchem Zusammenhang ist das geschehen?«, drängte Frau Heller.

»Nun, er war die eigentliche Ursache, dass sie auch immer wieder etwas von Regina und diesem R… – ist ja egal – erzählte. Er bildete sozusagen den Mittelpunkt dieses Umfeldes. Wahrscheinlich, aber darauf möchte ich nicht schwören, war er auch Klaras Arbeitgeber. Diese Zusammenhänge sind mir nach und nach wieder bewusst geworden.«

»Und weshalb denkst du, dass sie für ihn gearbeitet hat?«

»Sie hat immer wieder eingeflochten, dass sie dieses und jenes für ihn erledigt hat«, antwortete Martina jetzt prompt.

»Welche Dinge das waren, weißt du nicht?«, setzte Frau Heller das Geduldsspiel fort.

Martina Windisch griff sich kurz auf ihr Bäuchlein. Ein weiterer, entscheidender Teil ihres Verdauungsprozesses schien gerade einzusetzen und ihr Schwierigkeiten zu bereiten. »Da verlangst du ein bisschen viel von mir«, stöhnte sie. »Wenn ich gewusst hätte, dass ich mir das alles merken muss, hätte ich ihr gar nicht zugehört. Ich kann nur versuchen, sie diesbezüglich um eine Auskunft zu bitten, falls du das möchtest. Hoffentlich ist sie nicht mehr böse auf mich und schaltet auf stur.«

Leopold riss nun langsam der Geduldsfaden. »Nichts da«, forderte er aufgebracht. »Sie werden sie augenblicklich anrufen und mir dann das Telefon übergeben. Den Rest erledige ich!«

»Was erlauben Sie sich?«, protestierte Martina vehement.

»Ich erlaube mir, Sie, wenn auch etwas unwirsch, um einen Gefallen zu bitten«, nahm sich Leopold wieder etwas zurück. »Bei einem Anruf von meinem Handy würde Klara unter Umständen nicht abheben. Bei Ihnen tut sie es jedoch sicher, auch wenn sie noch ein wenig schmollt. Dann könnte ich ihr gleich alle wichtigen Fragen stellen und Sie damit entlasten.«

»Aber sie war letzthin doch gerade deshalb böse, weil ich Ihnen das Telefon gegeben habe«, entgegnete Martina.

»Dann ist sie es jetzt schon gewohnt«, ließ Leopold das nicht gelten.

»Auweh, mein Bauch«, jammerte Martina. »Wenn er mich so zu drücken beginnt, kann ich nicht mehr klar denken. Was soll ich tun?« Sie schaute Frau Heller hilfesuchend an.

»Gehen wir doch einfach zur Theke und suchen einen geeigneten Magenbitter für dich aus, damit du nicht länger leidest«, schlug die Kaffeehauschefin vor. »Das ist jetzt am wichtigsten. In der Zwischenzeit soll unser Leopold mit Klara reden.«

»Es kann Ihnen nichts geschehen. Ich werde sagen, ich hätte Sie zur Übergabe des Handys gezwungen«, ergänzte Leopold.

Aufgrund ihrer Nöte überlegte Martina nicht lange, sondern wählte Klaras Nummer und überließ Leopold daraufhin ihr Mobiltelefon. »Hallo? Martina? Was gibt's?«, hörte er nach zwei Signaltönen auch schon die wohlbekannte Stimme.

»Hier spricht Oberkellner Leopold aus dem *Café Heller*«, antwortete er. »Martina liegt gerade röchelnd am Boden, weil ich sie gewürgt und ihr das Handy entrissen habe. Aber es musste sein. Ich bin nämlich draufgekommen, dass Sie mich nach Strich und Faden belogen haben. Mittlerweile ist ein Mord passiert, und Sie stecken tiefer in der Sache drin, als Sie uns glauben machen wollen.«

»Lassen Sie mich in Ruhe und machen Sie sich nicht lächerlich«, entrüstete sich Klara Schiefer am anderen Ende der Leitung. »Bin ich verpflichtet, Ihnen Dinge aus meinem Privatleben zu erzählen? Ich denke nicht!«

»Es geht jetzt, wie gesagt, um einen Mord«, wiederholte Leopold. »Da gibt es kein Recht auf Geheimnisse mehr. Da muss alles auf den Tisch! Sie haben mir verschwiegen, dass Sie Reinhard Sageder, Regina Hafner und ihren Ehemann Robert kannten. Sogar sehr gut kannten! Das war ein Fehler, denn es zeigt, dass Sie etwas zu verbergen haben. Das wird auch die Polizei interessieren. Deshalb erzählen Sie mir jetzt am besten genau, wie Sie in den Fall verstrickt sind. Dann kann ich Ihnen helfen und ein gutes Wort bei Oberinspektor Juricek für Sie einlegen.«

»Ich habe meine Aussage bei der Polizei bereits gemacht«, entgegnete Klara. »Dabei war ich natürlich ein wenig offener als zu Ihnen. Der Oberinspektor weiß über meine Beziehungen zur Familie Hafner und zum Mordopfer Bescheid. Da brauchen Sie gar nicht so wichtig zu tun!«

»So, wie ich Sie kennengelernt habe, kann ich mir nicht vorstellen, dass Sie alles, insbesondere Ihr Verhältnis zu den betreffenden Personen, lückenlos an die Polizei weitergegeben haben«, gab Leopold zu bedenken. »Sie sagen selbst, Sie waren dort ein *wenig* offener als zu mir. Mich haben Sie komplett im Dunkeln gelassen. Also werden Sie den Beamten gerade einmal das Notwendigste mitgeteilt haben. Und das ist viel zu wenig!«

»Wie meinen Sie das?« Klara Schiefer tat, als kenne sie sich nicht aus.

»Ganz einfach! Die Polizei versucht, sich aus der Summe sämtlicher Aussagen ein Bild zu machen«, erklärte Leopold. »Da tauchen schnell weitere Fragen auf. Und die meisten Fragen gibt es dort, wo die größten Lücken vorhanden sind. Natürlich will man dann auch wissen, weshalb wichtige Details verschwiegen worden sind. Und so wird gnadenlos tiefer und tiefer gebohrt, während Sie sich immer mehr in Widersprüchen verstricken und bald zur Hauptverdächtigen werden. Wenn Sie also glauben, dass Sie die Dinge nach bestem Wissen und Gewissen dargelegt haben, ist alles gut. In jedem anderen Fall jedoch …«

»Ja?«, lauerte Klara. Ihre Stimme war merklich leiser geworden.

»In jedem anderen Fall sollten Sie sich mir anvertrauen. Es wird Ihnen helfen, sämtliche Unsicherheiten abzulegen«, köderte Leopold sie. »Ich werde Ihre Aussagen auf Herz und Nieren prüfen, bevor das ein Polizeibeamter tut. Wir stellen in aller Ruhe fest, was noch fehlt oder unlogisch erscheint, ohne dass es negative Folgen für Sie hat. Es ist so etwas wie eine Stärke-Schwäche-Analyse, verstehen Sie? Dann sind Sie für weitere offizielle Befragungen gerüstet.«

»Kann ich Ihnen denn vertrauen?«, erkundigte sich Klara vorsichtig abwägend.

»Wenn Sie ehrlich sind, ja! Dann können Sie mit meinem Wohlwollen rechnen«, versprach Leopold. »Sollten Sie mich allerdings anschwindeln, haben Sie mich zum Gegner.«

»Wie Sie anscheinend bereits herausgefunden haben, besteht seit Jahren ein kameradschaftliches Verhältnis zwischen mir und Robert Hafner«, gab Klara an. »Ich habe darüber bis jetzt zum Großteil geschwiegen, weil ich fürchte, dass einige Dinge herauskommen könnten, die ihn belasten. Und das will ich nicht!«

»Halten Sie ihn für den Mörder?«

»Nein, natürlich nicht!«

»Dann kann ja nichts schiefgehen«, machte Leopold Klara Mut. »Es könnte mir sogar gelingen, angebliche Beweise gegen ihn zu entkräften. Dazu müssen Sie mir jedoch reinen Wein einschenken.«

»Nicht am Telefon«, stellte sie gleich klar. »Wenn Sie unbedingt mit mir reden wollen, müssen wir uns irgendwo treffen.«

»Hier im *Heller*?«, schlug Leopold vor.

»Auf keinen Fall«, lehnte Klara sofort ab. »Dort sind mir zu viele Leute. Wir brauchen einen Ort, wo wir ungestört sind. Wie wäre es mit dem großen Spielplatz in der Überfuhrstraße? Sie wohnen dort in der Nähe, habe ich mir sagen lassen.«

Woher wusste Klara das? Trotz angeblichem Datenschutz schien es keine Geheimnisse mehr zu geben. Was Leopold aber interessanter schien: Auch Robert Hafner wohnte nicht weit von dort. Wollte sie ihn deshalb dorthin lotsen? War sie vielleicht gerade bei ihm? »Ist es nicht ein wenig kühl für ein Treffen im Freien?«, wollte er wissen.

»Ich lasse Sie schon nicht warten«, versicherte Klara mit der alten Sicherheit in der Stimme. »Um welche Uhrzeit?«

Leopold wollte sich den Nachmittag freihalten. »Ich arbeite noch«, führte er an. »Geht es um 18 Uhr?«

»Abgemacht!«

Martina Windisch, nach dem Magenbitter offenbar beschwerdefrei und mit neuen Kräften versehen, eilte auf Leopold zu. »Geben Sie mir augenblicklich mein Handy zurück«, forderte sie ihn auf. »Ich möchte noch ein paar Worte mit Klara wechseln.«

»Das würde ich an Ihrer Stelle nicht tun«, riet er ihr.

»Und warum nicht, bitte schön?« Verwundert zog Martina die Augenbrauen hoch.

»Vergessen Sie bitte nicht, dass ich Sie im Kampf um Ihr Mobiltelefon gewürgt habe, damit Sie gegenüber Klara keine Schwierigkeiten bekommen«, erinnerte Leopold sie. »Da sind Sie normalerweise stimmlich viel zu mitgenommen, um auch nur einen verständlichen Ton herauszubringen!«

KAPITEL 13

Freitag, 18. Oktober, nachmittags

In den folgenden Minuten überlegte Leopold sein weiteres Vorgehen. Bis jetzt konnte er mit den Ergebnissen dieses Tages zufrieden sein. Klara Schiefer hatte ihm gegenüber zugeben müssen, dass sie zu mehreren in den Mordfall verwickelten Personen Beziehungen unterhielt. Das hatte sie vor dem Verbrechen noch abgestritten. Wenn er es gescheit anstellte, würde er in Kürze mehr von ihr darüber erfahren. Und auch bei Robert Hafner hatte er festgestellt, dass dieser Mann etwas zu verbergen hatte.

Nun wollte er die nächsten Schritte setzen. Zu seinem Dienstschluss um 14 Uhr würde Thomas Korber von der Schule ins *Café Heller* kommen. Sabine hatte sich ebenfalls angesagt. Und mit großer Wahrscheinlichkeit würde Cornelia Hafner etwas später zu ihrer Lesestunde auftauchen, sodass man sie zwar sorgsam, aber noch intensiver bearbeiten konnte. Sie war Leopolds Meinung nach neben der Dreiecksbeziehung Robert Hafner – Regina Hafner – Reinhard Sageder der Schlüssel zur Lösung des Rätsels.

Zwei Dinge lagen allerdings noch gänzlich im Dunkeln:

Die Rolle von Johanna Pollak. In welcher Beziehung stand sie zu Robert Hafner und seiner Familie? Welche Verdachtsmomente bezüglich des Mordes konnten daraus abgeleitet werden?

Die Rolle und der Aufenthaltsort von Regina Hafner. War sie ein weiteres Opfer oder gar die Mörderin? Weshalb war sie von der Bildfläche verschwunden?

Aber zum Grübeln blieb Leopold keine Zeit mehr. Clemens Suppan war wieder da, schnaubend und ungestüm. In seiner rechten Hand hielt er eine große Tragtasche, in der sich ein Paket befand. Er suchte Leopold mit seinen von der stark umrandeten Brille verdeckten Augen. Als er ihn gefunden hatte, rief er laut: »Ist der Pädagoge da?«

»Nein«, antwortete Leopold. »Den haben Sie gestern ja ganz schön erwischt!«

»Wie geht es ihm?«, erkundigte sich Suppan eine Spur leiser.

»Er wird's überleben«, bemerkte Leopold lapidar.

»Sagen Sie ihm, es tut mir leid«, trug Suppan ihm auf. »Und überreichen Sie ihm als Wiedergutmachung dieses kleine Geschenk! Ein so genannter ›Slow Juicer‹, zur Zeit *der* Verkaufsschlager bei uns im Geschäft! Die Kunden reißen ihn uns förmlich aus der Hand. Er garantiert Ihnen Vitamine und eine supergesunde Ernährung bei Tag und bei Nacht. Sie geben einfach rein, worauf Sie gerade Lust haben, Obst oder Gemüse, und entsaften es schonend. Das Resultat ist ein cooler, bekömmlicher Drink! Durch drei austauschbare Filterelemente können Sie den Fruchtanteil perfekt steuern. Des Weiteren …«

»Bitte kein Verkaufsgespräch«, fuhr Leopold dazwischen. »Mein Freund Thomas wird sich zu gegebener Zeit bei Ihnen melden. Wie freundlich er dabei sein wird und ob er mit dem Gerät etwas anfangen kann, kann ich leider nicht beurteilen.«

Suppan machte eine nervöse Handbewegung. »Noch einmal: Ich habe überreagiert, und es tut mir leid«, erklärte er. »Wenn der Pädagoge das nicht annimmt, können Sie ihm allerdings auch ausrichten, dass ich über einen ausgezeichneten Anwalt verfüge.« Er ließ sich dabei unbeholfen auf einen freien Kaffeehaussessel fallen. »Und noch etwas«, fügte er hinzu. »Dieses Buch *Message in a Bottle* muss für Cornelia ab jetzt wirklich tabu sein! So verstört wie vorige Nacht war sie noch nie. Unsere Beziehung hängt an einem seidenen Faden!«

»Vielleicht sollten Sie das Problem einmal ausführlicher mit ihr besprechen«, legte Leopold ihm ans Herz.

»Hören Sie: Sie ist verschlossen. Wissen Sie, wie lange es dauert, bis man aus ihr rauskriegt, wo genau sie der Schuh drückt?«, entgegnete Suppan. »Die Zeit habe ich nicht! Ich brauche meinen Schlaf! Jeder Tag ist ein neuer Arbeitstag!«

»Wie ich schon einmal sagte: Die Einzige, die darüber bestimmt, wie lange sie das Buch benützen möchte, ist Frau Cornelia selbst«, erinnerte Leopold ihn.

»Ich habe nicht die Zeit, mit Ihnen weiter darüber zu diskutieren«, versetzte Suppan gereizt. »Ich kann auch nicht warten, ob Cornelia demnächst vorbeikommt oder nicht. Ich muss wieder zurück ins Geschäft. Aber das eine sage ich Ihnen: Wenn ich draufkomme, dass sie sich wieder an dem Buch zu schaffen gemacht hat, werde ich ungemütlich!«

»Das heißt, Sie haben vor, mir gegenüber handgreiflich zu werden? So, wie Sie dem Pädagogen eine verpasst haben? Oder wollen Sie gar Ihre Freundin windelweich schlagen?«, ereiferte sich Leopold nun. »Das lässt auf einiges schließen. Ein Mensch, der sich so wenig unter Kontrolle hat wie Sie, ist jederzeit in der Lage, die Beherrschung zu verlieren, und einen anderen umzubringen.«

»Lassen Sie diese unsinnigen Anspielungen! Ich denke, Sie haben verstanden, was ich meine«, nahm sich Suppan daraufhin etwas zurück. »Und nichts für ungut, was den Pädagogen betrifft. Er soll sich aber in Zukunft bei Cornelia raushalten. Dafür spendiere ich ihm diesen einmaligen ›Slow Juicer‹! Eine genaue Gebrauchsanweisung befindet sich in der Packung, man kann nichts falsch machen. Wie bei all unseren Geräten gilt: einfache Handhabung, super Wirkung! Clemens Suppan, der Mann, der die Arbeit in der Küche zum Vergnügen macht! Falls Sie etwas für Ihr Kaffeehaus brauchen sollten …«

»Wünschen der Herr etwas zu trinken?«, unterbrach ihn Leopold ungeduldig.

»Nein, ich bin in Eile«, antwortete Clemens Suppan verdutzt.

»Dann wünsche ich einen schönen Nachmittag! Auf Wiedersehen«, komplimentierte Leopold ihn somit kurz entschlossen zur Tür hinaus.

*

Kurz nachdem Leopold seinen Dienst beendet hatte, trafen Thomas Korber und Sabine Patzak Hand in Hand im *Café Heller* ein. Beide wirkten entspannt und gut gelaunt. Die Schrammen vom Vorabend waren bei Korber zwar noch deutlich zu erkennen, doch es sah so aus, als würden sie rasch verheilen. Leopold erzählte von Clemens Suppans Kurzauftritt und seinem Friedensangebot. Sabine freute sich mehr über den Slow Juicer als Thomas. »Das Wunder, damit aus Trauben Wein und aus Gerste Bier zu machen, wird mir wohl nicht gelingen«, befand er. »Aber was soll's!« Sie bestellten bei Waldemar »Waldi« Waldbauer, dem zweiten Oberkellner, zwei große Braune. Dann berichtete Korber vom Besuch Konrad Ottos in seiner Sprechstunde und übergab Leopold die Kopie von Cornelias seinerzeitigem Brief an ihre verstorbene Mutter.

»Das ist wirklich erstaunlich«, stellte Leopold fest, als er ihn gelesen hatte.

»Cornelia ist eben sehr stark an ihrer Mutter gehangen«, wandte Korber ein.

»Ja, aber ich finde die Tatsache noch bemerkenswerter, dass Konrad Otto einen Narren an Cornelia gefressen hat«, gab Leopold zu bedenken. »Er hat ihre gesamten Briefe als Erinnerungsstücke behalten. Dabei wäre es ehrlicher gewesen, sie gemeinsam mit ihr oder auch allein tatsächlich als Flaschenpost der Strömung eines Flusses auszusetzen. Davor hat er sich gedrückt. Was hast eigentlich du für einen Eindruck? Wie sieht die Beziehung zwischen den beiden von Cornelias Seite aus?«

»Ich weiß zu wenig, um etwas Fundiertes zu sagen«, überlegte Korber. »Ich denke aber, während ihrer Kindheit hat sich ein Vertrauensverhältnis von ihr zu ihm entwickelt, auch wegen der instabilen Situation bei ihr zu Hause. Gestern hat sie ihn allerdings nicht gleich wiedererkannt. Und dann – ich weiß nicht, wie ich ihren Gefühlsausbruch deuten soll, als er sie auf den Kaffeefleck im Innendeckel des Buches aufmerksam gemacht hat.«

Leopold stutzte. »Kaffeefleck? Was für ein Kaffeefleck? Warum weiß ich davon nichts?« Tatsächlich war ihm dieses Detail, mit dem Konrad Otto Cornelias Gedächtnis auf die Probe gestellt hatte, bisher entgangen. Er hatte nur wenige Fetzen des Dialogs zwischen den beiden mitbekommen, ehe es zu Connys emotionaler Erregung gekommen war. Nun schilderte Korber ihm kurz dessen Inhalt.

Leopold nahm das Buch zur Hand und warf einen Blick auf den Fleck. »Er ist mir bisher gar nicht aufgefallen«, musste er zugeben. »Merkwürdig, dass er existiert und Conny so bewegt hat.«

»Wir wissen immerhin, wie er seinen Weg ins Buch gefunden hat«, betonte Korber.

»Ja, aber begreifst du nicht, was mich daran irritiert?«, machte Leopold ihn aufmerksam. »Wir gehen davon aus, dass Robert Hafner diesen Band seiner damaligen Geliebten Regina geschenkt hat, deshalb die Widmung. Nehmen wir an, dass seine Frau Raffaela damals noch gelebt hat. Halten wir ferner fest, dass man einer Frau, die man begehrt, nichts Gebrauchtes zum Präsent macht. Dann kann das nur eines bedeuten!«

»Nämlich?«

»Dass das Buch bereits Reginas Eigentum war, als der Kaffeefleck hineinkam. Wie aber ging das, wenn er doch eigentlich von Raffaela stammte? Es gibt nur eine Lösung: Das Buch muss zur gleichen Zeit auf einem Tisch zwischen den zwei Frauen gelegen sein! Dabei hat man vermutlich Kaffee getrunken. Die Stimmung war aufgeheizt, denn Raffaela war hinter Reginas heimliche Affäre mit Robert gekommen. Irgendwie ist im Verlauf der heftigen Debatte dann eine Kaffeetasse umgestürzt oder übergeschwappt, mit dem Fleck als Resultat!«

»Ist das nicht eine etwas abenteuerliche Annahme?«, fragte Korber skeptisch.

»Wie soll es denn sonst gewesen sein?«

»Das weiß ich auch nicht!«

»Na siehst du«, triumphierte Leopold. »Das bedeutet, dass die Atmosphäre im Hafnerschen Haushalt länger vergiftet war, als wir bisher angenommen haben. Und unser Pathologe Konrad Otto steckte offenbar mittendrin in den Streitereien und Feindseligkeiten. Woher sonst wusste er von der Urheberin des Flecks? Und Cornelia saß wahrscheinlich irgendwo daneben und weinte. Diese schmerzhafte Erinnerung ist jetzt wieder langsam in ihr Gedächtnis zurückgekehrt. Vor uns liegt zwar weiterhin eine Menge Arbeit, aber die Dinge werden allmählich konkreter!«

»Je konkreter es wird, desto ausweichender werden die Antworten der Beteiligten auf unsere Fragen ausfallen«, fürchtete Korber.

»Das kommt auf unsere Fragen an«, behauptete Leopold. »Wer nicht kooperiert, wird gnadenlos gegeneinander ausgespielt, seien es nun Cornelia Hafner und Konrad Otto oder das rätselhafte Damendreieck Klara Schiefer, Johanna Pollak und Regina Hafner.«

»Hat man Regina eigentlich schon gefunden?«, brachte sich Sabine ins Gespräch ein.

Leopold schüttelte den Kopf. »Meines Wissens noch nicht! Das ist leider auch eine große Lücke in meinen Ermittlungen. Ich muss gestehen, ich weiß nicht einmal, wie sie aussieht. Wäre vielleicht nicht schlecht, ein Bild von ihr im Kopf zu haben. Könntest du da noch einmal im Internet nachschauen? Wir haben zwar nichts zu Regina gefunden, aber vielleicht gibt es unter Robert Hafner ein Foto mit seiner Frau.«

»Ich werde es versuchen«, brummte Sabine und machte

sich an ihrem Mobiltelefon zu schaffen. »Es gibt tatsächlich ein paar Ergebnisse. Schau einmal!«

Leopold warf einen neugierigen Blick auf den Bildschirm von Sabines Handy. Ihn interessierte es immer, ob das Gesicht einer Person den Vorstellungen entsprach, die er sich vorher von ihr gemacht hatte.

»Die kenn ich«, rief er beim ersten Bild überrascht aus. »Die habe ich unlängst gesehen, ich weiß nur nicht, wo!«

*

Sabine zeigte ihrem Vater weitere Fotos des Ehepaars Hafner. »Ist das nun die Frau, die du gesehen zu haben glaubst?«, fragte sie ihn.

»Aber ja«, bestätigte Leopold. »Mittlerweile ist mir auch schon eingefallen, bei welcher Gelegenheit. Es war gestern beim Imbissstand bei der Alten Donau. Ich war dabei, mich nach Reinhard Sageder zu erkundigen, der vor seinem Tod dort noch ein paar Flaschen Bier getrunken hat. Die Frau hat sich ihre Mahlzeit einpacken lassen und mitgenommen. Beim Weggehen ist sie kurz an mir angestreift.«

»Bist du dir sicher?«, wollte Sabine wissen.

»Ich habe ein gutes Personengedächtnis. Das ist sie«, behauptete Leopold. »Das lässt natürlich Raum für weitere Spekulationen. Immerhin befand sie sich ganz in der Nähe des Tatorts.«

»Aber erst am nächsten Tag«, gab Sabine zu bedenken.

»Wenn sich jemand etwas von einem Imbissstand zu essen mitnimmt, wo trägt er es hin? Doch meistens nach Hause«, schlussfolgerte Leopold. »Ich habe nicht bemerkt, dass diese Frau mit dem Auto weggefahren wäre. Also muss dieses Zuhause in der Nähe sein.«

»Du meinst, sie hatte von ihrem momentanen Aufenthaltsort die Möglichkeit …«

»Genau das meine ich! Man muss nur eins und eins zusammenzählen! Langsam beginnt der Fall mir Spaß zu machen.« Leopold rieb sich die Hände.

Ehe er dazu kam, seine Theorien weiterzuentwickeln, betraten Tanja Vukic und Cornelia Hafner in ihrem obligaten Strickpulli das Heller. Die beiden hatten sich offensichtlich angefreundet. »Ich benötige das Buch nicht mehr«, informierte Conny Leopold gleich beim Hereinkommen.

»Das Patriarchat hat also gesiegt«, stellte Leopold trocken fest.

Cornelia hielt überrascht inne. »Das … was?«

»Ihr Freund hat sich anscheinend durchgesetzt«, erklärte ihr Leopold, was er meinte. »Hat er Sie wenigstens gut behandelt?«

»Oh ja! Clemens ist sonst nicht der Typ, der zuschlägt. Ich weiß auch nicht, was er gestern gehabt hat«, bemerkte Cornelia mit einem entschuldigenden Blick in Richtung Thomas Korber. »Etwas besser als gestern siehst du ja Gott sei Dank schon aus.«

»Clemens hat mir als Wiedergutmachung eine Saftpresse geschenkt«, teilte ihr Korber mit säuerlichem Lächeln mit und deutete auf das Paket, das er bei der Theke abgestellt hatte.

»Großzügig ist er ja, da kann man nichts sagen«, versicherte Cornelia.

»Aber schlecht zu sprechen auf den Pathologen Konrad Otto. Und auf das Buch! Was hat es damit nun auf sich?«, brachte Leopold das Gespräch wieder auf die für ihn interessanten Punkte.

»Geht das mit den Fragen schon wieder los?«, protestierte Cornelia.

»Ich möchte mir eben ein Bild von der Situation machen, und gestern haben Sie mir nicht gerade viel erzählt«, machte Leopold sie aufmerksam.

»Ich denke, es war das Nötigste«, seufzte Cornelia. Sie hatte die Dinge überschlafen und bereute offenbar bereits, was sie am Vortag gesagt hatte.

»Aber auf etliches kann ich mir keinen Reim machen«, bearbeitete Leopold sie in der Hoffnung weiter, ihr dennoch etwas herauszulocken. »Warum musste mein Freund Thomas anstelle von Konrad Otto einen Schlag einstecken? Was hat Ihren Freund so aufgebracht? Dazu haben Sie noch immer nicht viel gesagt.«

»Weil ich es mir selbst nicht erklären kann«, wand sich Cornelia. »Ich hatte Conny Clemens gegenüber ein- oder zweimal erwähnt. Dann gab es gestern noch dieses klitzekleine Telefonat, ehe wir das *Heller* verließen. Ich war sehr erregt und verwirrt. Das muss Clemens falsch gedeutet haben.«

»Wie stehen Sie denn nun tatsächlich zu Konrad Otto?«

»Er war ein Freund meines Vaters. Deshalb habe ich ihn als Kind immer wieder zu Gesicht bekommen.«

»Ist dabei eine engere Bindung zwischen Ihnen entstanden?«, wollte Leopold wissen.

Cornelia wich seinem Blick aus. »Nein«, gab sie an. »Mein Gott, ich habe ihn ja gestern nicht einmal erkannt!«

Leopold überlegte, ob er sie nun mit den Botschaften an ihre tote Mutter konfrontieren sollte, die sie Konrad

Otto seinerzeit übergeben hatte. Aber damit würde er vielleicht ein immer noch bestehendes Vertrauensverhältnis zwischen ihr und dem Pathologen zerstören. Er hielt es für besser, wenn Cornelia nach wie vor glaubte, dass die Briefe den Weg zu ihrer Mutter gesucht hatten. Deshalb ließ er es für den Augenblick sein.

»Hatte Ihre Erregung vielleicht mit dem Buch zu tun, dessen Reservierung Sie gerade beendet haben?«, fragte er stattdessen. »Wie ich hörte, befindet sich darin ein Kaffeefleck, dessen Urheberin Ihre Mutter war.«

»Das ist etwas sehr Privates«, blockte Cornelia diesen Versuch sofort ab.

»Wussten Sie, dass das Buch gar nicht Ihrer Mutter gehörte?«, startete Leopold daraufhin einen Direktangriff. »Dass die Widmung darin vermutlich der Grund für einen Streit zwischen ihr und Regina war? Weil Ihre kranke Mutter dadurch daraufkam, dass Ihr Vater sie mit dieser Regina betrog? Die beiden schrien und fauchten sich an. Der Kaffee schwappte über. Und irgendwo in dieser wilden Szene, die Sie nicht ganz verstanden, saßen Sie und weinten.«

Zuerst wurden nur Cornelias Wangen rot, dann ihr ganzer Kopf. »Schön langsam kommt es mir vor, als wollten Sie mir aus all dem einen Vorwurf machen«, beanstandete sie. »Dabei berühren Sie ungeniert sensible Dinge, von denen Sie keine Ahnung haben! Wissen Sie was? Ich werde jetzt einfach gehen!«

»Nimm mich mit«, bat Tanja Vukic. »Dann suchen wir uns ein nettes Plätzchen und trinken noch was. Das wollten wir doch ohnehin, oder?«

»Aber wirklich nur kurz«, schränkte Cornelia gleich ein. »Ich brauche endlich wieder ein bisschen Ruhe!«

»Keine Angst! Ein Drink, und ich bin dahin«, versprach Tanja. Dabei zwinkerte sie Thomas Korber heimlich zu, was so viel heißen sollte wie: Wenn ich mit ihr alleine bin, werde ich schon noch etwas aus ihr rausbekommen, das sie jetzt krampfhaft für sich behält.

»Komm«, drängte Cornelia, während sie kurz auf ihr Handy blickte, ob sie eine neue Nachricht erhalten hatte. Dort las sie: *Bleibt es bei unserem Treffen wie vereinbart? C.*

Sie antwortete: *Ja, bis bald. C.*

KAPITEL 14

Freitag, 18. Oktober, abends

Leopold legte seine weitere Vorgangsweise fest. Dem Treffen mit Klara Schiefer um 18 Uhr sah er gespannt entgegen. Sie war für ihn noch ein kaum beschriebenes Blatt. Aber was ließ sich vorher Sinnvolles anfangen?

Er hatte überlegt, eine andere große Unbekannte aufzusuchen. Was wusste er bis jetzt über Johanna Pollak?

Sie spielte einmal die Ahnungslose, dann wiederum die Allwissende. Offenbar gefiel sie sich in der Rolle einer rätselhaften »Wahnsinnigen«. Doch was steckte hinter dieser raffinierten Maske?

Angeblich war sie eine der längsten und treuesten Klientinnen Robert Hafners. Leopold zweifelte jedoch stark an, dass es sich dabei um eine rein geschäftliche Beziehung handelte.

Eines der beiden in diesem Mordfall relevanten Bücher war offenbar irgendwann von Regina Hafner zu ihr gewandert. Über die näheren Umstände war allerdings nichts bekannt, auch nicht, warum sie es schließlich für die Leseecke im *Café Heller* gespendet hatte.

Sie wohnte am Bruckhaufen auf der anderen Seite der Alten Donau und damit in nicht allzu großer Entfernung vom Tatort. Nach der Entdeckung der Leiche war

Leopold ihr beim Birnersteg, der über das Wasser führte, begegnet. Somit hatte sie die Möglichkeit zu dem Verbrechen gehabt. Wie wasserdicht war das ihr durch Robert Hafner gegebene Alibi?

Der Polizei hatte sie die fragwürdige Geschichte mit der unbekannten Anruferin aufgetischt. Auch das machte sie hochgradig verdächtig.

All das sprach dafür, sich diese Dame noch einmal genauer vorzunehmen. Doch hielt Leopold dies bei seinem jetzigen Wissensstand noch für wenig sinnvoll. Er musste vorher noch mehr über sie in Erfahrung bringen, womit er sie festnageln konnte, wenn sie erneut versuchte, ihn an der Nase herumzuführen. Wer konnte ihm da weiterhelfen? Natürlich in erster Linie Robert Hafner, ihr langjähriger Anlageberater, wenn nur ein Bruchteil seiner Vermutungen zutraf. Der wohnte außerdem in angenehmer Nähe zu seinem Treffpunkt mit Klara Schiefer. Also würde er zuerst dort einen Sprung vorbeimachen und schauen, ob Hafner zu Hause war. Leicht würde der Umgang mit diesem Mann wohl nicht werden, aber einen Versuch schien es ihm wert zu sein.

Er setzte Thomas und Sabine über seine Pläne ins Bild.

»Sollen wir dich begleiten?«, bot Sabine ihm an.

Dankend lehnte Leopold ab. »Das könnte unter Umständen auf meine Gesprächspartner irritierend wirken. Es erscheint mir wichtiger, dass Thomas den Kontakt zu Tanja Vukic aufrechterhält. Vielleicht hat sie im Gespräch mit Cornelia noch etwas Wichtiges herausgefunden. Sollte sich bei mir etwas Interessantes ergeben, melde ich mich ohnehin kurz bei euch.«

»Aber rühr dich bitte, wenn du in Gefahr bist«, legte

Sabine ihm nahe. »Und schau auf dein Handy! Dann können wir dich rasch informieren, wenn sich eine neue Entwicklung anbahnt!«

»Selbstredend«, versprach Leopold ihr.

*

Leopold parkte sein Auto in nicht allzu großer Entfernung vom Spielplatzgelände und machte sich dann zu Fuß auf den Weg in die Weißenwolffgasse. Es dauerte noch ein wenig bis zum Sonnenuntergang, aber aufgrund der diesigen Lichtverhältnisse hoffte er, dass Robert Hafner schon in einem seiner Zimmer Licht aufgedreht hatte, wenn er zu Hause war.

Tatsächlich schimmerte ein schwacher Lichtschein durch eines der kleineren Fenster im ersten Stock. Oder doch nicht? Im nächsten Augenblick schien es dort wieder dunkel zu sein. Leopold läutete auf alle Fälle einmal am Gartentor an und feilte dabei an der Taktik, die er Hafner gegenüber anwenden wollte. Keine Reaktion, alles blieb still. Er läutete nun länger und ungeduldiger. Wieder nichts. Hatte er sich also getäuscht, oder war im Augenblick tatsächlich niemand da?

Eigentlich hätte Leopold jetzt umkehren und sich bei einem kleinen Spaziergang gedanklich auf sein Treffen mit Klara Schiefer vorbereiten können. Es würde sich ihm sicher auch noch später eine Gelegenheit bieten, Hafner ins Gebet zu nehmen. Aber nun war er schon einmal da. Außerdem kam ihm die Sache mit dem Licht komisch vor. Also ging er am Zaun entlang, beobachtete dabei weiterhin die Fenster und warf auch einen Blick in den Garten. Alles wirkte kahl und nüchtern. Dieser Eindruck wurde durch das offenbar kurz vorher gemähte Gras noch verstärkt. Zwei kleine Sträucher, sonst keine Pflanzen, Blumen oder Kräuter, gar nichts, was das Bild lebendig machte. Leopold schaute noch einmal hinauf, ob ihn jemand etwa heimlich beobachtete, und ging dann ums Eck. Dort war es auch nicht anders. Er ärgerte sich, dass es hier so gar nichts gab, das ihn weiterbrachte.

Plötzlich spürte er etwas in seinem Rücken, das sich wie eine Pistole anfühlte. »Keine Bewegung«, befahl ihm eine unterdrückte männliche Stimme. »Und jetzt heben Sie bitte langsam die Hände nach oben!«

Leopold tat, wie ihm geheißen. »Machen Sie keinen Unsinn«, äußerte er dabei.

»Keine Angst«, sagte die Stimme. »Ich weiß, was ich tue!« Dann durchsuchte der Mann Leopold. »Und jetzt umdrehen«, ordnete er schließlich an.

Während er diesem Befehl Folge leistete, vernahm Leopold ein boshaftes, schallendes Lachen. Er blickte in die verzerrte Grimasse eines Mannes, der solche Heiterkeitsausbrüche nicht gewohnt zu sein schien. Das musste laut dem Foto, das ihm Sabine gezeigt hatte, Robert Hafner sein. Der Mund zwischen seinem Schnurr- und Vollbart verkrampfte sich bei jedem neuen Versuch, entspannt zu wirken. Umso lautere und unnatürlichere Töne gab er von sich. In seiner Hand hielt er das Ende jenes Astes, mit dem er Leopold erschreckt hatte.

»Reingefallen, Herr Oberkellner«, prustete er. »Sie sind tatsächlich immer auf der Lauer, ständig hinter jemandem her. Aber so ganz ohne Waffe? Sehr unvorsichtig, muss ich schon sagen!«

»Woher wissen Sie, wer ich bin?«, wunderte Leopold sich.

»Wer sich so wie Sie überall einmischt, auf Verbrecherjagd geht und dabei auch noch den einen oder anderen Erfolg erzielt, darf sich nicht wundern, wenn man ihn und sein Bild im Internet findet«, unterrichtete Hafner ihn und beendete seinen übertriebenen Lachanfall damit abrupt. »Außerdem haben mich bereits einige Personen auf Sie aufmerksam gemacht und mich vor Ihnen gewarnt. Weshalb schleichen Sie so ungeniert um mein Haus herum, dass man meinen könnte, Sie wollten einbrechen?«

»Ganz einfach! Ich möchte mit Ihnen noch über ein paar Dinge in Bezug auf unser Telefonat reden«, erwähnte Leopold. »Ich habe geläutet, aber niemand hat mir geantwortet. Da wollte ich mich vergewissern, ob auch wirklich niemand da ist.«

»Man muss aufpassen! Die Tage werden kürzer, und vor einem Dämmerungseinbruch ist niemand gefeit«, setzte Hafner ihm auseinander. »Ich bin gerade dabei, meine Beleuchtung zu testen, die sich um diese Zeit automatisch ein- und ausschaltet, wenn ich einmal nicht zu Hause bin. Ich prüfe, wie man das Licht von draußen sieht. Und da laufen ausgerechnet Sie mir über den Weg! Aber kommen Sie doch herein, es wird ungemütlich hier heraußen.«

Nun war Hafner schon beinahe freundlich. Er geleitete Leopold ins Wohnzimmer, wies ihm einen Platz in einem von zwei bequemen Fauteuils an und fragte: »Sie trinken doch Wein, oder? Ich habe gerade einen süffigen Grünen Veltliner DAC im Kühlschrank.«

»Ich bin mit dem Auto da«, wehrte Leopold ab.

»Aber Herr Oberkellner! Geben Sie mir keinen Korb! Ein Achtel ist doch erlaubt«, ließ Hafner das nicht gelten. »Außerdem haben Sie aufgrund Ihrer kriminalistischen Erfolge bei der Polizei sicher einen Stein im Brett!«

Er schenkte sich und Leopold ein und setzte sich zu ihm. »Trinken wir erst einmal gemütlich einen Schluck, und dann sagen Sie mir, was Sie auf dem Herzen haben.«

Auch wenn Hafner dies vielleicht nicht beabsichtigt hatte, fühlte sich Leopold im Augenblick alles andere als wohl. Einerseits irritierte ihn dessen Betragen, andererseits hatte er nicht vorgehabt, lange zu bleiben. Nun saß er in einem gemütlichen Lehnsessel, war dazu angehalten, Wein zu trinken, und musste befürchten, dass es bei seinem Termin mit Klara Schiefer knapp werden würde.

»Mir sind nach unserem Telefongespräch noch ein paar Unklarheiten aufgefallen«, begann er deshalb. »Sie haben behauptet, zur Zeit des Mordes an Reinhard Sageder bei Johanna Pollak gewesen zu sein. Gleichzeitig haben Sie angedeutet, dass Sie diese Frau schon längere Zeit als Klientin kennen. Wäre es da nicht naheliegend zu denken, dass sie Ihnen aus Gefälligkeit ein Alibi gibt, und dass zum Beispiel die Uhrzeit nicht so stimmt?«

Hafner schnalzte mit der Zunge. Der Wein mundete ihm. »Warum sollte denn die Uhrzeit nicht stimmen?«, fragte er dann beinahe beiläufig.

»War es nicht ein wenig spät für einen Kundenbesuch? Selbst bei einer langjährigen Geschäftsbeziehung?«, wollte Leopold wissen.

»Sie haben Frau Pollak doch schon ein wenig kennengelernt«, nahm ihn Hafner ins Vertrauen. »Sie hat einen sehr unregelmäßigen, von ihren Launen abhängigen Lebenswandel. Nicht umsonst bezeichnet man sie gern als die ›wahnsinnige Johanna‹. Wenn sie sich eine

Beratung zu später Stunde einbildet, ist es am besten, man geht darauf ein.«

»Wie genau ist Ihr privates Verhältnis zu ihr?«, wurde Leopold konkret.

»Das muss ich Ihnen nicht sagen«, lächelte Hafner.

»Das heißt, es gibt eines«, kombinierte Leopold.

»Mehr oder weniger«, attestierte Hafner. »Ich habe Sie offenbar überschätzt. Ein guter Detektiv hätte das alles schon längst herausgefunden. Also gut: Sie ist Reginas ältere Schwester. Nicht immer angenehm im Umgang, aber Regina zuliebe habe ich die Geschäftsbeziehung aufrechterhalten.«

»Aber wenn Regina ihre Schwester ist, müsste Johanna doch wissen, wo sie sich derzeit aufhält«, entfuhr es Leopold.

»Das war doch der eigentliche Grund meines Besuches bei ihr«, weihte Hafner Leopold ein. »Ich vermute schon seit einiger Zeit, dass sie sie versteckt hält.«

»Und? Hat sie es Ihnen verraten?«

»Natürlich nicht! Sie war leider so launisch wie immer.«

»Könnte es nicht sein, dass ihr Schweigen darauf zurückzuführen ist, dass Regina vor Ihnen untergetaucht ist?«, erkundigte sich Leopold.

»Vor mir?« Wieder kam ein unnatürlicher Lachbrüller aus Hafners Mund. »Ich glaube, Sie vertragen meinen Wein nicht. Regina hat doch keine Angst vor mir. Wir sind in Frieden auseinandergegangen, weil unsere Beziehung einen Totpunkt erreicht hatte, ohne dass einer böse auf den anderen war. Dabei sind wir immer noch Mann und Frau. Es hatte auch nichts mit ihrer zwischenzeitlichen Affäre mit Reinhard zu tun. Die hatte sie bald bereut, und ich hatte ihr schon längst verziehen. Nein, vor mir hat sie sich sicher nicht versteckt!«

»Vor wem dann?«, forschte Leopold.

»Vor Reinhard natürlich«, gab Hafner Auskunft. »Dieser eingebildete Kerl hat ihr doch nie verziehen, dass sie mit ihm Schluss gemacht hat. Dabei hat er es nie ernst mit ihr gemeint. Aber als sie ihn wegen einer anderen Frau zur Rede stellte und ihm ein paar unschöne Dinge sagte, fühlte er sich natürlich in seiner Ehre gekränkt. Nach seiner Rückkehr aus Deutschland muss es bei ihm zu einer fixen Idee geworden sein, sich an ihr dafür zu rächen.«

»Und an Cornelia.«

»Möglicherweise. Da sieht man, wie krank ihn die Jahre und der Alkohol gemacht haben. Conny war doch damals noch ein Kind!«

»Regina ist seit seiner Rückkehr fort?«, fragte Leopold.

»Soviel ich weiß, ja!«

»Aber Reinhard ist jetzt tot«, gab Leopold zu bedenken. »Sie braucht sich nicht mehr vor ihm zu fürchten. Warum ist sie noch nicht wieder aufgetaucht?«

»Keine Ahnung«, schaltete Hafner auf stur. »Vielleicht versteckt sie sich nun vor der Polizei, weil man sie für die Mörderin halten könnte.«

»Ich weiß nicht«, überlegte Leopold. »Reinhard Sageder hat zwar bei mir den Eindruck hinterlassen, dass er Regina unbedingt wiedersehen wollte, aber ich habe dabei keine Feindseligkeit herausgelesen.«

»Sie haben ihn ja kaum kennengelernt«, tat Hafner dies sofort ab. »Wenn er halbwegs nüchtern war, konnte er ein durchaus charmanter, harmlos wirkender Mensch sein. Deshalb kam er bei den Frauen gut an. In Wirklichkeit jedoch war er leicht gekränkt und unberechenbar. Glauben Sie mir das, ich hatte länger mit ihm zu tun als Sie!«

»An Ihrer Tochter Cornelia wollte er sich, heißt es, auch revanchieren. Die fürchtet sich offenbar aber nicht, sondern läuft ganz normal in der Gegend herum«, erwähnte Leopold.

»Tut sie das?«, fragte Hafner mit hochgezogenen Augenbrauen. »Dann ist es ja gut! Ich habe leider nur wenig Kontakt zu ihr. Die vielen Probleme haben sich auf Dauer zu negativ auf unsere Beziehung ausgewirkt.« Er machte einen genießerischen Schluck aus seinem Weinglas. »Wahrscheinlich hat sie ohnedies einen Beschützer, nämlich den Pathologen Konrad Otto«, fuhr er dann fort. »Der würde vermutlich auch töten, wenn ihr Gefahr droht. Ich hoffe, Sie beziehen das in Ihre Überlegungen mit ein.«

Leopold hatte mittlerweile sein Tempo beim Trinken erhöht. Er spürte den Wein dadurch zwar stärker, als ihm lieb war, aber er hoffte, dadurch schneller von hier fortzukommen. »Wen ich auf jeden Fall in meine Überlegungen miteinbeziehen muss, ist Klara Schiefer. Eine Angestellte von Ihnen?«, forschte er dabei weiter.

»Nicht mehr, nur mehr eine gute Bekannte«, informierte Hafner ihn bereitwillig. »Sie war wichtig für uns in der Zeit, als es meiner ersten Frau Raffaela schlecht ging, und auch später, nach ihrem Tod. Klara war Mädchen für alles, sie half mir im Haushalt, bei der Erziehung Cornelias und zeitweise sogar im Büro. Heute kommt sie nur mehr ab und zu vorbei, weil sie das Putzen nicht lassen kann.«

»War sie unlängst hier?«

Wieder lächelte Hafner, diesmal, so kam es Leopold vor, jedoch aus Verlegenheit. »Nein«, gab er an. »Wir telefonieren regelmäßig, aber ich habe sie schon seit einiger Zeit nicht gesehen. Darf ich Ihnen übrigens nachschenken?«

Leopold hielt sofort die Hand über sein Glas. »Nein, danke«, lehnte er ab. »Ich muss noch Auto fahren, und mir ist jetzt schon ganz schwummrig.«

»Dann mache ich Ihnen einen starken Mokka«, schlug Hafner vor. »Da sind Sie im Nu wieder fit und hellwach! Ich bin gespannt, ob mein Kaffee mit dem in Ihrem Kaffeehaus mithalten kann!«

»Eigentlich wollte ich gerade gehen«, äußerte Leopold unbeholfen.

»Sie dürfen mir keine Abfuhr erteilen! Wer weiß, ob wir uns jemals wiedersehen«, bearbeitete Hafner ihn. »Nein, nein, Sie trinken jetzt noch diese Tasse und erzählen mir dabei etwas von sich. Was waren Ihre größten kriminalistischen Erfolge, was Ihre unangenehmsten Pannen? Welcher Fall war am interessantesten, und wie gehen Sie vor?«

Während er zur Kaffeemaschine eilte, saß Leopold machtlos da. Er konnte sich höchstens fragen, ob es sich bei diesem Küchengerät trotz der Unebenheiten im Familienleben um ein großzügiges Geschenk aus dem Küchenimperium von Clemens Suppan handelte. Offensichtlich musste er das alles noch etliche Minuten und ein paar hastige Schlucke von der heißen Brühe lang über sich ergehen lassen. Was war ihm da bloß eingefallen? Leopold hatte mit einem schroffen Robert Hafner gerechnet, der alles unternehmen würde, ihn schnell wieder loszuwerden. Doch als ob er es ihm zu Fleiß machen wollte, gab sich dieser zuvorkommend und freundlich und bestand geradezu auf einer längeren, gemütlichen Unterhaltung.

Dahinter steckte Kalkül, davon war Leopold mittlerweile überzeugt. Hafner wusste von seiner Verabredung mit Klara Schiefer und wollte diese aus welchen Gründen auch immer verhindern. Vielleicht war der Lichtschein, den Leopold bei seiner Ankunft gesehen zu haben glaubte, gar nicht Teil einer automatischen Beleuchtung gewesen, sondern ein Zeichen dafür, dass sich jemand in dem Haus aufgehalten hatte, der nicht bemerkt werden wollte. Klara? Durchaus möglich. Aber im Augenblick musste es ihm egal sein. Er hatte sich in eine Situation gebracht, in der ihm die Hände gebunden waren.

Trübsinnig nahm er sein Handy heraus, um zu sehen, ob jemand etwas von ihm wollte. Ein kurzer Blick verriet ihm, dass Sabine versucht hatte, ihn zu kontaktieren. Aber da brauste schon Robert Hafner mit seinem Mokka heran. »Nehmen Sie es mir nicht übel, aber das ist unhöflich«, meckerte er. »Geben Sie das Ding sofort wieder weg! Sie enttäuschen mich! Wir befinden uns gerade mitten in einer Unterhaltung. Da sollten Sie wissen, wie störend eine derartige Ablenkung ist.« Leopold blieb also nichts anderes übrig, als sein Smartphone wieder einzustecken.

Hafner schenkte sich Wein nach. In weiterer Folge führten die beiden ein belangloses Gespräch über Leopolds bisherige kriminalistische Versuche. Eine Kuckucksuhr verkündete 18 Uhr, aber es nützte nichts. Schließlich gelang es Leopold, sich nach einer ihm endlos erscheinenden Zeit von 20 Minuten von seinem Gastgeber loszureißen.

Er eilte Hals über Kopf hinaus in die mittlerweile eingetretene Dunkelheit. Dabei hatte er kaum einen vernünftigen Plan im Kopf, sondern spürte vielmehr den Druck seiner Blase, da er in seiner Ungeduld vergessen hatte, bei Hafner die Toilette aufzusuchen. Hastig erleichterte er sich an der nächsten Straßenecke. Dann begab er sich auf schnellstem Weg zum Spielplatz. Er war nun schon beinahe eine halbe Stunde zu spät. Hatte Klara trotz des kühlen Wetters auf ihn gewartet? Vermutlich nicht.

Eine andere Möglichkeit konnte er nicht ausschließen, nämlich dass man versuchte, ihn hier in eine Falle zu locken. Der Spielplatz, die Wiese und der Gehweg daneben lagen finster vor ihm da. Wer konnte schon sagen, ob nicht hinter einer Rutsche oder Kletteranlage jemand auf ihn lauerte? Auf den ersten Blick war alles menschenleer. Aber das konnte täuschen.

»Frau Schiefer«, rief er zweimal laut.

Plötzlich kam wie aus dem Nichts eine große, mächtige Gestalt auf ihn zu und grüßte ihn mit: »Servus, Leopold!«

*

Leopold traute seinen Augen nicht. »Was machst du denn hier, Richard?«, fragte er seinen Freund, den Oberinspektor Juricek.

»Und warum kommst du erst jetzt?«, entgegnete Juricek.

Leopold stockte. Er kannte sich nun gar nicht mehr aus. »Ich habe mich mit Klara Schiefer getroffen«, setzte ihn Juricek ins Bild. »Wo warst du? Sie hat behauptet, sie hätte dich auch verständigt.«

»Sie hat dir eine Unterredung hier am Spielplatz angeboten? Wie mir?«, versuchte Leopold, sich einen Überblick zu verschaffen.

»Natürlich! Wusstest du das nicht?«

Was lief hier ab? »Ich dachte, sie hätte Angst vor der Polizei und wollte mich deshalb allein sprechen«, gab Leopold an.

Auf Juriceks Gesicht formte sich der Ansatz zu einem müden Lächeln. »Du beginnst, ungenau in deiner Schilderung zu werden«, machte er seinen Freund aufmerksam. »Warst es nicht du, der ihr eingeredet hat, sie oder Robert Hafner könnten Schwierigkeiten mit uns bekommen, wenn sie uns die ungefilterte Wahrheit erzählte? Du müsstest erst alles prüfen und sie auf die Aussage bei der Polizei vorbereiten? Es ist dein alter Trick, die Leute zu verunsichern, um an vertrauliche Informationen heranzukommen. Aber Klara wurde misstrauisch. Sie wollte dir nicht das Erstrecht auf gewisse Auskünfte gönnen. So bekam auch ich die Ehre. Es war die alleinige Ehre, wie sich später herausstellte. Ich wäre schon längst weg, doch ich hatte das Gefühl, dass du noch kommst, weil ich dein Auto gesehen habe. Wo warst du?«

Leopold musste dem Oberinspektor wohl oder übel reinen Wein einschenken. »Eigentlich bist du an meinem Besuch bei Hafner schuld, weil du mich heute Früh neugierig auf ihn gemacht hast«, beeilte er sich noch zu seiner Verteidigung zu sagen.

»Habe ich das?«, reagierte Juricek gelassen. »Welchen Eindruck hat er auf dich gemacht?«

»Berechnend und gefährlich«, antwortete Leopold sofort. »Ich kann mir schon vorstellen, dass er in der Lage ist, einer Frau Angst einzujagen.«

»Und einen Mord zu begehen?«

»Warum nicht? Wer weiß, wie vergiftet das Verhältnis zwischen Reinhard Sageder und ihm bereits war, und welche Schuld er ihm am Zerbrechen seiner Ehe gab. Da war sicher nicht alles so harmonisch, wie er mich glauben machen wollte.«

»Seine Beziehung zu Klara Schiefer? Was hat er darüber gesagt?«

»Sie hat immer irgendwas für ihn gemacht und zeitweise auf Cornelia aufgepasst«, berichtete Leopold. »Aus einem reinen Arbeitsverhältnis scheint nach und nach auch eine private Beziehung entstanden zu sein, die bis heute gehalten hat. Wie sieht das Ganze denn aus deiner Perspektive aus? Was hat sie dir erzählt?«

»Wärst du dagewesen, wüsstest du es«, schmollte Juricek.

»Komm, Richard! Du weißt genau, dass sie und Robert Hafner mich verladen haben«, führte Leopold an. »Dafür kannst du mich nicht verantwortlich machen. Es wäre nur anständig und fair, wenn du mich auf deinen Wissensstand bringen würdest.«

Juricek schlug den Mantelkragen hoch. Der Wind machte sich unangenehm bemerkbar. »Na schön«, begann er und tat seinem Freund gegenüber so, als hätte er sich diese Entscheidung nicht leicht gemacht. Dabei hatte er von Beginn an vorgehabt, ihn einzuweihen. »Frau Schiefer sprach recht ausführlich über ihre Zeit im Haushalt der Hafners. Ich musste sie mehrmals unterbrechen, damit sie zum eigentlichen Erzählfaden zurückkehrte. Kernessenz ihrer Ausführungen ist in etwa die: Sie half Robert Hafner bereits, als es seiner ersten Frau Raffaela immer schlechter ging. Sie bemerkte sein Techtelmechtel mit Regina Kern, tolerierte es aber und war geradezu glücklich, als diese Liebschaft zu seiner zweiten Ehe führte. Böse wurde sie dann, als sich Reinhard Sageder ›aus Jux und Provokation‹, wie sie es ausdrückte, an Regina heranmachte und alles durcheinanderbrachte. Die Auswirkungen auf die gesamte Familie, vor allem aber auf die gerade in die Pubertät kommende Cornelia, waren verheerend. Schließlich gelang es Klara, Robert und Cornelia, Regina davon zu überzeugen, dass Reinhard es nicht ernst mit ihr meinte, indem sie eine weitere Gespielin von ihm ausfindig machten. Reinhard stritt alles ab, es nützte ihm jedoch nichts. Schwer enttäuscht trennte sich Regina von ihm. Daraufhin machte er sich aus dem Staub und ging nach Deutschland.«

»Wie haben Klara, Robert und Regina von seiner Rückkehr erfahren?«, erkundigte sich Leopold wissbegierig.

»Da hat sie ein wenig herumgedruckst. Aber die Überbringerin der Nachricht dürfte ziemlich eindeutig feststehen.«

»Johanna Pollak?«

Juricek nickte. »Wenn Reinhard nicht an Regina herangekommen ist, wird er sich wohl bei ihrer Schwester gemeldet haben, sofern er die Kontaktdaten noch hatte. Über Johanna erfuhr es dann zumindest Klara. Regina wurde daraufhin oder war bereits aus dem Verkehr gezogen.«

»Interessanterweise landeten genau zu der Zeit die beiden Romane mit den verräterischen Widmungen in der Bücherecke des *Café Heller*«, überlegte Leopold. »Da wollte wohl jemand schnell alten Ballast loswerden. Nur wurden die Bücher gleich von Reinhard und Cornelia wiederentdeckt. Wie ist Robert Hafner von Reinhards Rückkehr informiert worden?«

»Von Klara! Und er hat angeblich einen ziemlichen Wutanfall bekommen«, ließ Juricek verlauten.

»Wie hat Klara selbst reagiert?«

»Mit sehr gemischten Gefühlen«, berichtete Juricek. »Es muss vor Reinhards Abreise noch zu unschönen

Szenen gekommen sein, an die sie sich sofort erinnerte. Auch um Cornelia machte sie sich anfangs Sorgen. Dann registrierte Klara jedoch, dass sie kein Kind mehr war und außerdem einen tatkräftigen Freund und Beschützer hatte. Das beruhigte sie angeblich wieder.«

»Im *Heller* wirkte sie nervös, als sie bemerkte, dass Reinhard Sageder etwas in das Buch *Salz auf unserer Haut* gekritzelt hatte, so als könne sie nicht glauben, dass er wieder da ist. Könnte nicht sie ihn getötet haben?«, äußerte Leopold eine Vermutung.

»Unter Umständen natürlich schon«, räumte Juricek ein. »Das Problem dabei ist allerdings, dass sie mir ein Alibi präsentiert hat. Eine Bekannte war bei ihr zu Besuch, und sie haben ein Glas Wein miteinander getrunken.«

»Lässt sich das nachprüfen?«, fragte Leopold skeptisch.

»Die Dame, eine gewisse ...«, Juricek konsultierte sein kleines Notizheft, »... Sophie Klenkhart, hat das am Telefon bestätigt. Sie kommt morgen bei uns vorbei und gibt es zu Protokoll.«

»Das heißt, Robert Hafner und Johanna Pollak geben sich gegenseitig ein Alibi, und Klara Schiefer wird durch eine Bekannte gedeckt. Schon komisch, oder?«

Juricek zuckte mit den Achseln. »So ist das Leben nun einmal«, bemerkte er trocken.

»Mich würde brennend interessieren, weshalb Robert Hafner mit allen Mitteln versucht hat, mich an dem Treffen mit Klara zu hindern«, grübelte Leopold. »Noch mehr natürlich, wie die beiden es geschafft haben, mich auf den Punkt genau auszumanövrieren.«

»Oh, das geht ganz einfach«, erläuterte Juricek. »Eine kurze elektronische Mitteilung da und eine dort, zwischendurch ein kurzer Blick aufs Handy, und fertig ist die Sache, schnell, geräuschlos und effektiv. Das ist die moderne Kommunikationstechnik, gegen die du dich so vehement sträubst. Dabei ist sie gerade in solchen Dingen praktisch unentbehrlich.«

Handy. Kommunikation. Mitteilung. Leopold wurde ganz schwummrig bei diesen Worten. Wann hatte er das letzte Mal auf sein Mobiltelefon geguckt? Das war noch in Robert Hafners Wohnung gewesen, als ihn dieser deshalb wegen Unhöflichkeit zurechtgewiesen hatte. Deshalb hatte er nur gesehen, dass er eine Nachricht von Sabine erhalten hatte, diese aber nicht geöffnet. In der Zwischenzeit hatte er darauf vergessen. Das war nun schon eine ganze Weile her. Warum rief seine Tochter denn nicht an wie jeder normale Mensch, damit man das Bimmeln hörte?

»Einen Augenblick, Richard«, ersuchte Leopold. Er nahm sein Handy heraus. Die letzte Nachricht darauf war von Herrn Heller: *Entweder Sie kommunizieren endlich mit Ihrer Tochter, oder Sie können sich einen neuen Job suchen. H. Heller, einstweilen noch Ihr Chef.*

KAPITEL 15

Freitag, 18. Oktober, abends und spät abends

»Es ist keine gute Idee, in meine Wohnung zu gehen«, versuchte Cornelia Hafner Konrad Otto klarzumachen. »Clemens kann dort jederzeit vorbeikommen. Außerdem habe ich nicht lange Zeit.«

»Wir könnten uns irgendwo einen Wiedersehensdrink genehmigen«, schlug Otto vor.

»Auch keine gute Idee«, befand Cornelia. »Ich mag im Moment nichts, und du hast später noch genug Gelegenheit, etwas zu trinken. Gehen wir einfach ein bisschen spazieren.«

»Na schön!« Otto steckte seine Hände in beide Hosentaschen. Er hatte sich im *Strandgasthaus Birner* mit einem schnellen Bier auf sein Treffen mit Cornelia vorbereitet. Seine Enttäuschung, weder in ihre Wohnung eingeladen zu werden noch in nächster Zeit die Möglichkeit zu einem weiteren Bier zu haben, war ihm anzusehen. Erst nach einigen Metern, die sie von der Alten Donau in Richtung Kinzerplatz schlenderten, nahm er das Gespräch wieder auf. »Danke, dass du gekommen bist«, sagte er. »Ich wollte dich unbedingt sehen, nachdem wir uns gestern im *Café Heller* zufällig begegnet sind. Hast du mich wirklich nicht gleich erkannt?«

»Es ist schon so lang her«, erinnerte Cornelia ihn. »Natürlich war da eine Ahnung, als du begonnen hast, mit mir zu reden, und langsam hat es mir gedämmert. Aber es war alles so viel auf einmal. Und der Kaffeefleck von Mama obendrein. Das war ... du musst schon verzeihen ... alles sehr emotional für mich.«

»Ich dachte schon, du bist mir böse«, bemerkte Otto.

»Nein, wie könnte ich das denn sein«, beruhigte Cornelia ihn. »Unser plötzliches Wiedersehen, gleichzeitig die Erinnerung an meine Mutter – das hat mich eben überwältigt! Es mag dir komisch erscheinen, aber ich hänge immer noch sehr an ihr.«

»Ich denke auch noch oft an sie«, pflichtete Otto ihr bei. »Kannst du dich an die Briefe erinnern, die du ihr geschrieben hast? Die Flaschenpost?«

»Du hast sie nie wirklich den Fluten der Donau überlassen, stimmt's?«, vergewisserte Cornelia sich.

Otto zögerte. »Nein, ich habe dich auf furchtbare Weise hintergangen«, gestand er schließlich. »Ich habe es damals einfach nicht übers Herz gebracht. Raffaela war tot, wozu hätte es also gut sein sollen? Entscheidend war, dass du diese Nachrichten ins Jenseits voller Liebe geschrieben hast. Das hat dir bei der Bewältigung deiner Trauer geholfen. Aber dann wollte ich diese Zeilen aufbewahren. Ich habe sie heute noch. Du kannst sie jederzeit sehen. Ist das nicht viel wichtiger?«

Cornelias Augen begannen zu leuchten. »Du hast sie wirklich?«, fragte sie.

»Selbstverständlich! Sowohl die Originale als auch Kopien, die ich später am Computer gemacht habe. Ich habe sogar etwas davon dabei.« Otto überreichte ihr ein Blatt Papier.

Cornelia überflog die Zeilen. Ihre Augen wurden feucht. »Darf ich es einstecken? Ich möchte den Brief später in Ruhe lesen, nicht jetzt«, ersuchte sie ihn.

»Klar! Ich kann dir alles elektronisch schicken, wenn du magst. Die Originale müsstest du dir freilich bei mir holen. Hast du später noch weitere Briefe geschrieben?«

Cornelia nickte. »Klara hat gesagt, das müsse aufhören, es sei nicht gut für meine Nerven. Sie hat mir auf schonende Weise beigebracht, wie unwahrscheinlich es war, dass diese Flaschenpost meine Mutter erreichen würde. Aber eine oder zwei Nachrichten habe ich noch geschrieben – und abgeschickt! Klara und ich haben die Flaschen gemeinsam bei der Donau ihrer Bestimmung übergeben. Dann war Schluss.«

»Da erscheine ich jetzt ja in einem ganz schlechten Licht«, bedauerte Otto.

»Du hast dich wenigstens um mich bemüht, obwohl es nicht deine Aufgabe war«, beruhigte Cornelia ihn. »Du und Klara, ihr wart die hellen Punkte in einer finsteren Zeit.«

»Siehst du Klara noch öfters?«, wollte Otto wissen.

»Kaum«, verneinte Cornelia sofort. »Sie nicht und meinen Vater auch nicht. Und Regina schon gar nicht. Ich bin ein erwachsener Mensch, von niemandem abhängig. Meiner Kindheit weine ich keine Träne mehr nach. Was vorbei ist, ist vorbei. Ich muss es mir zumindest einreden. Dass ich immer noch nicht über Teile der Vergangenheit hinweg bin, zeigt meine Beschäftigung mit dem Buch.«

»Wie kam es dazu?«

»Ich hörte, dass es nicht mehr zu Hause war, dass man es weggegeben hatte. Das beunruhigte mich. Ich erinnerte mich daran, wie ich es einmal vor Jahren gelesen hatte, und wollte einfach wieder darin blättern.«

»Bist du Reinhard in den letzten Tagen wiederbegegnet?«

Bei dieser Frage fühlte sich Cornelia nicht wohl. Sie errötete leicht, was Otto jedoch im Licht der Straßenlaternen nicht sehen konnte. »Nein«, antwortete sie. »Warum möchtest du das alles wissen? Willst du mich ausfratscheln?«

»Er ist immerhin ermordet worden. Ich habe seine Leiche gefunden«, entgegnete Otto. »Mein erster Gedanke dabei war, dass du ihn umgebracht hast.«

Cornelia blieb abrupt stehen. »Wenn du das behauptest, drehe ich mich um und gehe, und wir sind geschiedene Leute für immer«, entrüstete sie sich.

»Sachte, sachte! Lass es dir doch erklären«, redete Otto auf sie ein. »Ich traf Reinhard noch vor seinem Tod, und da hatte er eine ziemliche Wut auf dich. Er verstand immer noch nicht, dass Regina ihn verlassen hatte. Man konnte heraushören, dass er dir einen Teil der Schuld daran gab.«

»Und wieso?«

»Es muss etwas vorgefallen sein«, deutete Konrad Otto achselzuckend an. »Aber davon weißt du sicher mehr als ich.«

»Weißt du nicht immer alles?«, konterte Cornelia. »Und warst du damals nicht bei allem, was sich abspielte, zumindest im Hintergrund tätig?«

»Lenk nicht ab«, forderte Otto sie auf. »Irgendetwas hat dazu geführt, dass sich Regina plötzlich wieder von Reinhard abgewandt hat. Leider ist sie nicht da, sonst könnte sie uns die Sache erklären. Reinhard hat von einem Komplott gegen ihn gesprochen, von falschen Anschuldigungen und Behauptungen, die Regina zu diesem Schritt bewogen hätten, obwohl er – und das hat er mir geschworen – ihre große Liebe war. Daran könnten Klara, Johanna, dein Vater Robert und vor allem du beteiligt gewesen sein.«

»Reinhard behauptete viel«, erwiderte Cornelia emotional. »Er hatte großes Talent darin, von sich abzulenken und die Schuld für etwas bei anderen zu suchen. Und seine Vorstellung von seiner Wirkung auf andere entsprach einfach nicht der Realität. Warum ist er denn einfach abgehaut? Und beteuert dann Jahre später auf einmal, dass sich alle gegen ihn verschworen hätten? Wir dürfen uns davon und von dem Mord an ihm nicht irre machen lassen.«

»Warst du nicht zu der Zeit, als es ihn erwischte, bei der Alten Donau?«, fragte Otto sie eindringlich.

»Nein, warum?«

»Ich habe dich gesehen, Cornelia! Du warst plötzlich da, und dann …«

»Wie kommst du bloß auf so etwas?«, reagierte sie irritiert. »Möchtest du Schuldgefühle bei mir erzeugen?«

»Ich weiß, was ich gesehen habe«, beharrte Otto.

»Hirngespinste, nichts als Hirngespinste«, versicherte Cornelia ihm. Sie trabten daraufhin eine Weile schweigend nebeneinanderher. »Weißt du, was mich beschäftigt?«, begann sie dann von Neuem. »Mama ist so plötzlich gestorben, dass ich heute noch der festen Meinung bin, dass Papa seine Hände dabei im Spiel hatte. Du warst damals ein angehender Arzt und hast auffallend oft den Kopf mit ihm zusammengesteckt. Was habt ihr damals ausgeheckt?«

»Es ist lächerlich, wenn du mir aus Dingen einen Strick drehen möchtest, an die du dich gar nicht genau erinnern kannst, so klein warst du«, versetzte Otto.

»Seit du mir den Kaffeefleck in dem Buch gezeigt hast, laufen ständig Bilder aus der Vergangenheit wie ein Film in meinem Kopf ab«, versuchte Cornelia, ihm begreiflich zu machen. »Da kommen Papa und du öfters drin vor. Und ich habe kein gutes Gefühl dabei.«

»Du versuchst abzulenken«, warf Otto ihr vor. »Ich hatte gehofft, du würdest mir hier unter vier Augen reinen Wein einschenken und meine Bedenken damit zerstreuen. Stattdessen machst du mir versteckte Vorwürfe zum Tod deiner Mutter, dessen Ursache, ein Herzinfarkt, damals eindeutig geklärt wurde.«

»Da ist noch lange nicht das letzte Wort gesprochen«, ließ Cornelia ihn wissen.

»Die Jahre, die vergangen sind, haben sich nicht gerade positiv auf unsere Beziehung ausgewirkt, schätze ich«, konstatierte Otto. »Da führt uns das Leben wieder zusammen, und statt die Gelegenheit zu nützen, begegnen wir einander voller Misstrauen. Haben wir uns sonst nichts mehr zu sagen?«

Sie hatten den Kinzerplatz überquert und waren an seinem Ende angelangt, ohne auch nur einmal ehrfürchtig zur mächtigen Leopoldskirche, der drittgrößten Kirche Wiens, aufzublicken. »Ich glaube, hier trennen sich unsere Wege«, sagte Cornelia zum Abschied. »Ich wohne nicht mehr weit von hier. Danke für die Kopie meines Briefes. Und sonst … mach's gut!«

Sie berührte leicht Ottos Hand. »Tschüs«, hauchte er ihr ins Ohr, ehe sie sich umdrehte und rasch von ihm entfernte.

Das *Burgstüberl*, ein kleines Beisl im vom Volksmund »Rote Burg« genannten schräg gegenüber liegenden Gemeindebau, hatte noch offen. Zielsicher lenkte der Pathologe seine Schritte dorthin.

*

»Dann servus, Leopold!« Oberinspektor Richard Juricek tippte mit Zeige- und Mittelfinger seiner rechten Hand an die Krempe seines Sombreros zum Zeichen des Abschieds.

»Du gehst schon?«, fragte Leopold erstaunt und erleichtert zugleich. »Ich dachte, du würdest mich nach Sabines Nachricht zu ihr und Thomas Korber begleiten. Sie verfolgen gerade Cornelia Hafner und Konrad Otto, mit dem sie sich getroffen hat.«

Juricek winkte ab. »Ich überlasse dir das Feld«, eröffnete er Leopold. »Für dich wird es sicher interessanter als für mich. Bleib am Ball! Und lies in Zukunft um Himmels willen rechtzeitig die Nachrichten deiner Tochter, sonst verscherzt du es dir noch ganz mit ihr.«

Leopold kniff sein rechtes Auge zusammen. »Da stimmt doch was nicht«, mutmaßte er. »Du führst etwas im Schilde, oder?«

»Gar nichts führe ich im Schilde«, informierte Juricek ihn. »Aber wie stellst du dir das vor? Was soll ich denn machen? Es besteht keine Notwendigkeit, jetzt, um diese Uhrzeit, das Wiedersehen zweier Menschen zu stören. Sobald ich in deinem Schlepptau bei den beiden auftauche, werden sie ihr Gespräch auf die allernotwendigste Kommunikation reduzieren, deren Inhalt für die Aufklärung unseres Falles keinen Beitrag leisten wird.«

»Aber beide zählen doch nach wie vor zu den Verdächtigen«, wunderte sich Leopold.

»Eben deswegen!«

»Hast du gar keine Angst, dass sie sich zusammentun, um etwas zu vertuschen?«

»Diese Möglichkeit besteht immer bei allen Beteiligten in einem Mordfall«, klärte Juricek Leopold auf. »Ich kann sie ja nicht der Reihe nach wegen Verdunkelungsgefahr einsperren. Lassen wir also die Kirche im Dorf und warten wir ab. Ich denke, dass wir auch so bald interessante neue Dinge erfahren werden.«

»Das heißt, Konrad Otto interessiert dich im Augenblick gar nicht«, folgerte Leopold.

»Er interessiert mich sogar sehr«, widersprach Juricek. »Aber erstens habe ich mittlerweile einen gewaltigen Hunger und hoffe, dass meine Hannelore mir ein herzhaftes Abendessen zubereitet hat, und zweitens hat Herr Otto die Verpflichtung, sich in regelmäßigen Abständen am Kommissariat zu melden. Sein nächster Termin ist morgen um 11 Uhr Vormittag. Da werde ich ihn dann schon gehörig zwicken und zwacken.«

»Verstehe«, begriff Leopold. »Du glaubst nicht, dass du heute etwas Entscheidendes aus ihm herauskriegen würdest?«

»Dafür habe ich ja dich«, setzte Juricek ihm auseinander. »Wenn ihm jemand in einer solchen Situation etwas entlockt, dann du! Zwischen euch besteht ein gewisses Vertrauensverhältnis. Also bemühe dich und gib mir morgen Bescheid! Dann können wir abgleichen, ob zwischen dem, was er dir sagt, und dem, was er mir erzählt, ein Unterschied besteht.«

»Raffiniert«, zollte Leopold seinem Freund Anerkennung. Im selben Augenblick trudelte eine neue SMS seiner Tochter Sabine Patzak ein. Diesmal öffnete er sie sofort. »Otto ist jetzt offenbar allein im *Burgstüberl* gelandet«, berichtete er. »Sabine und Thomas sind auch dort. Die Gelegenheit ist also günstig. Zu welchem Thema soll ich ihn aushorchen?«

»Ich vertraue auf dein Gespür für die Situation«, schärfte Juricek ihm ein. »Interessant wäre zunächst etwa, was bei seinem Gespräch mit Cornelia herausgekommen ist, und wie man den aktuellen Stand ihrer Beziehung interpretieren kann.«

Leopold konnte nicht umhin, ihm bei dieser Gelegenheit von der Flaschenpost zu erzählen, die Conny Otto nach dem Tod ihrer Mutter einige Male anvertraut hatte.

Juricek seufzte. »Genau diese Informationen sind es, die ich gleich hören möchte, und nicht zufällig irgendwann, wenn es dir gerade einfällt«, ließ er Leopold wissen. »Das ist ein wichtiges Detail.«

»Ich habe es selbst erst vor kurzer Zeit von Thomas erfahren«, verteidigte Leopold sich.

»Na schön! Jedenfalls bringt es mich gleich zum nächsten, heiklen Punkt«, fuhr Juricek fort. »Weshalb war Otto in der Mordnacht in der Nähe des Tatortes? Die Geschichte mit seinem Näschen für die Wasserleichen von Selbstmördern kann er seiner Großmutter erzählen, nicht mir!«

»Ich denke, er hatte, so wie ich, einen Hinweis von Sageder bekommen. Siehst du etwa auch einen Zusammenhang mit der Flaschenpostgeschichte?«, versuchte Leopold mitzudenken.

»Auf der Flasche beim Tatort und dem Zettel mit den Worten *Ohne dich kann ich nicht leben* befinden sich Ottos Fingerabdrücke«, vertraute Juricek ihm an.

»Wieso hast du ihn dann nicht verhaftet? Das ist doch ein starkes Indiz«, wollte Leopold wissen.

»Aber kein endgültiger Beweis«, merkte Juricek an. »Was hat die Flasche mit dem Mord an Sageder zu tun? Das gilt es herauszufinden. Und dazu könnte deine Hilfe von Nutzen sein.«

»Dann nehme ich die Herausforderung an«, versprach Leopold.

*

Als Leopold seinen Wagen auf dem Kinzerplatz einparkte, winkte ihm Sabine Patzak schon von der gegenüberliegenden Straßenseite zu. Rasch kam sie zu ihm hinüber. »Na endlich«, begrüßte sie ihren Vater. »Hättest du schneller auf meine unzähligen SMS reagiert, hätten Thomas und ich nicht solchen Stress gehabt. Am Schluss wurde es sogar Herrn Heller zu bunt.«

Leopold ging nicht auf ihre Kritik ein, sondern ließ sich von seiner Tochter schildern, was vorgefallen war. Tanja Vukic hatte herausbekommen, dass sich Cornelia Hafner und Konrad Otto beim *Gasthaus Birner* treffen wollten. Sabine hatte sich anschließend gleich mit Thomas Korber auf den Weg gemacht. Es war ihnen gelungen, die beiden noch rechtzeitig zu entdecken und ihnen unauffällig zu folgen. »Sie hatten eine lebhafte Diskussion, und dass sie sich hier getrennt haben, war sicher nicht beabsichtigt«, schloss Sabine ihre Ausführungen ab.

»Und Thomas sitzt jetzt mit Otto im *Burgstüberl*?«, vergewisserte Leopold sich.

»Wir beide«, gab Sabine Auskunft. »Ich bin nur kurz rausgegangen, um dich ins Bild zu setzen. Otto macht einen niedergeschlagenen Eindruck. Er hat gar nicht viel gefragt, woher wir kommen und warum wir da sind. Er hat sich bloß gefreut, dass jemand ein Glas mit ihm trinkt. Bisher ist er ziemlich wortkarg.«

»Dann wird er gegen meine Gegenwart sicher auch nichts einzuwenden haben«, schloss Leopold, sperrte sein Auto ab und betrat mit Sabine das Lokal.

Im *Burgstüberl* war seit geraumer Zeit nur mehr der kleine Schankraum in Betrieb. Links von der Theke führte zwar ein Durchgang in einen größeren Raum, in dem sogar einmal Billard gespielt worden war, doch der diente heute nur mehr als eine Art Rumpelkammer. Der Wirt spielte mit zwei anderen Gästen Würfelpoker, ein Zeichen, dass er noch nicht vorhatte, die nirgendwo angeschriebene Sperrstunde auszurufen. Das Stüberl war gut besucht. Es fühlte sich hier immer ein wenig eng an, und die alkoholgeschwängerte Luft nahm einem auch ohne den Zigarettenrauch früherer Jahre beim Eintreten den Atem.

Otto schaute mit trübem Blick von seinem Bier auf, als er Leopold wahrnahm. »Oh, mein Sponsor ist eingetroffen«, bemerkte er sarkastisch. »Ich habe bei Ihnen durch meine Informationen sicher schon wieder genügend Gutpunkte für ein kleines Getränk gesammelt.«

»Sie sollten nicht so viel trinken«, befand Leopold und zwinkerte ihm dabei zu. »Sie haben morgen einen wichtigen Termin, bei dem Sie einen klaren Kopf benötigen.«

»Ach so? Mag sein«, sinnierte Otto. »Aber im Augenblick denke ich gerade über wesentliche Dinge nach, und da benötigt mein Körper Unterstützung.«

»Wir besprechen gerade ein interessantes philosophisches Problem, nämlich inwieweit wir unsere Eindrücke aus der Vergangenheit unverfälscht ins Heute hinüberretten können«, meldete sich Thomas Korber zu Wort. »Wie sicher können wir sein, dass sich einmal alles wirklich so zugetragen hat?«

»Eine verzwickte Frage«, äußerte Otto. »Wie dachten wir früher, wie denken wir jetzt? Ist das, woran wir uns erinnern, deckungsgleich mit dem, wie es damals war? Nehmen Sie zum Beispiel ein Buch, das Sie als Jugendlicher oder junger Erwachsener mit Begeisterung gelesen haben. Erscheint es bei einer heutigen Lektüre noch genauso spannend und interessant? Löst ein alter Film noch immer dieselben Emotionen bei Ihnen aus wie früher? Wie würden Sie eine Szene aus Ihrem Leben beurteilen, wenn man sie Ihnen nach zehn oder 15 Jahren vorspielen würde? Würden Sie sie überhaupt für authentisch halten?«

»Schwafeln Sie nicht so allgemein daher, sondern sagen Sie gleich, dass es Ihnen um die Erinnerung an Ihre Erlebnisse mit Cornelia Hafner geht«, redete Leopold ihn direkt an.

»Um wen oder was auch immer«, versuchte Otto auszuweichen. »Kann es sein, dass man draufkommt, man hat sich geirrt, und es war alles ganz anders?«

»Der Trick besteht darin, sich vor Augen zu führen, dass alles nur einmal und auf eine ganz bestimmte Art und Weise geschehen ist«, dozierte Korber nach einem Schluck aus seinem Bierglas. »Unsere Erinnerung legt dann den Weichzeichner darüber. Darum sind wir nach einer gewissen Zeit gar nicht mehr in der Lage, Vergangenes zu beurteilen, schon gar nicht von seiner emotionalen Wirkung her.«

Leopold bestellte bei einem sich behäbig nähernden Kellner eine kleine Flasche Bier. »Bleiben wir bei Cornelia«, forderte er Otto, der ebenfalls ein Bier orderte, danach auf. »Schon bei Ihrer ersten Wiederbegegnung mit ihr, aber noch viel mehr bei Ihrem gemeinsamen Spaziergang vorhin mussten Sie feststellen, dass sie längst eine andere geworden ist als in dem Bild, das Sie von ihr im Kopf haben. Irgendwie logisch, denn damals war sie ein Kind, heute ist sie erwachsen. Nun nagen Sie aber daran, dass Sie keinen Zugang mehr zu ihr finden.«

Otto reagierte beinahe beleidigt. »Worauf spielen Sie an?«, fragte er.

»Ich stelle mir das so vor«, begann Leopold mit seiner Erklärung. »Sie entwickelten eine Beziehung zur kleinen Cornelia nach dem Tod ihrer Mutter. Es war ein rein platonisches, aber sehr inniges Verhältnis in einer schwierigen Zeit für das Mädchen. Die Mutter, in die Sie sich, denke ich, ein wenig verschaut hatten, erkrankte schwer und starb, der Vater heiratete daraufhin seine heimliche Freundin. In diesen Tagen waren Sie so etwas wie ein väterlicher Freund. Cornelia vertraute Ihnen sogar intime Briefe an ihre verstorbene Mutter an.«

»Ja und?« Otto wurde sichtlich nervös und ungeduldig.

»Kommen wir nun zur Wiederbegegnung«, führte Leopold weiter aus. »Dabei merkten Sie schnell, dass die Zeiten sich geändert hatten. Aber das Bild vom unschuldigen Mädchen, das sich Ihnen zeitweise anvertraut hatte, wurde schon vorher gestört. Sie trafen sich mit Ihrem alten Kumpel Reinhard Sageder, der seine Regina unbedingt wiedersehen wollte. Sie hörten seine Vorwürfe, Cornelia sei schuld an seiner damaligen Trennung von ihr gewesen. Die kleine, unverdorbene Conny? Das konnten Sie kaum glauben. Es folgten weitere böse Behauptungen, auch gegen Sie, schließlich Drohungen gegen Ihre heiß geliebte Conny. Da schlugen Sie zu. Und merkwürdigerweise vereinbarten Sie wenig später angeblich ein weiteres Treffen mit Reinhard.«

»Vermutlich schließen Sie etwas daraus«, warf Otto ein.

»Ja, und zwar Folgendes: Sie haben mir und Oberinspektor Juricek immer noch nicht die ganze Wahrheit gesagt«, stellte Leopold fest. »Das ist schlecht für Sie, denn Sie sind mehr denn je des Mordes an Sageder verdächtig.«

Ein schwaches sarkastisches Lächeln spielte um Ottos Mund. »Dachte ich mir's doch«, sagte er nur.

»Sie wollten in der Sache selbst nach dem Täter Ausschau halten, um sich reinzuwaschen. Haben Sie schon was rausgekriegt?«

Otto hielt kurz inne, dann schüttelte er träge den Kopf. »Leider nein!«

»Noch schlechter für Sie«, machte Leopold ihn aufmerksam. »Die Polizei ist nämlich mittlerweile einen Schritt weiter. Sie hat Ihre Fingerabdrücke auf der Bierflasche samt darin enthaltener Botschaft gefunden, die unweit des Tatortes beim Ufer der Alten Donau lag.«

Konrad Otto trank schweigend von seinem mittlerweile eingetroffenen nächsten Bier. Ihm war offenbar die Lust vergangen, etwas zu sagen.

»Reißen Sie sich zusammen, Otto«, mahnte Leopold ihn eindringlich. »Wenn Sie weiter schweigen und die beleidigte Leberwurst spielen, sehe ich schwarz für Sie. Ich vermute, dass sich Cornelia in der Mordnacht ebenfalls am Ort des Geschehens aufgehalten hat. Entweder haben Sie Sageder getötet, weil Sie sie in Gefahr glaubten, oder Sie wollten Conny schützen, weil sie die Tat begangen hat. In jedem Fall diente die Flasche als Ablenkungsmanöver.«

»Gibt es nicht noch eine dritte Möglichkeit?«, kroch Otto zögernd wieder aus seinem Versteck hervor.

»Und die wäre? Ich bin gespannt!«

»Ich denke, wir sind wieder bei unserem kleinen philosophischen Problem angelangt«, kommentierte nun Korber in lehrerhaftem Ton. »Was *ist wirklich* geschehen, und was *glauben wir*, dass geschehen ist? In diesem Fall, wo die Ereignisse noch nicht weit zurückliegen, würde ich nicht von einem Weichzeichner sprechen, sondern von einem Nebel, der sich über die Dinge gelegt hat. Statt klaren Eindrücken beherrschen Grautöne das Bild.«

»Bitte lass das, Thomas! Deine Beiträge sind im Augenblick nicht sehr hilfreich«, wies Leopold seinen Freund zurecht.

»Du tust ihm Unrecht, Papa! Er spricht das Richtige an«, verteidigte Sabine ihn daraufhin.

»Nur keinen Streit meinetwegen, wo wir doch hier in gemütlicher Runde beisammensitzen«, versuchte der wiedererwachte Otto, seine Tischnachbarn zu beschwichtigen. »Was Herr Korber vorgebracht hat, lässt tatsächlich eine weitere Option als plausibel erscheinen, nämlich die der Verschwommenheit. Ich war, wie ich schon gesagt habe, etwas später beim Treffpunkt mit Reinhard, weil ich Sie bereits dort vermutete, Leopold. Deshalb sah ich ihn dort auch nicht mehr.«

»Aber Cornelia«, fiel ihm Leopold ins Wort.

»Zumindest glaube ich das«, behauptete Otto. »Zuerst war ich mir sicher, aber dann … Ich hatte sie doch lange Zeit nicht gesehen, und es war trotz der Straßenbeleuchtung relativ dunkel, außerdem der Eindruck weniger Sekunden … Vielleicht war es jemand anders, vielleicht auch nur … Wie sagten Sie, Herr Korber?«

»Etwas, das immer wieder kurz aus dem Nebel, der sich über die Erinnerung gelegt hat, heraus Gestalt annimmt und sich ins Hirn hineinfrisst«, half Korber ihm.

»Genau«, bestätigte Otto.

»Was haben Sie von dem, was mit Reinhard Sageder geschah, mitbekommen?«, wollte Leopold wissen.

»Es war wieder dasselbe«, klagte Otto. »Einerseits war ich mir sicher, dass er ins Wasser gestoßen wurde, andererseits befand ich mich in einiger Entfernung und hatte keine ganz freie Sicht auf den Steg. Und Sekunden später fragte ich mich schon, ob es die Wirklichkeit gewesen war oder ein Traum. Das Wasser lag komplett ruhig da, so als sei nichts passiert.«

»Kam dann die Aktion mit der Flasche?«

»Ich handelte wie in Trance, das schwöre ich Ihnen«, reklamierte Otto für sich. »Ich hatte keine Vermutungen und keinen konkreten Verdacht, nur eine schlimme Befürchtung: Conny hatte Reinhard getötet! Dann stieß ich durch Zufall auf die leere Bierflasche. Sie lag neben einer Bank oben am Weg. Gut möglich, ja sogar sehr wahrscheinlich, dass Reinhard sie ausgetrunken hatte, während er auf uns wartete. Gott, was gingen mir da für Gedanken und Erinnerungen durch den Kopf!«

Otto geriet ins Schwärmen. Leopold tat alles, um die Sache abzukürzen. Ihm ging es mittlerweile wie Richard Juricek. Er bekam ziemlichen Hunger und sehnte sich nach etwas Essbarem aus dem Kühlschrank daheim, das ihm seine Erika zubereitet hatte. »Sie taten also den Zettel hinein, wie bei einer Flaschenpost«, drängte er.

»Ich erinnerte mich an Connys ersten Brief und den Satz *Ohne dich kann ich nicht leben*«, gab Otto an. »Haben Sie so etwas Erschütterndes schon einmal von einem achtjährigen Kind gelesen?«

»Sie haben das auf den Zettel geschrieben und ihn hineingetan«, stellte Leopold ungeduldig fest.

»Ja! Ich hab's einfach hingekritzelt, in Druckschrift und ohne mir viel Mühe zu geben. Dann ein *R* dazu, rein in die Flasche, am Ufer abgelegt und fertig. Ich dachte mir nicht viel dabei, ließ mich von meinen Gefühlen treiben.«

»Es sollte wie Selbstmord aussehen!«

»Vielleicht war das letzten Endes mein Ziel«, gab Otto zu. »Aber es ergab nicht viel Sinn, das erkannte ich bei der Untersuchung der Leiche. Die Verletzungen an Reinhards Körper ließen eigentlich nur den Schluss zu, dass er ermordet worden war. Ich zögerte mein Ergebnis noch etwas hinaus, das war's aber auch schon.«

»Den Anruf bei Johanna Pollak haben Sie nicht getätigt?«, fragte Leopold.

»Wie denn? Da wären Juricek und sein Team doch gleich dagewesen«, rechtfertigte Otto sich. »Ich brauchte etwas Zeit und einen klaren Kopf. Also genehmigte ich mir einen Drink im *Strandgasthaus Birner*, um zu entscheiden, wie ich weiter vorgehen sollte. Auf dem Rückweg traf ich Sie. Den Rest kennen Sie!«

»Hatten Sie noch mit mir gerechnet?«

»In gewisser Weise schon! Und es machte einiges dann doch leichter«, räumte Otto ein.

Es entstand eine kurze Pause, in der alle vier einen Schluck von ihren Getränken machten. »Was geschieht jetzt weiter?«, erkundigte sich Otto.

»Sie erfahren es morgen von Ihrem Chef, Oberinspektor Juricek«, teilte ihm Leopold mit. »Wenn ich Ihnen einen guten Rat geben darf: Erscheinen Sie nüchtern zu dem Gespräch! Trinken Sie sich auf keinen Fall Mut an.«

»Dann gehe ich jetzt eben«, murmelte Otto in sich hinein, schlüpfte in seine Jacke und spazierte grußlos und einsam in eine weniger verbrauchte, aber weitaus kühlere Luft hinaus.

»Glaubst du ihm?«, fragte Korber.

»Was er uns gesagt hat, wird schon stimmen«, urteilte Leopold. »Er kann schlecht lügen. Ich weiß nur nicht, ob er uns schon die ganze Wahrheit erzählt hat.«

KAPITEL 16

Samstag, 19. Oktober, vormittags

Am nächsten Morgen lachte die Sonne so freundlich durch die großen Fensterscheiben des *Café Heller*, dass man verleitet war, trotz der sich still und heimlich nähernden kalten Jahreszeit an den Frühling zu denken. Drinnen wohlgemerkt, denn dort fühlte es sich angenehmer an als draußen, und so herrschte im Kaffeehaus bald ein reges Treiben, das Leopold wenig Zeit zum Nachdenken ließ. Das war gut so. Er hatte zwar das Gefühl, nicht mehr weit von der Lösung dieses komplizierten Falles entfernt zu sein, aber noch fehlte jener entscheidende Hinweis, durch den sich sämtliche Teile des Puzzles mühelos zusammenfügen ließen. Also konzentrierte er sich vorerst einmal auf seine Gäste.

In seinem Hinterkopf erstellte er einen Zeitplan für den Tag. Die Sperrstunde war für 16 Uhr angesetzt, aber wie immer an einem Samstag konnte es auch ein wenig später werden, wenn eine Billard- oder Tarockpartie noch nicht beendet war. So lange waren Leopold die Hände weitgehend gebunden. Vielleicht kam Oberinspektor Juricek vorbei, vielleicht gab es auch interessanten Besuch in der Bücherecke. Sonst musste er mit seinen Ermittlungen leider warten. Dabei brannte er nach den Erkenntnissen des gestrigen Tages darauf, Klara Schiefer, Johanna Pollak oder Cornelia Hafner in die Mangel zu nehmen.

Zwischendurch warf er immer wieder einen Blick auf sein Handy, um nach den Unstimmigkeiten des Vortags nur ja keine Nachricht von Sabine zu versäumen. Aber noch war nichts gekommen. Frau Heller hingegen schien sich in einem intensiven digitalen Austausch mit ihrem am Haustisch sitzenden Gatten zu befinden. Man spürte dabei direkt die Spannung, die in der Luft lag. »Wie schreibt man ›staubsaugen‹? Klein und zusammen, oder getrennt und zuerst groß?«, raunte sie Leopold unvermittelt zu.

»Ist das nicht egal?«, entgegnete er. »Am Handy schreibt doch ohnehin jeder, wie er will!«

»Ich muss meinem Heinrich gegenüber korrekt sein«, versetzte Frau Heller. »Sonst führt er am morgigen Sonntag unter Umständen die Hausarbeiten nicht durch, die ich von ihm verlange. Er ist da sehr kleinlich!«

»Dann sagen Sie's ihm doch! Er sitzt zwei Meter von Ihnen entfernt und ist nicht schwerhörig«, schlug Leopold vor.

»Jetzt habe ich mich schon einmal an das Schreiben gewöhnt«, ließ Frau Heller ihn wissen. »Mitunter ist es ganz praktisch. Man schreit sich nicht an, obwohl man natürlich jeden Wutanfall durch den Wortlaut auf dem Display erahnen kann. Moment, neue Nachricht!« Sie las: *Habe alles mitgehört. Staubsaugen kommt überhaupt nicht infrage!* Und schon bewegten sich ihre Finger mit einer ungeahnten Flinkheit, mit der sie im Nu des Satz *Dann putzt du eben das Bad!* hervorbrachte.

Leopold wartete den weiteren Verlauf dieses Dialogs nicht ab. Er warf wieder einmal einen Blick in Richtung

Bücherecke. Dort hatte sich mittlerweile der Herr mit Brille eingefunden. Leopold eilte zu ihm, um seine Bestellung entgegenzunehmen. Dabei nahm er noch eine Frau wahr, die sich zuvor in der Hocke befunden haben musste. Nun richtete sie sich wieder auf, um den oberen Teil des Bücherregals zu mustern. Noch stand sie ein wenig von ihm abgewandt, sodass er sie nur schlecht von der Seite betrachten konnte, aber das genügte, um seinen Puls rasch zu erhöhen. Wenn Leopold nicht alles täuschte, stand Regina Hafner vor ihm.

»Frau Regina?«, redete er sie spontan an.

Jetzt drehte sie sich vollständig um. Das war zweifellos die Frau, die er vor zwei Tagen für einige Sekunden beim Imbissstand an der Alten Donau gesehen hatte. Doch wirkte sie nun weitaus entspannter als damals. »Ja?« Sie lächelte.

Regina Hafner sah jünger und weitaus gepflegter als ihre Schwester aus. Ihr unauffällig geschminktes Gesicht wirkte lebendig. Sie schaute Leopold so erwartungsvoll an, als erwarte sie von ihm einen vollständigen Bericht über alles, was während ihrer Abwesenheit geschehen war.

»Während der letzten Tage hat man nach Ihnen gefragt und Sie gesucht«, begann er.

»Das ist mir zu Ohren gekommen, sonst wäre ich jetzt nicht hier«, erklärte Regina. »Sie sind der neugierige Oberkellner, von dem mir Johanna erzählt hat, nicht wahr? Sie meinte, ich solle mich bei Ihnen melden, bevor ich meine Aussage bei der Polizei mache. Es sei einfacher, mit meiner Geschichte bei Ihnen zu beginnen.«

Leopold fühlte sich geehrt. »Da sind Sie genau richtig. Wo waren Sie denn?«, erkundigte er sich etwas vorlaut.

»Ach, hier und dort«, antwortete sie ausweichend. »Seit Robert und ich getrennte Wege gehen, bin ich ein freier Mensch und nutze das auch aus. Habe ich Ihnen übrigens schon gesagt, dass ich gern eine Melange und ein kleines Mineralwasser mit Kohlensäure hätte?«

»Nein! Kommt selbstverständlich sofort!« Leopold eilte nach vorn zur Theke und brachte sämtliche Getränke, auch den großen Braunen für den Herrn mit Brille.

»Ich suche das Buch«, teilte ihm Regina mit, als er zurückkam.

»Und welches, gnädige Frau?«

»Das mit der Widmung! Na, Sie wissen schon!«

Beide Bücher, sowohl das von Benoîte Groult als auch das von Nicholas Sparks, standen nun nebeneinander eingereiht. Leopold deutete dorthin und wartete, welches Regina Hafner auswählen würde. Sie entschied sich für *Salz auf unserer Haut*. Vorsichtig schlug sie es auf und überflog die ihr gewidmeten Zeilen. Das geschah nicht ohne ein gewisses Maß an Ergriffenheit.

»Herr Sageder war vor seinem Ableben noch bei uns im Kaffeehaus«, vertraute Leopold ihr an. »Er war ganz wild auf dieses Buch und wollte wissen, woher wir es haben. In einem unbeobachteten Moment hat er dann noch etwas hinten hineingeschrieben.« Leopold zeigte ihr die Kurznotiz auf der letzten Seite vor dem Buchdeckel: *R zurück 15.10.*, dazu die Telefonnummer.

»Das war für mich gedacht«, sagte Regina mit zittriger Stimme. »Ganz sicher! Er wollte, dass ich erfahre, dass er wieder zurück ist, und wie ich ihn erreiche. Eine ungewöhnliche Methode, aber wahrscheinlich hätte er alles versucht, um mich wiederzusehen.« Und, nach einer Pause: »Er hat mich geliebt.«

»Und Sie sind vor ihm geflohen«, konstatierte Leopold. Er zog sie dabei ein wenig zur Seite, damit sie ungestört reden konnten.

»Ganz so war es nicht«, schränkte Regina ein. »Seit meiner Entzweiung mit Robert bin ich viel unterwegs und fühle mich niemandem verpflichtet. Als ich hörte, dass Reinhard wieder im Lande war, war es nicht unbedingt mein Ziel, auf ihn zu treffen. Wir gingen damals im Streit auseinander. Ich wollte nach so vielen Jahren nicht noch einmal des Langen und Breiten darüber diskutieren. Außerdem ahnte ich, dass er versuchen würde, mich nochmals rumzukriegen. Also ging ich auf Tauchstation.«

»Ihre Schwester hat Ihnen dabei geholfen, nicht wahr?«

»Sagen wir es so: Johanna war eine Art Verbindungsperson«, drückte Regina es aus. »Ich konnte zu ihr kommen, wenn die Luft rein war, und sie hat mich dann mit Informationen versorgt. Ich war viel unterwegs und wollte nicht erreichbar sein.«

»Auch nach Reinhards Tod nicht?«

»Ich musste doch einmal den ganzen Wirbel abwarten. Verstehen Sie das nicht?«

»Na schön! Was hat denn damals zu Ihrer Trennung von ihm geführt?«

Bei dieser Frage wurde Regina wieder sentimentaler. »Ich hätte mich nicht noch einmal in ihn verlieben sollen«, gab sie mit unsicherer Stimme zu. »Er war einfach ein wunderbarer Liebhaber, und das brauchte ich nach den eintönigen Jahren mit Robert. Plötzlich gab es wieder jemanden, der wusste, wie er mich behandeln musste. Also ließ ich mich auf das Abenteuer ein, mit Haut und Haar, mit Leib und Seele.«

»Ohne dabei an Ihren Mann oder Ihre Stieftochter zu denken«, warf Leopold ein.

»Ich dachte dabei in erster Linie an mich«, setzte ihm Regina ihren Standpunkt auseinander. »Ich überlegte, ob ich weiter neben einem Mann dahinvegetieren wollte, dem ich nicht einmal mehr so viel bedeutete wie seine Finanzberatung und das Herumsurfen im Internet. Er bot mir den Lebensstandard, den ich gewohnt war. Aber gehört zu einer Beziehung nicht mehr? Und Conny wurde langsam älter und reifer. Sie hat mich nie als ihre Mutter angesehen, dazu hing sie noch zu sehr an Raffaela. Außerdem gab es Klara. Zu ihr hatte Conny einen besseren Draht als zu mir. Also war ich bereit, mich auf das Abenteuer mit Reinhard einzulassen, bis …« Sie unterbrach sich, hob ihre Tasse und machte einen Schluck von der Melange. »Bis ich mitbekam, dass es noch eine andere Frau in seinem Leben gab.«

»Wie haben Sie das denn herausgefunden?«, fragte Leopold sofort.

»Zunächst ist Robert mir auf meine Affäre draufgekommen, muss ich gestehen«, schilderte Regina. »Ich war wohl nicht sehr geschickt darin, sie zu verheimlichen. Und Conny steckte auch ständig ihre Nase in meine Privatangelegenheiten. Was soll's! Robert sprach mich darauf an, wich dabei aber jeglicher Auseinandersetzung aus. Stattdessen redete er davon, über Reinhard Bescheid zu wissen. Ich solle mir keine Illusionen machen, die einzige Frau in seinem Leben zu sein. Ich könne ruhig mit ihm weitermachen, würde jedoch bald schwer enttäuscht werden. So setzte er seine Nadelstiche.«

»Sie glaubten ihm? Er war doch Partei!«

»Natürlich wollte ich mich von Robert nicht beunruhigen lassen. Aber vielleicht kennen Sie das Gefühl, wenn einem jemand einen Floh ins Ohr setzt. Mir kamen leise Zweifel. Ich kannte Reinhard aus meiner ersten, lockeren Beziehung zu ihm. Wie treu konnte er sein? Darüber begann ich, mir den Kopf zu zerbrechen.«

Sie trank von ihrem Kaffee und ließ das Mineralwasser vorerst stehen. »Wie erfuhren Sie schließlich von der anderen Liebschaft?«, hakte Leopold unterdessen nach.

»Durch Conny«, kam es schnell von Regina. »Sie war über Reinhard und mich im Bilde. Eines Tages kam sie beinahe triumphierend zu mir. Sie habe Reinhard mit einer anderen Frau gesehen. Schon das zweite Mal am selben Ort. Im Floridsdorfer Aupark, in der Nähe der Wohnung einer ihrer Schulfreundinnen. Ich könne mich selbst überzeugen.«

Leopold hatte sich inzwischen gesetzt. Ihm taten die Füße weh.

»Robert genügte die Bestätigung für seine Anschuldigungen«, redete Regina mit der Tasse in der Hand weiter. »Der Rest war ihm egal. Ich hingegen hatte Blut geleckt. Mit Conny und Klara im Bunde begab ich mich zu dem verschwiegenen Platzerl, wo sich Reinhard angeblich immer mit seiner Flamme traf. Um es kurz zu machen: Wir wurden nicht enttäuscht. Wir fanden Reinhard in inniger Umarmung mit einer Frau. Den Rest können Sie sich denken. Es war aus zwischen uns.«

»Konnte Reinhard etwas zu seiner Verteidigung vorbringen?«

»Er versuchte, sich herauszureden. Er kenne diese Frau erst seit Kurzem, meinte er. Er sei mit ihr auf einen unschuldigen Drink gewesen und sei anschließend noch ein wenig gemeinsam mit ihr in Richtung ihrer Wohnung spaziert. Er schwor mir, nichts Unanständiges im Sinn gehabt zu haben. Im Park habe sie ihn plötzlich umarmt und geküsst. Er habe das nicht gewollt, aber … nun ja, er gestand, dass ihm die Situation nicht so unangenehm gewesen war, dass er sich gleich gewehrt hätte. Ansonsten beteuerte er seine Unschuld. Doch ich hatte mir meine Meinung gebildet und machte auf der Stelle Schluss mit ihm, so sehr mich das auch in meinem Inneren traf.«

»War das alles?«, wollte Leopold wissen.

»Nicht ganz. Die Frau meldete sich noch einmal telefonisch bei mir«, fuhr Regina fort. »Was sie mir mitteilen wollte, war im Wesentlichen dies: Sie habe nichts von der Beziehung zwischen Reinhard und mir gewusst. Sie habe die Zeit mit ihm zwar genossen, wolle aber keine Liaison mit einem Mann, der bereits vergeben sei. Ich könne ihn mir ruhig wieder nehmen. Sie klang borniert und spielte die Überlegene. Dadurch fiel mir meine Entscheidung im Nachhinein leichter.«

Leopold schüttelte den Kopf. »Das hört sich für mich ein wenig verdächtig an«, rekapitulierte er. »Hatten Sie nie Zweifel an der ganzen Geschichte? Dachten Sie nie an die Möglichkeit, dass Ihr Mann da seine Finger im Spiel hatte?«

»Etwas später, hie und da. Aber zu diesem Zeitpunkt wusste ich nur zwei Dinge: Erstens, dass Reinhard ein leichtlebiger Schlawiner und einem Abenteuer mit einer Frau nie abgeneigt war, und zweitens, dass wir sexuell damals eine kleine Durststrecke hatten«, verteidigte Regina Hafner ihren Entschluss. »Außerdem, und jetzt seien Sie einmal ehrlich: Wenn Sie neben Ihrer Ehe mit dem Freund Ihres Mannes etwas laufen haben und es fliegt auf, dann checken Sie einmal Ihre Möglichkeiten ab. Hier eine unsichere Zukunft mit Bruder Leichtfuß, dort die mögliche Fortsetzung Ihrer Ehe. Da entscheidet man sich schließlich für die bequemere Variante. Robert bemühte sich anfangs auch wieder sehr um mich. Nur ging es dann irgendwann schließlich doch nicht mehr.«

»Aber Reinhard liebte Sie noch immer.«

»Offensichtlich! Wie ich hörte, war er damals nach unserer Trennung schwer angeschlagen. Es ging ihm weitaus schlechter als mir. Deshalb setzte er sich ab und ging nach Deutschland.«

»Und nach seiner Rückkehr …«

»Ich weiß, was Sie meinen. Aber es war aus und vorbei«, schnitt Regina Leopold das Wort ab. »Für mich war es am wichtigsten, allen Komplikationen auszuweichen. Deshalb verschwand ich für einige Tage in der Versenkung. Jetzt hielt ich es für das Beste, wieder aufzutauchen.«

»Haben Sie eine Ahnung, wer Reinhard umgebracht haben könnte?«, fragte Leopold.

»Natürlich nicht! Das Ganze ist mir schleierhaft«, antwortete Regina.

»Was, wenn es doch zu einem Wiedersehen Ihrerseits mit ihm gekommen ist?«, legte Leopold plötzlich los. »Nach einem Tipp Ihrer Schwester Johanna trafen Sie aufeinander. Sie kannte die Imbissstube, wo sich Reinhard seit seiner Rückkehr gern aufhielt. Als er in der Mordnacht von dort aufbrach, folgten Sie ihm. Sie suchten eine Aussprache, zu der es vor Jahren nicht gekommen war. Doch Reinhard hatte getrunken. Er wurde beleidigend und drohte Ihnen. Da kam noch einmal alles in Ihnen hoch. Sie waren enttäuscht und gekränkt. Als er sich an den Rand eines Steges begab, um sich ins Wasser zu erleichtern, gingen Sie hinterher. Sie schlugen mit der Bierflasche zu, die er für einen Moment abgestellt hatte, und stießen ihn ins Wasser.«

Hastig leerte Regina das Glas mit ihrem Mineralwasser. »Meine Schwester hat gemeint, dass Sie sehr begabt im Erfinden von Geschichten sind«, ließ sie Leopold wissen. »Wenn Sie damit beginnen, sei der geeignete Zeitpunkt zu gehen. Das tue ich hiermit. Meine Getränke gehen aufgrund meiner ausführlichen Berichterstattung doch aufs Haus, oder?«

Leopolds Nachforschungen brachten ihm schön langsam ein Budgetdefizit ein. Ehe er sich's versah, machte Regina Hafner Anstalten, das *Café Heller* zügig zu verlassen. »Können Sie sich vielleicht an den Namen der Frau erinnern, mit der Sie Reinhard damals sozusagen in flagranti erwischt haben?«, rief er ihr hinterher, während er sich mühsam von seinem Sessel erhob. »Sie ist unter Umständen eine wichtige Zeugin.«

»Nein, tut mir leid«, bedauerte Regina, sich nochmals umdrehend. »Vielleicht fällt es mir wieder ein. Ich muss jetzt zur Polizei, meine Aussage machen. Danach kann ich hoffentlich wieder ein normales Leben führen.«

»So warten Sie doch einen Moment«, versuchte Leopold, sie aufzuhalten. Aber sie hatte bereits die Tür erreicht und war im Nu draußen. Dabei hätte er noch so viele Fragen an sie gehabt.

*

Hopp, hopp! S und H Heller. Dieser digitalen Aufmunterung seiner beiden Chefs, seine Arbeit schleunigst wieder aufzunehmen, begleitet von mürrischen Blicken, musste

Leopold wohl oder übel nachkommen. Es war Samstag, und da galt es, viele hungrige und durstige Gäste zu bedienen.

Dabei war gerade jetzt, nach dem Erhalt neuer und wichtiger Informationen, auch bei seinen Ermittlungen eine gewisse Eile geboten. Er spürte, dass Regina Hafners Rückkehr eine Reihe unvorhergesehener Ereignisse auslösen konnte. Es braute sich was zusammen. Unter Umständen lief ihm die Zeit davon. Er musste sich alle Verdächtigen also rasch noch einmal nacheinander vorknöpfen, sie mit präzisen Fragen verunsichernd. Die Spreu gehörte endgültig getrennt vom Weizen, die Lüge von der Wahrheit.

Doch fehlte Leopold ein konkreter Plan, wie er während seiner Dienstzeit die dafür notwendigen Vorbereitungen treffen sollte. Mit wem sollte er beginnen? Mit Robert Hafner? Vielleicht doch lieber nicht nach den Erfahrungen des Vorabends. Eher schon mit dessen Tochter Cornelia. Sie hatte in seinen Gesprächen mit ihr ihre Abneigung gegenüber Reinhard Sageder stets deutlich zur Schau gestellt. Gut möglich, dass sie ihm schon damals übel genug gesinnt gewesen war, um mitzuhelfen, sein Verhältnis mit ihrer Stiefmutter zu beenden. Jedenfalls konnte man davon ausgehen, dass sie noch mit etwas hinter dem Berg hielt.

Schnell rief Leopold deshalb seine Tochter Sabine an. Es läutete etliche Male, ehe sie abhob. »Was soll das, Papa?«, krächzte sie verschlafen ins Telefon. »Wie kannst du an einem Samstag so früh anrufen? Warum schickst du keine SMS?«

»Ein Klingelton hat eben etwas Gutes«, versetzte er trocken. »Er weckt die Menschen und ihre Lebensgeister! So geht es nämlich nicht weiter! Wir sind viel zu langsam und müssen aufs Tempo drücken! Kontaktiere bitte sofort Tanja Vukic und sage ihr, sie möge mit Conny Hafner so schnell wie möglich ins *Café Heller* kommen.«

»Papa, ich habe noch nicht einmal die Augen offen!«

»Die brauchst du zum Telefonieren auch nicht! Tanja soll sich was einfallen lassen, damit es klappt. Irgendwas in der Richtung, dass sie das Buch von Nicholas Sparks mit ihr noch einmal durchgehen und besprechen möchte, um herauszufinden, was sie dabei emotional fertigmacht! Das kriegt sie sicher hin!«

»Warum rufst du Conny nicht selbst an?«

»Weil sie dann weiß, dass ich ihr unangenehme Fragen stellen möchte«, erklärte Leopold. Er schilderte seiner Tochter noch in wenigen Sätzen, was er in der Zwischenzeit von Regina Hafner erfahren hatte.

»Na schön, ich probier's«, versprach Sabine und legte wieder auf.

Als Nächstes versuchte es Leopold bei Klara Schiefer. »Was ist?«, meldete sie sich mit ihrer gewohnt schroffen Stimme.

»Ich melde mich bei Ihnen, weil ich Sie gestern leider verpasst habe«, eröffnete er ihr.

»Sie haben mich in der Tat versetzt! Das war nicht schön von Ihnen«, warf Klara ihm vor.

»Sie wissen genau, dass mich Robert Hafner in seinem Haus zurückgehalten hat, damit wir einander nicht begegnen«, behauptete Leopold.

»So ein Unsinn! Aus welchem Grund hätte er das tun sollen?« Klara klang amüsiert.

»Vielleicht war es ihm nicht recht, dass Sie mich treffen wollten«, deutete Leopold an. »Als ich vorher wegen einiger Fragen zu ihm kam, hat er das gleich ausgenützt, um unser Gespräch zu verhindern.«

»Was hätte er damit erreicht? Ich hatte auch Herrn Juricek zum Spielplatz bestellt.«

»Vor dem hatten Sie weniger Angst als vor mir! Sie wussten, dass ich Ihnen ordentlich auf die Finger klopfen würde, weil Sie mich bisher entweder angeschwindelt oder über wichtige Dinge im Dunkeln gelassen haben«, führte Leopold an. »Etwa über Ihre Zeit im Haushalt Ihres früheren Dienstgebers Robert Hafner. Aber wenn Sie nichts zu verbergen haben, können wir das ja nachholen. Geht es heute Abend?«

»Sie glauben doch nicht, dass ich mir jetzt jeden Tag etwas mit Ihnen ausmache«, lehnte Klara diesen Vorschlag sofort ab. »Ich hatte gestern extra den Polizeiinspektor dazu gebeten, damit alle wichtigen Punkte ein für alle Mal geklärt sind. Sie hatten Ihre Chance, jetzt ist sie vorüber!«

»Vielleicht wissen Sie schon, dass sich seit gestern eine neue Situation ergeben hat«, teilte Leopold ihr mit. »Regina Hafner ist wieder aufgetaucht. Dadurch liegen auch neue Aspekte des Mordfalles vor. Von geklärt kann also keine Rede sein.«

Klara Schiefer wirkte kurz irritiert. »Irgendwann musste sie ja wiederkommen«, entgegnete sie. »Die Polizei hat sie ohnehin schon gesucht.«

»Ich habe Details zu ihrer Trennung von Reinhard Sageder von ihr erfahren«, köderte Leopold sie.

Doch Klara stieg nicht darauf ein. »Dann wissen Sie ohnehin Bescheid«, reagierte sie in ihrer gewohnt unfreundlichen Art. »Es gibt also nichts, was einen weiteren Gesprächstermin meinerseits mit Ihnen rechtfertigen würde.«

»Auch nicht, dass Sie sich durch Ihre ablehnende Haltung hochgradig verdächtig machen?«

»Ob Sie mich für verdächtig halten oder nicht, ist wohl kaum entscheidend«, richtete Klara ihm zum Abschied aus und legte auf.

Leopold gab sich vorerst damit zufrieden, sie wahrscheinlich doch mehr durcheinandergebracht zu haben, als sie zugeben wollte. Wenn er richtig vermutete, würde Klara sich in weiterer Folge mit Robert Hafner beraten, was Reginas Rückkehr für sie und ihn bedeutete. Dadurch würde sich auch eine günstige Gelegenheit ergeben, sich Hafner erneut vorzunehmen. Die Dinge gerieten also in Bewegung, und das war gut so.

Noch eine Person musste Leopold umgehend zu erreichen versuchen, und zwar Johanna Pollak, »die Wahnsinnige«. Hatte sie das Untertauchen ihrer Schwester organisiert? War es dabei wirklich nur darum gegangen, Reinhard Sageder auszuweichen? Weshalb war Regina einen Tag nach dem Mord beim Imbissstand in der Nähe des Tatortes gewesen? Und hatte es vor dem Mord an Reinhard bereits einen gegeben, nämlich den an Raffaela? All diese Dinge galt es abzuklären.

Doch Johanna Pollak hob nicht ab. Stattdessen las Leopold wieder einmal *Hopp, hopp* auf seinem Display.

Nach einer Viertelstunde kam dann eine kryptische SMS von Johanna: *Es ist nicht Zeit, bevor die Sonne untergeht. Ich werde kommen, wenn der Wind sich dreht.*

Das war zwar auch digital, aber zumindest poetisch.

KAPITEL 17

Samstag, 19. Oktober, nachmittags

Leopold hatte nun eine Durststrecke zu überwinden. Bis in den Nachmittag hinein rührte sich gar nichts. Er konnte ohne weitere digitale Verwarnungen seiner Arbeit nachgehen. Schließlich spazierte seine Tochter Sabine zusammen mit Thomas Korber zur Tür herein. »Tanja und Cornelia kommen auch gleich«, teilte sie Leopold mit. »Aber halte dich wenigstens am Anfang ein bisschen zurück, damit Conny nicht gleich wieder denkt, dass sie nur da ist, weil du sie verhören willst.«

»Ich werde mein Bestes tun«, versprach Leopold. »Wir haben allerdings schon wieder viel Zeit verloren. Ich muss zu Ergebnissen kommen. Was geschah wirklich, als Regina Hafner ihre Beziehung zu Reinhard Sageder beendete? Welche Rolle spielte Conny damals? Mit der sanften Tour werden wir dabei nicht viel ausrichten, fürchte ich. Die junge Frau hat es faustdick hinter den Ohren.«

»Es war schon schwierig genug, sie zum Herkommen zu überreden«, versuchte Sabine, ihm begreiflich zu machen. »Einerseits befürchtet sie Schwierigkeiten mit ihrem Freund Clemens, andererseits spuken ihr viele Dinge im Kopf herum. Die Begegnung mit Konrad Otto gestern hat ihre Spuren hinterlassen.«

»Wir müssen sie weichkriegen, bis ihr emotionaler Schutzschild gebrochen ist«, kündigte Leopold an. »Im richtigen Augenblick schlage ich dann mit den entscheidenden Fragen zu. Wie will Tanja das Gespräch denn anlegen?«

»Sie hat Cornelia davon überzeugt, dass es nicht genügt, ein Buch, das einen dermaßen in Beschlag genommen hat, einfach wegzulegen, und man ist über alles hinweg«, informierte Sabine ihren Vater. »Sie möchte mit ihr noch einmal die Punkte aufarbeiten, die immer wieder in ihrer Erinnerung hochkommen.«

»Gut! Was tust du, Thomas?«

»Ich werde mich mit einem guten Buch in ein stilles Eck daneben zurückziehen und mit einem Ohr zuhören«, erwog Korber. »Das kann nicht schaden. Und sobald bei Cornelia die Nervosität steigt, könnte ich dir ein Zeichen nach vorn geben.«

»Falls es notwendig ist«, befand Leopold, der in erster Linie selbst darauf achten wollte, wie sich die Situation entwickelte. Insgeheim zeigte er sich aber mit dem Plan zufrieden.

»Ich werde wohl darauf aufpassen müssen, dass du nicht zu früh nervös wirst, Papa«, ergänzte Sabine noch.

Kaum war die Vorgangsweise abgesprochen, trafen Tanja Vukic und Cornelia Hafner in ihrem unverkennbaren Strickpulli ein. Sie waren bereits in ein angeregtes Gespräch vertieft. Ohne zu grüßen oder auf die anderen zu achten, begaben sie sich zügig nach hinten zur Leseecke, wohin Korber ihnen nachfolgte. Leopold nahm die Bestellung auf. »Tee und nochmals Tee«, grummelte er, als er wieder nach vor zur Kaffeemaschine kam. »Sogar Thomas trinkt einen.«

Unterdessen hatte Cornelia Hafner das Buch *Message in a Bottle* aus dem Bücherregal hervorgeholt. Sie hatte es schnell gefunden. Tanja Vukic bat sie jedoch, es nicht gleich aufzuschlagen, sondern zuerst allgemein mit ihr darüber zu plaudern. Wann hatte sie es das erste Mal gelesen und warum? Was gefiel ihr am Inhalt besonders gut? Langsam kamen sie in der Folge auf die Bedeutung des Romans für Connys Familienleben zu sprechen.

»Es störte mich unheimlich, dass Papa das Buch meiner Stiefmutter geschenkt hatte, als Mama noch lebte«, ließ Cornelia sich entlocken. »Da kam ich dann als Teenager drauf. Es lag herum, und ich blätterte hinein. Ich sah die Widmung und konnte trotz einer fehlenden Jahreszahl zwei und zwei zusammenzählen. Regina bekam nachher, glaube ich, nie mehr ein Buch von Papa. Ich begann zu lesen, um herauszufinden, was so besonders daran war.«

»Da muss doch noch etwas in deinem Unterbewusstsein mitgespielt haben«, erinnerte Tanja sie. »Wir wissen mittlerweile von dem Kaffeefleck, und wie er entstanden ist. Du hattest wahrscheinlich nur eine grobe Erinnerung daran. Dennoch verfolgte dich ein ungutes Gefühl von damals bis heute. War es nicht ein Schock für dich, als du den Fleck wiederentdeckt hast?«

»Lassen wir das! Ich will nicht darüber sprechen«, blockte Cornelia ab.

»Damit tust du dir nichts Gutes«, mahnte Tanja sie. »Denn er ist genau der Grund, warum du heute noch verstört und irritiert bist, wenn du nur an das Buch denkst.«

»Kann man es nicht ins Meer oder zumindest in die Donau werfen?«, fragte Cornelia mit steigender Erregung. »So wie eine Flaschenpost, nur dass es gleich untergeht und sich einfach im Wasser auflöst?«

»Das wird dir nichts nützen, solange du nicht weißt, was hinter deinen Beklemmungen steckt«, redete Tanja ihr zu. »Es ist wie bei allen Dingen. Man muss sie zur Sprache bringen, dann verlieren sie ihren Zauber und ihre Macht über uns.«

»Vielleicht«, musste Cornelia zugeben. »Aber es gibt Dinge, über die man nur schwer reden kann, weil sie einfach über einen hereingebrochen sind. Wie alt war ich, als das mit dem Kaffeefleck passierte? Drei, glaube ich. Mama befetzte sich mit meiner späteren Stiefmutter Regina. Sie war wütend und weinte. Es war wegen des Buches. Die Kaffeetasse kippte um, dadurch entstand der berühmte Fleck. Conny war auch da. Aber warum das alles? Niemand hat es mir gesagt. Erst später habe ich versucht, es mir zusammenzureimen.«

»Und worauf bist du gekommen?«

»Mama muss dahintergekommen sein, dass Papa und Regina ein Verhältnis hatten. Ich befürchte – denn das wäre noch schlimmer – Papa hat es ihr gesagt. Ein paar Tage später ist Mama dann gestorben.«

Tränen kullerten aus Cornelia Hafners Augen. Thomas Korber blinzelte vorsichtig in Richtung Theke. Aber es war nicht nötig, Leopold war ohnehin bereits herbeigeeilt. »Sie vermuten, dass es eine gezielte Aktion war, um Ihre Mutter umzubringen«, nahm er den Gesprächsfaden auf und setzte sich.

Cornelia schien ihn nicht zu bemerken. »Was sollte ich denn sonst denken?«, platzte es aus ihr heraus. »Was spukt mir im Kopf herum, seit ich in der Lage bin, über diese Dinge nachzudenken? Es muss so gewesen sein! Wahrscheinlich waren Papa und Regina schon ungeduldig, weil Mama noch nicht unter der Erde war. Sie stemmte sich mit dem Mut der Verzweiflung gegen ihr Schicksal. Die beiden hielten es nicht mehr aus. Da mussten sie Mama den letzten Lebenswillen rauben. Vielleicht waren sie selbst überrascht, dass es so schnell ging, aber offenbar klappte es.«

»Ist es das, was Sie meinen, wenn Sie sagen, Ihr Vater hat Ihre Mutter getötet?«, setzte Leopold fort.

»Mehr oder minder ja! Vielleicht hat Papa Mama auch vergiftet. Er hatte oft genug mit Conny über medizinische Sachen geplaudert, soviel ich weiß. Dadurch könnte er auf eine Idee gekommen sein. Was weiß ich! Aber er wollte sie töten, und er hat sie getötet!«

»Sie können es aber nicht beweisen.«

Cornelia schüttelte den Kopf und schluchzte in sich hinein.

»Ihre Stiefmutter war Ihnen also ein Dorn im Auge«, rekapitulierte Leopold. »Anfangs waren Sie noch zu klein, um sie zu hassen, aber als Ihnen mit der Zeit Dinge begreiflich wurden, entwickelten Sie eine immer größere Antipathie gegen sie.«

»Sie war ohnehin nie für mich da«, entgegnete Cornelia. »Hauptsächlich kümmerte sich Klara um mich, phasenweise war in meiner Kindheit Konrad Otto da, und ab und zu leistete Papa seinen Pflichtbeitrag. Ich hatte kein schlechtes Verhältnis zu Regina, ich hatte eigentlich gar keines.«

»Aber es störte Sie dann dennoch, dass sie eine Affäre mit Reinhard Sageder hatte«, behauptete Leopold.

»Man will trotz allem eine intakte Familie, ob als Kind oder als heranwachsender Mensch«, führte Cornelia an.

»Also mussten Sie einen Keil zwischen die beiden treiben«, folgerte Leopold.

Mittlerweile hatte Cornelia ihn wahrgenommen. »Ich weiß nicht, was Sie meinen«, spielte sie die Ahnungslose.

»Ich meine, dass Sie bei einer kleinen Intrige mitspielten, die dazu diente, Reinhards Untreue gegenüber Regina unter Beweis zu stellen«, half ihr Leopold auf die Sprünge.

»Was damals war, geht Sie nichts an«, blockte Cornelia ab.

»Es hat keinen Sinn, sich zu zieren«, machte ihr Leopold begreiflich. »Ihre Stiefmutter ist wieder da. Sie war heute bei uns im Kaffeehaus und hat mir alles erzählt.«

»Aber sie konnte es doch nicht wissen«, rutschte es Cornelia heraus.

»*Was* konnte sie nicht wissen?«

Schweigen. Cornelia merkte sofort, dass sie sich verplappert hatte.

»Keine Angst, sie dürfte immer noch im Unklaren darüber sein, dass sie hereingelegt wurde«, erläuterte Leopold. »Das war es doch, dessen Sie sich soeben nicht sicher waren, oder? Aber ich kenne mich jetzt aus! Es war ein abgekartetes Spiel zwischen Ihnen, Ihrem Vater und Klara. Sie wurden dazu benutzt, die Falle zuschnappen zu lassen. Sie erzählten, Reinhard mit einer anderen Frau mehrmals im Floridsdorfer Aupark gesehen zu haben, was natürlich nicht stimmte. Dann führten Sie Regina mit Klara zu einer vereinbarten Zeit dorthin. Eine Bekannte von Klara oder Ihrem Vater inszenierte gekonnt eine Verführung. Ein Kuss, eine innige Umarmung, ein paar Streicheleinheiten genügten schließlich, Regina zu überzeugen.«

»Es sollte zwischen den beiden endlich aufhören, damit wieder Ruhe zu Hause einkehren konnte«, wehrte sich

Cornelia ihrer Haut, so gut sie konnte. »Ein bisschen Frieden, mehr wollte ich nicht. Und meiner Stiefmutter eine Lektion erteilen.«

»Wer hatte die Idee dazu?«

»Das war Papa«, seufzte Cornelia.

»Und wer war die Verführerin?«

»Eine Freundin von Klara.«

»Den Namen bitte!«

»Ich habe ihn nie erfahren«, bemühte sich Cornelia glaubhaft zu machen. »Man war sich wohl nicht sicher, wie sehr man mir vertrauen konnte. Mein Gott, Sie dürfen Regina nichts sagen, sonst ...«

»Ich kann Ihnen nicht garantieren, dass sie es nicht erfährt«, teilte ihr Leopold mit. »Immerhin geht es um Mord. Da muss endlich die Wahrheit heraus, mit der jeder zurückhält, bis er nicht mehr anders kann!« Er machte eine Pause, ehe er fragte: »Sie haben mir nichts mehr zu sagen?«

»Nein«, erwiderte Cornelia Hafner entschlossen. »Komm, wir gehen«, forderte sie Tanja Vukic gleichzeitig auf. Die beiden Frauen zahlten und verließen ohne ein weiteres Wort das *Café Heller*.

*

»Tanja verständigt uns auf jeden Fall, sollte sich mit Cornelia etwas Interessantes tun«, versicherte Korber, als er mit Leopold wieder vorn an der Theke anlangte.

»Schön! Wenn ich wüsste, wen Robert Hafner und Klara Schiefer damals auf Reinhard ansetzten, wäre mir das allerdings lieber«, brummte Leopold.

»Du glaubst Conny, dass sie diesbezüglich keine Ahnung hat?«

»Erstens erscheint es mir logisch, dass man solche Dinge damals vor ihr geheim gehalten hat, und zweitens hatte ich sie so weit, dass sie alles ausplauderte, was ihr bekannt war«, versetzte Leopold. »Sie hat uns nicht angelogen.«

»Warum unterziehst du dann nicht Robert Hafner oder Klara Schiefer einer Befragung? Die müssen schließlich Bescheid wissen«, wunderte sich Korber.

»Die sagen erst etwas, wenn sie schon am Rande des Abgrunds stehen«, prophezeite Leopold. »Noch habe ich zu wenige Fakten in der Hand, um sie zu verunsichern. Ich muss mir etwas anderes überlegen.«

Er machte einen Rundblick durchs Lokal, um sich nicht wieder ein digitales *Hopp, hopp* einzufangen. Es war bereits recht ruhig im *Heller* geworden. Bei den Kartentischen tat sich gar nichts mehr, auch die Leseecke lag verlassen da. Am ersten Billardtisch lief noch eine Partie, bei den wenigen anderen noch anwesenden Gästen hatte Leopold bereits abkassiert. Die Zeiger der Kaffeehausuhr bewegten sich unaufhaltsam auf 16 Uhr zu. Es dauerte also nicht mehr lange bis zur samstäglichen Sperrstunde.

Einer Eingebung folgend, nahm er Reinhard Sageders Notizheft aus der Innentasche seines Sakkos und begann, darin zu blättern. Er stieß auf altbekannte Namen, unbekannte Namen und Kosenamen. Wer sollte sich in diesem Durcheinander auskennen? Wer mochte etwa die *Spitzmaus* sein? Als Leopold bereits in Versuchung kam, es bei mehreren Einträgen mit einem Anruf zu versuchen, stieß er am Ende des Heftes auf ein flüchtig hingekritzeltes *Sophie K.*

Konnte es sich dabei um jene Sophie Klenkhart handeln, die Klara Schiefer ein Alibi für die Mordnacht gab?

Und war es möglich, dass diese Frau bei dem Streich beteiligt gewesen war, den man Regina Hafner gespielt hatte? Man konnte immerhin annehmen, dass Sageder die Kontaktdaten jener Frau besaß, die ihm damals zum Verhängnis geworden war, und dass er nach seiner Rückkehr ein Interesse daran gehabt hatte, sie zur Rede zu stellen.

Leopold überlegte nicht lange, sondern wählte die eingetragene Nummer. Tatsächlich hob jemand ab. »Hallo?«, meldete sich eine weiche, lieblich klingende Frauenstimme.

»Frau Klenkhart?«

»Ja?«

»Hier noch einmal die Polizei«, behauptete Leopold frech. »Sie haben gestern angegeben, am Mittwochabend bei Klara Schiefer gewesen zu sein. Können Sie uns dazu noch einmal die genaue Zeit mitteilen?«

»Das habe ich dem Kommissar doch schon gesagt«, kam es genervt von Sophie.

Volltreffer! »Wie gut kennen Sie und Frau Schiefer sich?«, setzte Leopold gleich nach.

»Ich verstehe nicht, was das soll! Ich war heute Morgen bei Ihnen auf dem Kommissariat. Da haben Sie dieselben Fragen gestellt. Ich möchte endlich meine Ruhe«, protestierte Sophie Klenkhart.

Leopold ließ sich nicht beeindrucken. »Gut genug, dass Sie für sie vor Jahren so taten, als seien Sie und ein Mann, den Sie kaum kannten, ein Liebespaar?«, fragte er.

In der Leitung war ein Zischen zu hören. Sophie Klenkhart brabbelte daraufhin leise etwas Unverständliches, ehe sie sagte: »Ich habe dazu alles zu Protokoll gegeben. Bitte lassen Sie mich in Frieden! Ich glaube nämlich, dass Sie gar kein Polizist sind, sondern nur ein neugieriger Schnüffler!«

Zur gleichen Zeit erklangen deutlich hörbar die Schläge einer Uhr zur vollen Stunde. Vier Uhr nachmittags, also 16 Uhr. Und begleitet wurden sie von den Rufen eines mechanischen Kuckucks.

»Danke, Sie haben mir sehr geholfen«, wollte er noch erwidern, doch Sophie hatte bereits aufgelegt. Das störte ihn nicht weiter. Denn er hatte diese Kuckucksuhr schon einmal gehört, nämlich in Robert Hafners Wohnzimmer. Es gab also eine weitere Entwicklung in dem Fall.

Digital kann man so etwas unmöglich herausfinden, dachte er zufrieden.

*

»Das war sicher dieser vorwitzige Oberkellner. Warum hast du den Anruf überhaupt entgegengenommen?«, ärgerte sich Robert Hafner.

»Warum nicht? Wozu hat man ein Telefon?«, mokierte sich Sophie Klenkhart.

»Wir müssen vorsichtig sein«, mahnte Hafner. »Besonders, wenn etwas verdächtig ist, wie eine unbekannte Telefonnummer.«

»Du hebst auch immer ab, wenn es läutet!«

»Das hat berufliche Gründe. Ich kann es mir meist nicht aussuchen, mit wem ich spreche«, führte Hafner an. »Na schön, es ist nun einmal passiert. Das beweist nur, dass es notwendig ist, doppelt und dreifach aufzupassen.«

Er schenkte sich ein halbvolles Glas Wein ein und stürzte es in einem Zug hinunter. »Es ist nicht gut, dass du zu mir gekommen bist. Die Polizei kann hier überall ihre Posten verteilt haben. Wenn sie erst einmal eine Verbindung zwischen uns herstellt, geraten wir in Teufels Küche.«

Sophie gefiel das gar nicht. »Wirfst du mich etwa hinaus?«, wollte sie wissen.

»Nimm es bitte nicht persönlich«, versuchte Hafner, sie zu beruhigen. »Bald sind die turbulenten Zeiten vorbei. Dann können wir endlich an das denken, was wir uns vorgenommen haben.«

»Warum bist du so nervös?«, fragte Sophie. Dabei begann sie, ihn im Nacken zu kraulen, aber er nahm ihre Hand wieder weg.

»Ich spüre es, wenn die Dinge beginnen, anders zu laufen, als gut ist«, sagte er nachdenklich. »Regina ist nun auch zurück. Immerhin kann ich mit ihr verschiedenes abzuklären versuchen.«

»Du solltest dir nicht so sehr den Kopf zerbrechen«, riet Sophie ihm. »Die Dinge sind komplizierter geworden, aber das heißt noch lange nicht, dass wir aufgeben müssen.«

»Ich möchte heute Abend allein sein. Dann kann ich in Ruhe über alles nachdenken«, eröffnete Hafner ihr und schenkte sich dabei noch ein halbes Glas ein.

»Allein?« Sophie machte einen Blick aus dem Fenster und staunte. »Klara ist im Anmarsch.«

»Sie bringt mir nur mein Essen wie jeden Tag«, erwähnte Hafner und bemühte sich, dabei beiläufig zu klingen.

KAPITEL 18

Samstag, 19. Oktober, spätnachmittags und abends

Leopold befand sich in Aufbruchsstimmung. Er besprach das weitere Vorgehen mit Sabine Patzak und Thomas Korber. »Das *Heller* sperrt, sobald die Billardpartie zu Ende ist«, informierte er sie. »Danach fahren wir flugs in die Weißenwolffgasse und schauen, was sich dort tut.«

»Was soll sich schon tun?«, zweifelte Korber an der Sinnhaftigkeit dieses Vorhabens. »Sophie Klenkhart ist wahrscheinlich längst weg. Und selbst, wenn sie noch da ist, wie hilft uns das weiter?«

»Da sieht man wieder einmal, wie begrenzt dein Vorstellungsvermögen ist«, bemängelte Leopold. »Wir wissen nun, dass Frau Klenkhart auch mit Robert Hafner gut bekannt ist, sonst wäre sie nicht in seiner Wohnung. Außerdem findet sich ihre Telefonnummer in Reinhard Sageders Notizbuch. Damit trifft eine Annahme mit beinahe 100-prozentiger Wahrscheinlichkeit zu: dass sie der Lockvogel ist, der ihm zum Verhängnis wurde. Sie steckt also mittendrin in der ganzen Geschichte. Vielleicht ist sie sogar Reinhards Mörderin, weil er sie auf seiner Abschussliste hatte und sie ihm zuvorkam. Wir wissen es nicht, aber die Weißenwolffgasse erscheint mir der Ort zu sein, wo wir es am ehesten erfahren. Selbst wenn Sophie nicht mehr dort ist, können wir Robert Hafner nun gehörig unter Druck setzen. Die Luft wird für ihn immer dünner. Da lohnt es sich doch, einen Sprung vorbeizumachen.«

»Du denkst also, wir kommen bei der Klärung des Falles in die Zielgerade?«, assistierte Sabine ihm.

»Das will ich wohl meinen! Aber Richard Juricek ist sicher auch schon knapp dran. Darum können wir es uns nicht leisten, diese Chance auszulassen«, befand Leopold. »Cornelia Hafner und Konrad Otto behalten wir selbstverständlich weiterhin im Auge!«

So, als ob man ihn gerufen hätte, stand Otto plötzlich in der Kaffeehaustür. Er wirkte unausgeschlafen, aber nüchtern. »Wir schließen«, rief ihm Leopold entgegen.

»Ich bekomme also nichts mehr? Nicht einmal ein kleines Bierchen?«, erkundigte sich Otto.

»Nein!«

»Eigentlich wollte ich nachsehen, ob Conny da ist«, gestand Otto. »Ich habe nämlich eine Theorie entwickelt. Gestern hat es zwischen uns nicht gut geklappt, weil wir uns verabredet hatten. Dadurch waren der Stress und die Erwartungshaltung zu groß. Wenn ich jedoch zufällig auf sie treffe oder es zumindest den Anschein hat, ist alles viel lockerer. Darum bin ich auf der Suche nach ihr. Vielleicht renkt sich doch alles wieder ein.«

»Ich kann Ihnen nur anbieten, mit uns mitzufahren«, schlug Leopold vor. »Ich halte das sogar für eine sehr gute Idee. Vielleicht können Sie uns helfen und holen sich dadurch einen Gutpunkt bei Ihrem Chef. Wie lief's denn heute so bei ihm?«

Otto schien nicht gewillt zu sein, sich über seine Vorladung näher zu äußern. »Es lief«, bemerkte er zurückhaltend.

»Schön! Wir fahren gleich zu Ihrem Freund Robert Hafner«, informierte Leopold ihn. »Dort könnte uns ein weiterer wichtiger Schritt gelingen, Ihre und Connys Unschuld zu beweisen und den wahren Täter zu überführen. Versprechen kann ich nichts, aber ich bin guter Dinge!«

»Ich war mir sicher, dass dort die Lösung des Falles liegt«, zeigte sich Otto zufrieden. »Wann geht es los?«

Die Billardpartie war soeben zu Ende gegangen. Die Spieler schraubten ihre Queues auseinander und verstauten sie in ihren Taschen. Jetzt konnte Leopold ans Zusperren denken. Herr und Frau Heller waren bereits in ihre Wohnung hinaufgegangen. Er bat Korber, Sabine und Otto, schon einmal draußen auf ihn zu warten, während er noch schnell die Billardtische absaugte und anschließend die Dienstlivree gegen sein Privatgewand tauschte.

Nachdem er sich umgezogen hatte, prüfte Leopold im nun schon schwach durch die Fenster einfallenden Tageslicht nochmals, ob alles in Ordnung war. Er mochte diese Stimmung, wenn das Kaffeehaus ruhig vor ihm dalag, so als ob es sich jetzt schlafen legen würde, um am Montag wieder seine Glieder zu strecken, damit alles seinen gewohnten Gang gehen konnte. Er genoss den momentanen Frieden, ehe es wieder hinausging in die hektische Welt.

Im vorderen Teil passte alles, in der Mitte auch, nur hinten bei der Bücherecke lag etwas Dunkles am Boden, das vorher noch nicht dagewesen war. Leopold ging näher heran. Das schwarze Knäuel bewegte sich, rappelte sich hoch und stand plötzlich wie der Leibhaftige vor ihm. »Geht es endlich los?«, krächzte Johanna die Wahnsinnige.

Leopold hatte in seiner Überraschung zwei Schritte zurück gemacht. »Wo kommen Sie denn so plötzlich her?«, stieß er hervor.

»Wie Sie gemerkt haben, gibt es auch in unserer kalt und nüchtern gewordenen Welt noch Momente des Staunens«, verriet sie ihm. »Sie entstehen, wenn alle in einer Einbahn denken, die als Sackgasse endet, und sich wundern, dass ihnen etwas entgegenkommt, das sie nicht begreifen können. Natürlich kam ich zur Tür herein. Ich bin ja kein Geist! Alles andere ist mein Geheimnis.«

»Hat sich etwa der Wind gedreht?«, erkundigte sich Leopold. »Hier herinnen bekommt man so etwas nicht mit.«

»Er hat und wird für eine reinere Luft sorgen, damit wir alle wieder besser atmen können«, verriet Johanna. »Gleichzeitig wird er den jämmerlichen Schutz, den manche um sich herum aufgebaut haben, niederreißen. Es liegt an uns, die Chance zu nützen. Also: Geht es los?«

»Wohin soll es denn gehen?«, wollte Leopold wissen.

»Zu dem von Ihnen angepeilten Ziel in der Weißenwolffgasse natürlich«, unterrichtete Johanna ihn. »Und während wir fahren, erzähle ich Ihnen noch ein paar kleine, aber nicht unwesentliche Details, die ich Ihnen bisher verschwiegen habe. Das wollten Sie doch von mir, als Sie mich vorhin anriefen, oder?«

*

Nachdem Robert Hafner das von Klara Schiefer mitgebrachte und dann aufgewärmte Essen zu sich genommen hatte, saßen beide auf seiner Wohnzimmercouch. »Jetzt habe ich Sophie schon zum zweiten Mal bei dir gesehen«, stellte Klara in missbilligendem Ton fest. »Dabei ist Regina wieder aus der Versenkung aufgetaucht. Das kann ins Auge gehen!«

»Was soll ich denn machen? Aufgrund der angespannten Situation sind wir eben alle ein bisschen nervös«, rechtfertigte Hafner sich.

»Ich möchte einfach nicht, dass Regina auch nur den kleinsten Grund für einen Verdacht wegen damals hat«, schärfte Klara ihm ein. »Du weißt, dass das zu Lasten von Cornelia gehen würde.«

Hafner nickte. »Da ist leider auch noch die dumme Sache mit Reinhard passiert. Ich kann mich kaum mehr frei bewegen.«

»Ich helfe dir, so gut ich kann. So wie früher, so wie immer, auch jetzt«, versicherte Klara mit fürsorglichem Blick.

»Alles ist durcheinandergeraten«, klagte Hafner. »Es gibt da etwas, das ich nicht auf die lange Bank schieben möchte. Mir brennt es schön langsam unter den Nägeln.«

Klara legte ihre Hand auf seine Schulter.

»Nein, dabei kannst du mir nicht behilflich sein«, wehrte Hafner ab. »Vielleicht Johanna. Aber in erster Linie muss ich die Sache selbst in die Hand nehmen.«

»Was bedrückt dich denn?«, forschte Klara.

»Ich wollte es dir noch nicht sagen, aber gut, du sollst es wissen«, seufzte Hafner. »Ich habe meine Meinung geändert. Ich möchte mich doch von Regina scheiden lassen. Alles soll natürlich möglichst unkompliziert verlaufen. Noch vor nicht allzu langer Zeit war ich mir sicher, dass es dabei von ihrer Seite keine großen Probleme geben wird. Aber jetzt? Ich kann nicht sagen, in welchem Zustand sie derzeit ist. Und je mehr sie beginnt, nachzudenken und die Dinge zu hinterfragen, desto schwieriger wird es wohl.«

»Und weshalb hast du plötzlich diesen Wunsch?« Klara Schiefer rückte näher zu ihm hin. »Lass mich raten! Ist es unseretwegen?«

»Aber nein«, widersprach Hafner. »Es ... es soll eben alles seine Ordnung haben«, äußerte er halbherzig. »Regina soll mir mit keinen Ansprüchen und Forderungen mehr kommen können.«

Klara Schiefer ließ nun wieder ein wenig mehr Platz zwischen ihr und ihm. »Robert«, mahnte sie ihn, »drucks nicht herum! Das kommt nicht gut. Du sollst keine Geheimnisse vor mir haben!«

»Na schön«, gab er nach. »Warum soll ich es dir nicht schon heute sagen? Ich möchte wieder heiraten.«

»Ja? Wer ist die Glückliche?« In Klaras Augen leuchtete ein schwacher Hoffnungsschimmer.

»Sophie! Sophie Klenkhart!«

*

Johanna Pollak setzte sich gleich neben Leopold auf den Beifahrersitz, Thomas Korber, Sabine Patzak und Konrad Otto nahmen auf der Rückbank Platz. »Fahren Sie vorsichtig, junger Mann«, ersuchte Johanna. »Wir werden heute noch gebraucht!«

»Was macht Sie da so sicher?«, wollte Leopold wissen.

»Alles zu seiner Zeit«, hielt sich Johanna bedeckt. »Kommen wir erst einmal zu den Punkten, deren Aufklärung ich Ihnen schuldig bin. Da ist zunächst Reginas Verschwinden. Dazu konnte ich bisher verständlicherweise nichts sagen, denn es war für sie wichtig, ein paar

Tage aus der Öffentlichkeit zu verschwinden. Ich veranlasste das, sobald ich von Reinhards Rückkehr Kenntnis hatte. Die beiden durften einander nicht mehr begegnen. Reinhard hätte sich wohl wieder an sie herangemacht, und das wäre einmal zu viel gewesen. Außerdem wäre der ganze Staub aus der Vergangenheit aufgewirbelt worden. Dass es zu einem tragischen Mord kommen würde, konnte ich nicht ahnen.«

»Und danach? Warum hat sie sich weiter versteckt?«

»Ich habe sie in dieser unübersichtlichen Situation dazu gedrängt. Ein paar Tage mehr oder weniger, was macht das schon?«

»Am Tag nach dem Verbrechen war sie beim Imbissstand an der *Rossschwemme*. »Ich bin dort kurz mit ihr zusammengestoßen«, erinnerte sich Leopold.

»Sie war nie ganz weit weg und oft in meiner Nähe«, erwähnte Johanna. »Für kurze Zeit konnten wir es so arrangieren.«

Leopold hinterfragte das nicht weiter. »Von wem kam nun der mysteriöse Anruf an Sie, dass Reinhard vom Steg in den Tod gesprungen sei?«, wollte er stattdessen wissen.

Johanna zuckte mit den Achseln. »Die Nummer der Teilnehmerin war, wie ich schon gesagt habe, unterdrückt.«

»Sie haben gar keinen Anruf erhalten, sondern der Polizei gegenüber nur so getan«, nahm Leopold sie in die Zange. »Sie selbst oder auch Regina waren Zeugin des Mordes.«

»Wer auch immer es war, die Zeugin hatte schlechte Sicht auf den Steg und deshalb die Tat fälschlicherweise für einen Selbstmord gehalten. Mehr möchte ich dazu nicht sagen«, erklärte Johanna.

»Es gibt noch etwas anderes, Wichtigeres, das ich von Ihnen wissen möchte«, redete Leopold auf sie ein. »Ihr Schwager Robert behauptet, zur Tatzeit, also etwa zwischen 20 und 22 Uhr, bei Ihnen gewesen zu sein. Er will über Geschäftliches mit Ihnen gesprochen, aber auch versucht haben herauszubekommen, wo sich Regina aufhielt. Stimmt das?«

»Rasen Sie nicht so«, ersuchte Johanna Pollak ihn. »Besser eine Nuance später ankommen als gar nicht! Nun, er war zwar bei mir, aber so, wie er es angeblich schilderte, war es nicht. Zunächst einmal besuchte er mich früher und war um 20 Uhr schon wieder fort.«

Genauso, wie Leopold es gedacht hatte! Hafner hatte sich auf Johannas Komplizenschaft verlassen. Interessant, dass sie ihm diese nun offenbar aufkündigte.

»Was Sie ebenfalls interessieren könnte«, fuhr sie fort. »Er hat mich ersucht, auf Regina einzuwirken, damit sie sich von ihm scheiden lässt.«

»Hat er etwa vor, wieder zu heiraten?«

»Ja, und er scheint mir ziemlich ungeduldig zu sein«, ließ Johanna Leopold wissen. »Ehe Sie da bei Rot über die Kreuzung fahren: Bei der Auserwählten handelt es sich um Sophie Klenkhart, eine Freundin Klara Schiefers. Sie ist ein äußerst naives, aber williges Geschöpf und wird Robert lustvolle Stunden verschafft haben. Er mag sich weiter und hochoffiziell mit ihr vergnügen, solange Regina von ihm das bekommt, was ihr zusteht.«

Sophie Klenkhart, Robert Hafner, Klara Schiefer und Regina Hafner. In Leopolds Kopf rotierte es.

»Wenn Sie so aufs Gas steigen, ist es unmöglich, gemütlich mit Ihnen zu plaudern«, warf Johanna ihm inzwischen vor. »Ich sehe mich gezwungen, meine Ausführungen Ihrem Tempo anzupassen. Zur Abgabe der Bücher im Kaffeehaus: Klara und ich wollten Komplikationen nach Reinhards Auftauchen verhindern. Wir wollten die Bücher aber nicht wegwerfen, sondern an einen sicheren, uns bekannten Ort bringen. Das war unserer Meinung nach die Bücherecke im *Café Heller*. Leider hatten wir uns getäuscht.«

Leopold ließ vor seinem geistigen Auge die Szene ablaufen, in der Regina und die todkranke Raffaela vor der kleinen Cornelia ihren erbitterten Streit austrugen und der Kaffee dabei in das Buch von Nicholas Sparks spritzte wie Blut. »Sie haben immer wieder beteuert, dass ein Buch einen Mord verursacht hätte«, erwähnte er.

»Das stimmt auch«, bestätigte Johanna. »Es war das Buch mit Roberts Widmung an Regina. Damit hat er die beiden Frauen aufeinandergehetzt und Raffaela auch nachher einem großen psychischen Leidensdruck ausgesetzt. Es war hässlich, gemein und vorsätzlich, geschah also in mörderischer Absicht. Raffaela ließ ihren Akku leerlaufen und starb an gebrochenem Herzen. Das alles warf auch erste Schatten auf Roberts Ehe mit Regina.«

Leopold sah die weinende Cornelia, die später eine Flaschenpost nach der anderen an ihre verstorbene Mutter schrieb. Er versuchte, sich vorzustellen, wie sie Reinhard in eine Falle lockte und dadurch seine Rache fürchten musste. Das Puzzle setzte sich Stück für Stück zusammen.

»Es ging immer um Cornelia«, entfuhr es ihm. »Dass ich da nicht gleich draufgekommen bin!«

»Um Cornelia?«, meldete sich Konrad Otto nervös von der hinteren Sitzbank.

»Natürlich! Cornelia ist der Knackpunkt der ganzen Geschichte«, rief Leopold aus. In seiner Vorstellung sah er zwei Frauen, die erbittert um einen Mann kämpften. »Was sagt Ihre innere Stimme, Johanna?«, fragte er.

»Dass wir eine Katastrophe verhindern müssen und nicht mehr viel Zeit haben«, antwortete sie. »Also steigen Sie endlich aufs Gas, Mann!«

*

Robert Hafner hatte sich wieder ein Glas Wein eingeschenkt. Nun, da alles heraußen war, trank er es genüsslich in langsamen Schlucken. »Warum tust du so etwas?«, fragte Klara Schiefer unterdessen fassungslos. Sie verstand die Welt nicht mehr.

»Es ist nicht gut, dass der Mensch allein sei«, zitierte Hafner aus der Bibel.

»Und weshalb ausgerechnet sie?«

»Bei solchen Fragen ist immer jede Antwort falsch. Versuchen wir es mit dieser: Sie hat ein äußerst gewinnendes Wesen.«

»Lächerlich! Einen großen Busen hat sie«, beanstandete Klara. »Wie lange geht das denn schon mit euch?«

»Einige Wochen«, teilte Hafner ihr teilnahmslos mit. »Es war ein heißer Sommer mit langen lauen Abenden!«

»Und so lange geht sie hier bereits ein und aus?« Klara rümpfte die Nase. »Hat sie schon Sachen hier, die du vor mir versteckst? Ihr Parfum oder ihre Slips?«

»Werde jetzt bitte nicht persönlich, Klara«, wies Hafner sie zurecht. »Das Ganze geht dich im Grunde nichts an.«

»Nichts an?« Klara sprang auf und ging im Zimmer hin und her, um ihrem Ärger Luft zu machen. »Ich habe mein Leben für dich und Cornelia geopfert! Seit Raffaelas Tod war ich ständig für euch da und habe alles getan, wofür die feine Regina sich zu gut war. Cornelia habe ich praktisch allein großgezogen. Sie ist mir dadurch weit mehr ans Herz gewachsen als dir. Und als du gejammert hast, dass Regina dich mit Reinhard betrügt, habe ich meinen Beitrag geleistet, um ihn wieder loszuwerden. Dein Leben geht mich sehr wohl etwas an, und ob du es Sophie aus einer Laune heraus vor die Füße wirfst, ebenso!«

»Du warst mir in all den Jahren eine große Hilfe, Klara, mehr nicht«, entgegnete Hafner kühl. »Also reiß dich bitte zusammen! Außerdem solltest du Sophie dankbar dafür sein, dass sie dir ein Alibi für die Mordnacht gegeben hat.«

»Und dir soll ich wohl für den Lohn dankbar sein, den ich am Ersten jedes Monats erhalten habe«, schnaubte Klara. »Wer ist denn mir dankbar? Was muss ich denn noch tun, damit jemand es registriert und sagt: ›Danke, Klara, das hast du gut gemacht‹?«

Hafner schwenkte sein Weinglas. »Ich sehe es dir an, Klara! Du hast etwas Schlimmes getan«, stellte er sie zur Rede. »Dabei habe ich immer gesagt: ›Wenn du etwas tust, tu es für dich, nicht für mich!‹ Du bist mir nämlich gleichgültig! Und jetzt raus mit der Sprache!«

»So redet ein Mann, der gar nicht merkt, in welch gefährliche Situation seine Tochter geraten war«, fauchte Klara. »Reinhard Sageder war wieder da und hatte sich zum Beweis seiner Rückkehr sogar hinten in dem Buch verewigt, das er Regina damals geschenkt hatte. Ich telefonierte sofort mit ihm. Er war wütend, drohte mir und wurde ausfällig. Als er dann auch noch behauptete, er wisse, wo Cornelia wohne, und würde ihr auflauern, um sie zu vergewaltigen und nachher umzubringen, bekam ich Angst um sie.«

»Du hast ihn ernst genommen?«

»Deine Tochter hätte dich gebraucht! Aber du warst nie für sie da, auch diesmal nicht!«

»Du meinst den Mittwoch, nicht wahr? Mag sein, dass ich gerade bei Johanna war, um meine Scheidung von Regina mit ihr zu besprechen«, überlegte Hafner.

»Versager«, warf ihm Klara an den Kopf. »Ich versuchte, Cornelia zu erreichen, aber sie reagierte nicht und war auch nicht zu Hause, als ich bei ihr anläutete. Unentschlossen ging ich auf und ab. Ich wollte sie beschützen, aber wie? Ich konnte doch nicht ewig auf sie warten. Daraufhin rief ich Reinhard nochmals an und fand heraus, dass er sich bei der Alten Donau, nicht weit von ihrer Wohnung, befand. Ich ging hin und traf ihn auf einer Bank sitzend an. Als er mich erkannte, packte er mich beim Hals und plärrte mich an, ich solle verschwinden. Da merkte ich, wie brutal der Kerl war. Plötzlich ging er zu einem der Stege hinunter. Ich eilte ihm nach und sah, dass er ins Wasser pieselte.«

»Du brauchst gar nicht weiter zu erzählen! Du warst es! Du hast ihn umgebracht«, stellte Hafner lakonisch fest.

»Er hatte seine leere Bierflasche abgestellt. Damit zog ich ihm eine über den Kopf, gab ihm ein, zwei Tritte, bis er das Gleichgewicht verlor, und stieß ihn ins Wasser«, beendete Klara in ersticktem Ton ihre Geschichte. »Cornelia musste nun keine Angst mehr vor diesem Wüstling haben!«

Robert Hafner stand jetzt auch auf. Er wich Klaras verzweifelten Blicken aus. »Sag nur ja nicht, du hast es für mich gemacht«, warnte er sie.

»Ich habe es für die Zukunft von uns allen getan«, redete Klara auf ihn ein. »Ich hoffte, dass es irgendwann einmal mit uns klappen würde. Du hast doch nichts Ernstes mit Sophie? Du bist der einzige Mann, den ich jemals geliebt habe!«

Sie klammerte sich an ihn, doch er riss sich von ihr los und ging in Richtung Eingangstür. »Ich brauche frische Luft«, sagte er. »Du ekelst mich an!«

Als er sich bückte, um seine Schuhe anzuziehen, spürte Hafner einen Schlag auf den Kopf und verlor das Bewusstsein.

*

»Dass mir das erst jetzt alles auffällt«, ärgerte sich Leopold. »Cornelia, die ihre Mutter früh verlor, nie einen wirklichen Draht zu ihrem Vater hatte, deren Stiefmutter während ihrer Pubertät fremdging – das war jemand, der Zuwendung brauchte, und den man beschützen musste. Sie, Herr Otto, waren in Connys Kindheit ein verständnisvoller Freund. Man merkt Ihre Zuneigung zu ihr, oder sagen wir besser, zu der hilfebedürftigen Conny, die Sie bei sich abgespeichert haben, noch heute. Warum sollten Sie nicht versucht haben, eine Bedrohung für sie abzuwenden, indem Sie Reinhard Sageder töteten? Diesen Verdacht hatte ich kurz, vor allem, weil ich Ihnen in der Nähe des Tatorts begegnet war. Letzten Endes traute ich Ihnen aufgrund meiner Einschätzung Ihrer Person den Mord aber doch nicht zu.

Dafür rückte aber eine andere Person immer stärker in den Vordergrund, nämlich Klara Schiefer. Auf sie trafen meine Überlegungen noch mehr zu. Sie hatte Cornelia seit dem Tod ihrer Mutter begleitet, sie aufgezogen und wurde zu einer ganz wichtigen Bezugsperson für das heranwachsende Mädchen. Schließlich hatte Klara Conny auch noch zum Mitmachen bei einer Intrige gegen Reinhard angestiftet, deren schlimme Folgen sie nun von ihr abwenden musste. Sie durfte nicht zulassen, dass ihr ein Leid von seiner Seite geschah! Das war das perfekte Motiv für den Mord an Reinhard, und ihr Alibi wird einer intensiven Befragung von Frau Klenkhart nicht standhalten. Apropos! Was ist bei deinem Kurztelefonat mit ihr herausgekommen, Sabine?«

»Sophie Klenkhart hat Robert Hafners Haus bereits verlassen! Dabei hat sie Klara Schiefer hineingehen gesehen. Sie hatte dabei kein gutes Gefühl«, berichtete die Tochter ihrem Vater.

»Das ist nämlich der zweite rote Faden, der sich durch den Fall zieht«, zeigte sich Leopold zufrieden. »Der Kampf zweier Frauen um einen Mann oder zweier Männer um eine Frau. Und hier fürchten wir intuitiv, dass es dramatische Formen annehmen könnte, nicht wahr, Frau Pollak? Was fühlen Sie derzeit?«

»Ein Unheil kommen«, schnarrte Johanna in prophetischem Ton.

»Wir sind da!« Leopold parkte sein Auto und sprang hinaus, Thomas und Sabine ihm nach. Die Gartentür stand zum Glück offen, das Haustor war jedoch verschlossen. Auf ihr mehrmaliges Läuten erhielten sie keine Antwort.

»Es muss jemand zu Hause sein, aus zwei Fenstern kommt Licht«, diagnostizierte Leopold. »Das ist keine automatische Beleuchtung!«

Nach wie vor öffnete jedoch niemand. »Wir wissen nicht, was sich drinnen abspielt, und es ist besorgniserregend still. Wir müssen rein«, folgerte er. »Aber wie?«

»Die Tür von der Garage in den Keller ist meist offen, wenn jemand daheim ist«, rief Konrad Otto vom Wagen her.

Tatsächlich war es so. Sie stürmten die Treppe hinauf ins Haus hinein. Robert Hafner lag im kleinen Vorraum am Boden, Klara Schiefer kniete weinend neben ihm. Leopold fühlte seinen Puls. »Gott sei Dank, er lebt«, atmete er auf. »Holt Otto, er soll sich um ihn kümmern. Und ruft die Rettung an!«

Der Pathologe war inzwischen bereits ins Zimmer gestürmt und bemühte sich um die medizinische Erstversorgung Hafners. »Ich … ich habe ihm mit der Pfanne eins übergezogen«, erzählte Klara stockend. »Er war so unfassbar gemein zu mir! Danach war ich wie gelähmt. Ich brachte es nicht übers Herz, noch einmal zuzuschlagen! Und plötzlich läutete jemand Sturm! Es ist aus, dachte ich mir! Aus!«

Draußen sah man auf einmal Blaulicht und hörte Polizeisirenen. »Das ging aber schnell«, wunderte sich Leopold.

»Ich bin in einer *WhatsApp*-Gruppe mit Oberinspektor Juricek«, erklärte Sabine daraufhin stolz. »Als ich gemerkt habe, dass du was Größeres vorhast, habe ich ihm geschrieben, er solle sich bereithalten. Als ich dann bei eurem Gespräch im Auto ahnte, wie ernst es werden könnte, habe ich ihn gebeten herzukommen.«

*

»Schwere Gehirnerschütterung«, lautete Konrad Ottos erste Diagnose, während die Rettung Robert Hafner abtransportierte. Dann zog er sich zurück, um mit Cornelia Hafner zu telefonieren. Johanna Pollak entfernte sich still und heimlich zu Fuß. Thomas Korber und Sabine Patzak warteten Arm in Arm auf Leopold. Es sah wieder gut aus zwischen den beiden.

Leopold selbst stand etwas abseits mit Oberinspektor Richard Juricek beisammen und besprach letzte Details. »Normalerweise müsste ich böse auf dich sein, weil du einmal mehr eigenmächtig gehandelt hast«, bemerkte Juricek. »Aber du kamst gerade im rechten Moment. Wer weiß, wie es zwischen den beiden weitergegangen wäre. Wir hatten Frau Schiefer auch schon in dringendem Tatverdacht, doch gab es dieses Alibi, und da wir keine Kenntnis vom intimen Verhältnis Hafners zu Frau Klenkhart und Klaras heimlicher Liebe zu ihm hatten, war uns die Zuspitzung der Lage nicht bewusst.«

»Hat sie gestanden?«, fragte Leopold.

»Ja«, bestätigte Juricek. »Es war ihr direkt ein Bedürfnis, ihr Gewissen zu erleichtern.«

Leopold deutete mit dem Kopf in Richtung Konrad Otto. »Und was wird mit ihm?«

»Ich werde das eine oder andere Fehlverhalten von ihm in meinem Bericht erwähnen müssen«, gab Juricek an. »Er hat sich einsichtig gezeigt und die Ermittlungen nicht wesentlich behindert, könnte also mit einer Verwarnung oder kleinen Geldbuße davonkommen. Na, er ist ja ein ganz patenter Kerl, und schön langsam gewöhne ich mich an ihn.« Er machte eine kurze Pause. »Da gibt es schlimmere Vergehen der einen oder anderen Privatperson, die ich kenne«, sagte er dann.

Leopold machte den unschuldigsten Blick, dessen er im Augenblick fähig war. »Meinst du damit etwa mich?«, wollte er wissen.

Juricek ging nicht darauf ein. »Nimm dir ein Beispiel an deiner Tochter«, ersuchte er seinen Freund stattdessen. »Kurz, prägnant, zielführend und vor allem elektronisch. So sollte eine Zusammenarbeit aussehen!«

»Ich arbeite daran, Richard! Aber du weißt …«

»Keine Ausreden«, schnitt Juricek Leopold das Wort ab. »Auch wir beide werden in Zukunft öfters digital miteinander verkehren. Zum Einstieg habe ich dir eine SMS geschrieben. Schau sie dir bitte jetzt gleich an! Ich ersuche um eine zeitnahe Beantwortung. Und jetzt entschuldige mich bitte, es gibt noch eine Menge für mich zu tun!« Er tippte mit Zeige- und Mittelfinger seiner rechten Hand an die Krempe seines Sombreros und verschwand im Hauseingang.

Leopold war neugierig. Was könnte er mir geschrieben haben, dachte er, nahm sein Handy heraus und schaute nach. Er las:

Lieber Freund! Mir ist zu Ohren gekommen, dass du ein wichtiges Beweismittel zurückhältst! Bring mir sofort Reinhard Sageders Notizheft, du Schuft! Ich gebe dir fünf Minuten. Beste Grüße, Richard.

GLOSSAR

Buschen = über dem Haustor angebrachtes grünes Zeichen aus Tannenreisig, das anzeigt, dass ein Heurigenbetrieb geöffnet ist.

DAC = kontrollierte österreichische Herkunftsbezeichnung für Weine aus der Region Weinviertel

Fluchtachterl = Absacker

Gang = Flur

Kieberer = Polizist

Pantscherl = Liebelei, Affäre

Schlagobers = Schlagsahne

Semmel = Brötchen

ui jegerl = ach Gott, oje

Weitere Titel finden Sie auf den folgenden Seiten und im Internet:

WWW.GMEINER-VERLAG.DE

Chefober Leopold W. Hofer ermittelt:

1. Fall: Fernwehträume
ISBN 978-3-89977-750-5

2. Fall: Karambolage
ISBN 978-3-89977-796-3

3. Fall: Verschwörungsmelange
ISBN 978-3-8392-1061-1

4. Fall: Philosophenpunsch
ISBN 978-3-8392-2184-6

5. Fall: Nestroy-Jux
ISBN 978-3-8392-1301-8

6. Fall: Lenauwahn
ISBN 978-3-8392-1414-5

7. Fall: Schnitzlerlust
ISBN 978-3-8392-1586-9

8. Fall: Rilkerätsel
ISBN 978-3-8392-1762-7

9. Fall: Kostümball
ISBN 978-3-8392-1961-4

10. Fall: Stiftertod
ISBN 978-3-8392-2098-6

11. Fall: Mord im Hotel
ISBN 978-3-8392-2322-2

12. Fall: Mordsmelange
ISBN 978-3-8392-2457-1

13. Fall: Grillparzerkomplott
ISBN 978-3-8392-2717-6

14. Fall: Rachemokka
ISBN 978-3-8392-0071-1

15. Fall: Schachmatt mit Melange
ISBN 978-3-8392-0299-9

16. Fall: Kaffeebeichte
ISBN 978-3-8392-0486-3

17. Fall: Wiener Melange
ISBN 978-3-8392-0741-3

18. Fall: Melange mit Buch
ISBN 978-3-8392-0889-2

GMEINER SPANNUNG

WWW.GMEINER-VERLAG.DE
Wir machen's spannend

Helmut Scharner
Mostviertler Bauern
Kriminalroman
320 Seiten, 12,5 x 20,5 cm,
Broschur
ISBN 978-3-8392-0893-9

Die Mostviertler Alm feiert Jubiläum! Eigentlich ein Grund zum Feiern, doch als Elisabeth Wagner als Funktionärin des Bauernbundes eine Festrede hält, bricht der Zorn der Landwirte über sie herein. Der anwesende Landeshauptmann springt Elisabeth zur Seite, aber als tags darauf ihre Leiche medienwirksam in einer Kuhtränke entdeckt wird, sieht er rot.

Major Brandner und Inspektorin Lindner kämpfen auf dem Land nicht nur mit wortkargen Zeugen, sondern vor allem mit Druck von oberster Stelle. Als ein weiteres Verbrechen öffentlich ausgeschlachtet wird, beginnt ein dramatischer Wettlauf gegen die Zeit.

WWW.GMEINER-VERLAG.DE
Wir machen's spannend

Manfred Baumann
Salzburgwut
Kriminalroman
272 Seiten, 13,5 x 21 cm,
Premiumklappenbroschur
ISBN 978-3-8392-0902-8

Im Sebastiansfriedhof in Salzburg wird der Franziskanernovize Elias tot aufgefunden. Kommissar Merana fragt sich: War der Tote nur zur falschen Zeit am falschen Ort als wertvolles Kirchengut gestohlen wurde? Oder steckt mehr hinter dem Mord? Elias hatte Kontakt zur rechtspopulistischen HPÖ – eine gefährliche Verbindung? Während Merana ermittelt, stößt er auf ein Netz aus Manipulation, Hass und Spaltung. Was hatte Elias entdeckt? Merana muss die Wahrheit finden, bevor der Zorn die Stadt erfasst.

GMEINER SPANNUNG

WWW.GMEINER-VERLAG.DE
Wir machen's spannend

Günter Neuwirth
Moorhammers Fest
Kriminalroman
416 Seiten, 12,5 x 20,5 cm,
Broschur
ISBN 978-3-8392-0890-8

Der international bekannte Bildhauer Gottfried Moorhammer lädt zu seinem Geburtstag ins Traunviertler Stodertal. Am Tag nach der Feier wird Adna, die Muse des Künstlers, tot in einem Wasserfall aufgefunden. Kriminalpolizistin Christina Kayserling übernimmt die Ermittlungen, auch wenn zunächst nichts auf ein Verbrechen hindeutet. Kurz darauf wird Jens Tillmann mit einem Jagdgewehr getötet. Das Fatale: Tillmann hatte ein Verhältnis mit Adna. Kayserling stößt in ein tödliches Nest aus Eifersucht und Täuschung.

GMEINER SPANNUNG

WWW.GMEINER-VERLAG.DE
Wir machen's spannend

Bernhard Winkler
Ausgartelt
Kriminalroman
288 Seiten, 12,5 x 20,5 cm,
Broschur
ISBN 978-3-8392-0896-0

Revierinspektor Noah »Hofnoah« Hofer hat sich seinen unfreiwilligen Neuanfang in Grieskirchen fernab von seiner Mama und deren Schweinsbraten wahrlich anders vorgestellt: Statt beschaulicher Kleinstadtidylle erwarten ihn eine überengagierte Kollegin und der Mord am berühmten Biogärtner und Frauenschwarm Klaus Krautwaschl, der tot auf seinem eigenen Komposthaufen liegt. Als neben eifersüchtigen Ehemännern auch noch die »Baumafia« ins Zentrum der Ermittlungen gerät, bekommt es sogar der »Hofnoah« mit der Angst zu tun …

GMEINER SPANNUNG

WWW.GMEINER-VERLAG.DE
Wir machen's spannend

Lisa Jeglitsch
Dunkles Wien: Die Morde von Lainz
Kriminalroman
416 Seiten, 12,5 x 20,5 cm,
Broschur
ISBN 978-3-8392-0870-0

Im Lainzer Tiergarten macht eine Joggerin einen grausamen Fund. Der Sohn einer schwerreichen Wiener Familie wurde brutal erstochen und achtlos im Wald abgelegt. Laura Sturm und Karl Suchanek vom LKA Wien übernehmen den Fall. Rasch wird klar, dass mit den Eltern des Toten etwas nicht stimmt. Der Vater des Ermordeten behindert aus fadenscheinigen Gründen die Ermittlungen und auch die Trauer der Mutter wirkt nicht aufrichtig. Hinter den glänzenden Fassaden der Wiener Oberschicht stoßen die Ermittler auf unglaubliche Abgründe …

GMEINER SPANNUNG

WWW.GMEINER-VERLAG.DE
Wir machen's spannend